Meredith Russo
If I Was Your Girl

理想の彼女だったなら

メレディス・ルッソ
佐々木楓［訳］

ヴィヴィアンとダーウィンへ。私に母親である名誉を与えてくれることに。

ジュニパーへ。彼女が語ってくれたことはこの本のすみずみに命を吹きこんでくれました し、私が書き続けられないと思ったときに背中を押してくれました。

両親へ。私が創作を専攻したときに怒らないでいてくれたことに（おまけに副専攻は女性学）。

私より先に生きていたすべての女性たち、男性たち、男／女を名乗らない人たちへ。立ち向かい、闘い、いくつもの厄災《やくさい》を生き延び、友を悼《いた》み、私が想像もできないほどの苦痛を耐え抜き、私がいま持っている機会や自由を与えてくれたことに。

私の兄弟たちや姉妹たち、男／女を名乗らない人たちへ。いまだ安全から程遠い世界で日々生き延びて、内側も外側も美しくあることに対して。

男の子たちや女の子たち、男／女を名乗らない人たち——孤独と恐怖を感じ、出口などどこにもないと、ものごとが今より良くなることなどないような気持ちを抱える人たちへ。

うまく生きていくことができず、今は力とともに眠る《rest in power》すべての人たちへ。

お名前を私たちは決して忘れません。

この本をあなたがた全員に捧げます。

装丁　成原亜美（成原デザイン事務所）
装画　山内尚

メレディス・ルッソ

理想の彼女だったなら

1

バスの中はカビと機械油と汗のにおいがした。アトランタ郊外のまばらな住宅地が背後に消えていくなか、席に座ってつま先を床でパタパタさせたり、長くなってきた髪を一つまみして毛先をかんだりした。頭の中の声がしつこく言い聞かせてきた——家を出てまだ三十分しか経ってないから、次の停留所で降りてスマーナに歩いて戻れば、まだ明るいうちに自分の部屋でくつろげるし、そのうちお母さんが作る香ばしい料理のいつもの匂いがしてくるだろうね。お母さんはハグしてくれて、それから二人で座っておもしろいテレビのリアリティ番組を見ているとお母さんが途中で寝る、そうやって何も変わらないのだろう。

でも、何かが変わらなければならなかった。私はもう変わってしまったのだから。

次々と動く木々を窓の中から眺めていると、あの街のショッピングモールのトイレのことが頭に浮かんだ。いくつものイメージが万華鏡のように移り変わり入り乱れた。同じ学校の女の子、私を見た瞬間の叫び声。駆けつけてくるその子の父親、私の首元や肩をつかむその荒っぽい両手。地面を打つ私の体。

「大丈夫？」と声がして、それは私にはほとんど叫ぶように聞こえた。見上げるとヘッドフォンを着けた男の子がいて、ひとつ前の席の背もたれにあごをのせていた。彼は左右非対称の笑みを向けながらヘッドフォンを外した。「ごめん」

「あ、いえ」と答えた。彼はこっちをじっと見て、ヘッドレストを指でトントン鳴らしていた。何か言ったほうがいいと思ったが、声でバレてしまわないかと不安になった。

「どこで降りりんの？」彼は猫みたいに背もたれに覆《おお》いかぶさってきたから、彼の両腕は私のすねに届きそうだった。装甲のついた小さなボールにくるまって荷物の中に隠れたかった。

「ランバートヴィル」と小声で言った。「ヘカテーカントリーの近く」

「ぼくはノックスヴィル」と彼は言って、それから自分のバンド、「グノーシス・クランク」の話を続けた。彼が私のことを聞いたのは、あくまで自分の話を始める手順でしかないとわかっていたし、それでよかった。それはこっちがそんなに多く話さなくていいということだからだ。彼は初めてギャラの入ったライブを「ファイブ・ポインツ」のバーでやった話をした。

「すごいね」と私。

「曲はほとんどネットにあるよ、もしよければ」

「見てみるね」

「っていうかさ、目のところのあざ、どうしたの？」

「えっと――」

「それって彼氏？」と聞いてきた。

頰《ほお》が熱くなった。彼はあごをポリポリ搔《か》いていた。彼は私に彼氏がいると思ったのだ。私が女だと思ったのだ。別の状況なら、そのことはワクワクすることだっただろう。

「転んだんだよね」

笑みを浮かべていた彼の顔が悲しそうになった。

「ぼくの母親も近所の人にそう言ってたよ。もっとふさわしい相手がいたのに。君だってそうだ」

「そうだね」と言いながらうなずいた。彼は正しいかもしれない。でも私が何にふさわしいかということと、人生に何を期待できるかは別のことだ。「ありがとう」

「いいよ」と彼は言ってヘッドフォンをまた着けた。彼はほほえんで「話せてよかった」とすごく大きな声で付け加えて、自分の席に戻った。

バスが州間高速七五号線を北上するときに、お母さんにスマホでメッセージを送った。私は大丈夫だし、いま半分くらいまで来たと伝えた。返信が来て、応援してるからねと書いてあったが、スマホ越しでも心配が伝わってきた。思い浮かんだのは、一緒に住んでいた家にひとりでいるお母さんの姿で、キャリー・アンダーウッドがループで流れているところに頭上では天井のファンがサラサラと音を立てていた。小麦粉でいっぱいのその両手はテーブルの上で重ね合わさっていて、ビスケットがオーブンにぎっしりと詰め込まれていたのは、いつも二人分作ってくれていたからだ。もし、私が普通でいる強さを持っていたなら、とふと思った。あるいは死ぬ強さくらい持っていたなら、みんな幸せでやってこられたのに。

「次はランバートヴィルです」と運転手がザラついてキンキンした車内放送で言った。窓の外では、何の景色の変化もなかった。山並みも同じで木々も同じだった。アメリカ南部ではどこでもそんな感じだった。それは言ってみれば、どこでもない場所。お父さんが住んでいるような場所。

バスががくんと揺れて止まり両手がびくっとした。立ち上がった乗客は私だけだった。さっきのミュージシャンが雑誌から目を上げて会釈してくれて、私は荷物をまとめた。革っぽい肌の汗ジミのついたワークシャツを着た年上の男の人が、私と目を合わせずにつま先から首までまじまじと見てきた。まっすぐ前を見て気づかないふりをした。

ドアが音を立てて開き、バスはシューッという音を吐き出した。目を閉じて、もう聴いてもらえるかわからない神への短い祈りをささやき、バスを降りた。気分が悪くなるほどの午後の熱気が襲ってきて、頑丈な壁みたいに思えた。

六年ぶりに自分の父親に会う。このときのことを頭の中で何度も練習してきた。駆け寄ってハグすると、おでこにキスしてくれる流れだった。それですごく久しぶりに安心していられると思った。

「お前か？」と言ったその声はバスのエンジンの低音に包まれて聞こえにくかった。まぶしい光に目を細めた。お父さんはメタルフレームのサングラスをかけていて、髪は半分くらい白髪になっていた。口の周りには深いしわが何本もあった。お母さんはそれを「笑いじわ」と言っていたから、お父さんにどうやってそんなものができたのかわからなかった。口元だけは記憶のままで、薄く水平な線だった。

「ひさしぶり、お父さん」サングラスをかけていても、表情はすぐに見えた。二人ともただ立ちすくんでいた。

「ああ」返事に間があった。「荷物をうしろに載《の》せよう」お父さんはワゴンのバックドアを開いてから席に乗り込んだ。私も荷物を載せてあとに続いた。この車のことは覚えていた。たしか十年前にはあったはずだが、お父さんは機械の扱いがうまかった。「お腹空いてるだろ」

「ううん、そんなに」このところお腹は空かなかったし、泣くこともなかった。ほとんど何も感じなくなっていた。

「食べた方がいい」お父さんは駐車場から車を出すときに私を一瞬見た。サングラスのレンズは透き通った色になっていて、その奥にある目は活気がなく、灰色がかった茶色だった。「うちの近くにレストランがある。いま行けば俺たちだけだろう」

「そっか」決して社交的な人ではなかったが、頭の中の小さな声が言ったのは、私といるところを見られたくないのだということだった。深くため息をついた。「そのサングラスいいね」

「そうか？」お父さんは肩をすくめた。「乱視が進んでてな。これがあると楽なんだ」

「ちゃんと診《み》てもらったほうがいいよ」と言ったものの、その言葉は気持ちと同じようにぐらついてぎこちなかった。私はひざに目を落とした。

「俺の目のことはいい。自分のことを考えてればいい」

「わかった《Yes, sir》」

「すぐ眼科に連れていってやる。どのみちそのあざのあとで目も見てもらったほうがいい」

「わかった《Yes, sir》」何かの看板が木々の間から左に突き出していて、マンガ絵の兵士が一人、赤や白、青の火花をバズーカから発射しているのが描かれていた。〈ジェネラル・ブランモの花火小屋〉。車が曲がって日差しの方を向いたためにお父さんの目がまた隠れた。顔の下半分からも表情を読み取れなくなった。「お母さんは何て言ってた?」

「おまえのこと心配してた。前に住んでたところは安全じゃないとも言ってた」

「二年のときに何があったかも言ってた？　私が……病院にいたときのこと」

こぶしがハンドルを持ったまま白くなった。くすんだ尖塔《せんとう》のある古いレンガの建物を通り過ぎるあいだ、お父さんは黙って前をじっと見ていた。標識には〈ニュー・ホープ・バプテスト・チャーチ〉と書いてあった。ウォルマートがそのうしろにぼんやり見えた。

「そのことはあとで話そう」そう言うとサングラスを整えてため息をついた。顔のシワが深くなったように見えた。この六年で何があってこんなに年をとったのかと思ったけれど、私だってかなり変わったんだった。

「ごめん。その話はしないほうがよかったね」パッチワークみたいなタバコ農園が目の前を過ぎていくのを眺めた。「でも、電話も手紙もくれなかったよね」

「何を言えるのか、分からなかったんだよ。折り合いをつけるのが難しかったんだ……あらゆることについて」

「私と再会したってことは、折り合いついてるってこと？」

「時間をくれ、頼むよ《kiddo.》」その最後の単語を発する唇の形はすぼまっていて、めずらしく堅苦《かたくる》しくない態度だった。「俺は古いタイプの人間なんだと思う」

ウィンカーが私の鼓動に合わせてカチカチ鳴って車が減速し、サートリス・ディナーカーのそばに停まった。それは実際の鉄道車両を改造したもので、コンクリートブロックの土台の上にあった。

「わかってるよ」私がお父さんにどんなふうに見えているか思いを巡らせていると、今まで自分のことで感じたことのあるあらゆる最悪な事柄をリストアップしようと思い至った。「私の名前はアマンダだからね。忘れてないといいけど」

「ああ」お父さんはエンジンを止めてドアを開けたが、何か踏ん切りがつかないようだった。「わかってる、アマンダ。大丈夫だ」入り口まで歩くお父さんの姿は自分が持っている時計の動きみたいで、両手はポケットに、両ひじは左右対称の角度だった。私は窓ガラスに映った自分の姿を見ずにはいられなかった。そこにはひょろっとしたティーンエイジの女の子がいた。髪は長く茶色で、コットンのシャツと、移動でシワになったショートパンツを着ていた。

ベルの音とともに中に入ると先客はいなかった。眠そうな目のウェイトレスが顔を上げてほほえんだ。「こんにちは、ハーディさん！」

「こんにちは、メリー・アン」とお父さんは満面の笑みで手を振りカウンター席に座った。その笑みにめまいがした。笑ってくれたのは、私が七歳のころにリトルリーグに入ってみたいと言ったときだった。九歳のときに一緒にハンティングに行くと言ったときだった。それ以外の時のことは思い出せない。「お婆さん、倒れたって聞いたけど。どんな具合？」

「天国には煙《けむ》たがられてるし地獄は乗っ取られそうで怖がってるんだ、なんて言ってます」とその女の人は言って、メモとペンをエプロンから取り出して歩いてきた。「理学療法は、けっこうキツいんですけどね」

「誰かができるならお婆さんもできるさ」お父さんはメニューを見ずに彼女の方へ滑らせた。

「スウィートティー《甘いアイスティー》と、チキンシーザーサラダを頼む」

彼女はうなずいた。「お連れの方は？」と聞いて私の方を見た。私は目を彼女からお父さんの方にさっと移した。

「アマンダです」と自分で言った。もっと何か説明が要りそうな顔だったが、お父さんが家族のことを何と言っていたかわからなかった。もし子どもが一人だけで、息子だと言っていたとしたら？

震える手でメニューを渡して言った。「ワッフルとダイエットコークをお願いします。ありがとうございます」

「俺の娘だよ」とお父さんは少し間をおいて言った。はっきりしない声だった。

「あー、似てますよね！」ばつの悪い顔で見合う私たちを背に、メリー・アンは飲み物を小走りで取りに行った。

「いい人そうだね」と私は言った。

「いいウェイトレスだよ」お父さんは堅苦しくうなずいた。私はカウンターに置いた指をせわしなく動かし、無心で片足をぶらぶらさせた。

「ここにいさせてくれてありがとう」私はそっと言った。「色んな意味で」

「これくらいしかできない」

メリー・アンは食べ物を持ってきてくれるとその場を離れ、チェック柄のワークシャツを着た二人組の白髪の年配男性の接客に行った。

そのうちの一人が立ち止まってお父さんと話しに来た。彼の鼻は曲線的で紫の血管がクモの巣状になっていて、目は雨雲みたいな眉毛で隠れていた。「誰だい、この小さな太陽さんは？」と彼は聞いて、体を傾けてお父さん越しに手を振ってきた。私は顔を横にむけて目のあざが見えないようにした。

「アマンダ」とお父さんはぼそっと言った。「娘なんです」

その人は口笛を鳴らしてお父さんの肩をポンと叩いた。「見たことなかったわけだ！　俺にもこんな可愛いらしい子がいたら隠しとくもんな」頬が熱くなった。「男どもがなれなれしくしてきたら言えよな。俺のライフル貸してやるよ」

「それは問題ないと思いますが」お父さんがとぎれとぎれ言った。

「やー、まじめな話さ」と彼は言ってウィンクした。「娘が三人いるが、誰も同じ歳のころはこの半分も可愛くなかったね。それでも男たちを近づけさせないのが精一杯だったさ」

「そうですか。アドバイス感謝します。コーヒーが冷めそうですけど」

その人は別れを言ってまたウィンクした。こわばった歩き方で自分のイスに向かった。私は正面に注意を向けた。視界の隅《すみ》でお父さんが同じようにしているのが見えた。

「行くか」としばらくしてお父さんが言った。

そのまま私の返事を待たずに立ち上がって、二十ドル札を食べかけの食事の横に投げた。車に乗り駐車場を出るときも私たちは目を合わさなかった。

三年前、十一月

お母さんが座るときも薄《うす》いブランケットごしに私の脚をさするときも、病院のベッドは軋《きし》む音を立てた。無理に作った笑みがそのリンゴみたいな頬《ほお》をピンと張った。でも目のところまでは届いていなかった。服はぶかぶかに見えた。私が入院してから食べていないとしか思えなかった。それで一気に瘦《や》せたんだ。

「カウンセラーの方と話した」口調は私とだいぶ違って、軽く音楽的だった。

私は「何について？」と言った。私の声は何にも似ていなかった。響《ひび》きはなく音とも言えなかった。底の底まで沈んでもう二度と声を出したくなかった。胃がけいれんしてねじれた。

「あなたが家に戻れるようになったときのこと。あなたが一人でいたら何するか心配だって言ったの。これ以上はもう仕事休めないし。耐《た》えられないのよ。家に帰ってもしあなたが……」だんだん声が小さくなった。視線は薄黄色の壁に止まっていた。

「カウンセラーの人は何て言ったの？」その男の人には何日か前に会っていた。何があったのかと聞かれて、ノートパッドに七つの文字を書いた。胃の洗浄でのどがまだひどく荒れていて話せなかった。

「あなたの苦しんでることに対応する方法はいくつかあるって。でもそれが何かは言ってくれない」

お母さんは私の顔をのぞき込んだ。

「家に戻ってきてほしくなくなるよ。何が苦しいか言ったら」そう言って視線を落とした。「もう二度と会いたくなくなるよ」この何週間かで一度にこんなに話したことはなかった。そのせいで喉が傷んだ。

「そんなことない。神様が創《つく》ったもので、私の息子への愛をなかったことにできるものなんてない」

手首を胸のところまで上げて見た。リストバンドの名札は、私の名前がアンドリュー・ハーディだと告げていた。もし私が死ねば、アンドリューが墓石に刻まれる名になるんだと思い知らされた。

「もし息子が、自分は娘だって言ったら？」

お母さんは何も言わず、少し時間が流れた。カウンセラーに書いて見せた言葉のことを思った。それは、「私は女の子です」だった。

しばらくしてやっと、お母さんは私と目を合わせた。表情は険《けわ》しかった。頬は丸く赤かったのに。

「よく聞いて」お母さんの手が私の脚を強く締めつけたから、薬でぼうっとしていても痛みがそれを突き抜けてきた。その次の言葉に耳をすませた。「何であっても、誰であっても、死んだ息子よりはいい」

2

ランバートヴィル高校は丘のふもとにあって、十台ほどのくたびれたトラックやステーションワゴンが入口近くに固まっていた。いくつかの小さな集団になった生徒たちが玄関近くにたむろしていた。男子たちは見るからにだらけていて、女子たちは背筋を伸ばしあごを上向きに、みんな精いっぱい、いかにもお互いに興味がないといったふるまいをしていた。

昨日は寝るのに苦労した。ねばるのは五時であきらめて、チョコレート味の栄養シェイクを薬といっしょに飲んだ。二ミリグラムのエストラジオールを二錠。小さい青い粒でチョークみたいな味。それは私の外見を女性的にして、もう作られないテストステロンの代わりになる。それと十ミリグラムのレクサプロを一錠。丸くて白くて艶がある。それを飲むと落ち着いていられる。

目線を正面から動かさずに両開きのドアを通り抜けるときに、黄色く変色したあざの痕《あと》をコンシーラーがうまく隠してくれるよう願った。校舎内の床は、緑色と茶色、金色を散りばめた白いタイルが交互に敷かれていた。蛍光灯が怒ったみたいにブーンと音を立てていたが、その怒り具合のわりには廊下全体は薄暗かった。展示用のケースが壁に並んでいて、トロフィーが載《の》った棚が次々と目に入ってきた。チアリーディングにマーチングバンド、野球、それから特にフットボールのものがたくさんあった。それらの記録はチームの写真の半分がセピア色になるころのものまであった。赤い教室のドアには色あせた数字が書かれていて、一一八に着くまで歩いた。それが私の時間割表に書かれたホームルームだった。

十何人かの生徒が三、四人のグループになって座っていて、すごく大声で話していたから廊下からでも聞こえた。私が入ると話し声が止んだ。女子たちは私に目を向けて、すぐに向き直った。でも何人かの男子はもう少し長くこっちを見ていた。表情は読めなかった。

席を探して歩いている最中にも、一人がまだこちらを向いていた。背が高く筋肉質で、色濃く切れ長の目をしたウェーブがかった黒髪の男の子だ。目が合って、胃が飛び出しそうになった。彼は他の男子と座っていた。そっちの方は身長も体格も大きく、短く明るい髪色で、前に鼻を折っているようだった。半開きの目で、嫌みを言ってきそうな顔をこちらに向けていた。この嫌み顔の人が何か言って、それは聞き取れなかったが、そのお友だちの頬《ほお》は真っ赤になった。

心が叫んだ。この人たちは知っているんだ。鋭い目の方はしばらく私に惚《ほう》けていて、それをもう一人がからかったんだ。それは、私みたいな女が殺される類《たぐい》のよくあるシナリオだった。調べたことがあったから、そんなことがしょっちゅう起きていることは知っていた。耳の上の傷痕に触れて思い出した。もう手術はしているとしても、何かの法的書類の他に私の過去を暴くものはないとしても、本当の意味ではまったく安全ではない。

ひざに目を落とし、意志の力を振り絞って自分の存在を消そうとした。

カフェテリアと講堂は同じ空間にあった。テーブルは円形で、それぞれ多くて五、六人が座れるくらいの大きさだった。席の半分はステージの上にあった。高いところのは明らかに二、三年生用だった。

ステージ上の誰もいない席に座って『サンドマン』——友だちのヴァージニアが勧めてくれたマンガ——を開いた。それから前の晩に作っておいた野菜の巻き寿司を取り出した。数分経ち、そこまで読んだページに印をつけて、背中を丸めて本をしまった。顔を上げると、ホームルームにいた黒髪の男の子が向かいに座っていた。

「やあ」と彼は言った。彼はもう一人の方ほど高身長でも大柄でもなかったが、腕の筋肉にムダがなく、動きには気取らない優雅さがあった。「ここ座ったらダメ？」

「はい」と言ってから、失礼だったと気づくのに時間がかかった。「いいですよ、って意味です」

「パーカーっていう友だちは、いいって思ってるよ」と彼は答えた。

「はい？」わさびのかたまりでむせそうになった。「ごめんなさい」咳《せ》きこんで水をすすった。「辛《から》い」

「ランバートヴィルのどこで寿司なんて買ったの？」と彼は私のランチの残りを指差して尋ねた。

「作ったんだ」そわそわしてお箸をいじりながら言った。

「すごいね。なんていうか……寿司って作れるんだね」

「そんなに難しくないよ」と嘘《うそ》を言いながら思い出したのは、夜に幾度となくお母さんのキッチンテーブルで時間をかけて、お米を棒状に整えるのに苦労していたことだった。性別移行《トランジッショニング》のストレスでしんどくなったとき、休学する方がいいと主治医が言った。家にいたその年は、夏休みが延びたみたいで最初は楽しく思えた。でもけっきょく退屈になった。私はただ立ちすくんでいるだけのように感じ始めていた。それは人生が私の外側で通り過ぎていき、永遠に家に閉じ込められたまま、行くべき場所もなく話をする相手もいないような感じだった。どうにかして何かに取り組む必要があった。

彼は驚いた顔をしていた。「このあたりの家だと、豪華な食事って言ったらテックス・メックスじゃなくてイタリアンだよ。僕はグラント。誰かと思ってたなら」

「ありがとう」首のうしろがうずうずした。「私はアマンダ」

「ダサいシャレのせいでむせちゃったよね、アマンダ。褒《ほ》め言葉のつもりだったんだけど、もうこういうのはホントに古いよね」

「なんでそんなこと言ったの？」

「君みたいな女の子だから？」

私は目を細めた。どういうつもりだったんだろう。私みたいな女の子？　さっきの恐怖が一気にぶり返してきた。「からかってる？」

「もっと褒め言葉を言わせようとしてるね」と彼は頭を振って笑いながら言った。「いいよ、何でも。鼻をケガしたやつがいたろ。ホームルームで一緒に座ってた」私はうなずいてつばを飲んだ。「あれが友だちのパーカーだよ。あいつ、君を誘いたいんだってさ。でもデカいだけのビビりだから。代わりに番号を聞きに来たんだ」

「私の番号？」両手をひざに置いた。こめかみがドクドクいっていた。グラントみたいな人が、密かに私を傷つけようとする目的以外で話しかけてきたことはなかった。何年ものあいだ、私はあまりに多くのからかい、あまりに多くの悪ふざけ、あまりに多くの敵意ある議論の、不利な側にい続けてきた。そして百回、百通りの異なるやり方で打ちのめされてきた。「友だちのため、なんだ」

「そう」と彼は言った。

「お父さんが、その、本当に厳しくて」そう答えてレストランでのお父さんの表情を思い出した。私に言い寄ってきた人に使うライフルを貸すとあの男の人が言ったときだ。それは完全に嘘というわけではなかった。グラントは眉をひそめひじをついてこちらに身を乗り出した。なんとなく、話を続けないといけない気がした。「複雑なんだ……私のことは」私は唇を硬くすぼめ、鼻の穴が広がるのを感じた。たくさん話しすぎたと思った。

「そっか」グラントはさらりと言って椅子の背に寄りかかった。それから沈黙が張りつめると、彼の濃灰色《のうかいしょく》の目が私の顔に一瞬向けられた。その中に好奇心は見えたが、脅威《きょうい》になるものはなかった。彼みたいな男の子が、私がどんな存在なのか本当に理解できるのだろうか。高校生活を、生き延びなければならないものとみなすのがどんなことか。私にとってはそれがすべてで、切り抜ける日々の連続、カレンダーの日付をバツ印で消していくだけ。私はある計画を持ってランバートヴィルに来た。頭を低く、静かに過ごす。卒業する。南部からできるだけ遠くの大学に行く。生きる。

「言っとくけど」とグラントは首のうしろをさすった。「パーカーに、こういうのは自分で聞きに来る方がいいって言ったよ。でもあいつは相棒だしさ。それで僕が。あいつバカなんだけど、君も僕のことそう思ってるよね」

「思ってないよ」と答えた。荷物を片づけはじめると両手が震えていた。彼はからかっているのではないのだと思えた。あるいは少なくとも思いたかった。それでも恐怖心はもうずっと長いあいだ、私の内面まで刻み込まれていた。それは言葉で整理することも、見ないようにすることもできなかった。

「自分で来てもどのみち同じだったかな。ちょっと無理」

グラントの顔に浮かんだ何かしらの表情はまったく読みとれなかった。彼は両手をポケットに入れて立ち上がった。「うん。会えてよかったよ、アマンダ」

「こちらこそ」頬が温かい感じがした。

グラントは軽く手を振って向こうへ行った。でも何歩か歩いて立ち止まると戻ってきた。

「それ何の本？」彼はテーブルの方に首を動かした。

「『サンドマン』」と言ってかばうようにそれに手をかざした。「マンガ」

「おもしろい？」

「そうだね」

「そっか」とグラントは言って、また手を振り戻っていった。手の震えは止んで呼吸はゆっくりになった。でも理由は怖くてよく考えなかったが、心臓の高鳴りは止まなかった。

3

美術の授業は月曜と火曜の最後にあって、校庭の端にある音楽棟で集合だった。外に出ると、干からびるほどの熱気が襲ってきて、肌がドライヤーでシュリンクラップされているみたいだった。

「裏にまわって」と女性の声がしたのは納屋《なや》くらいの大きさの木造の建物まで来たときだった。その声の方に行ってみると、草むらに女の子が一人でいた。楕円のサングラスで両目は隠れ、明るい赤のリップが白い肌に際立っていた。暗い色の髪を刈り上げにしているのが頭の三分の一、三分の二は波打つ髪が大きな輪になって広がっていた。

「美術の授業？」と聞かれてうなずき、そわそわと辺りを見渡した。彼女は両ひじをついて体を起こした。「先生はナッシュヴィルにいるよ。息子が車の事故で手をやっちゃったって」

「うわ」

「でしょ？　その人ミュージシャンなんだって。元ミュージシャンか。ねえ、ここクソ暑いし、あんた心臓発作になりそうだよ。座ったら？　あ、私ビーって名前ね」

「オフィス行ったほうがよくない？」

「いや、ないでしょ」と即答だった。「代わりなんて雇《やと》わないよ。新しい教師も。学校は私のデカいケツに体育させようとするし、美術の予算はみんなスポーツに回すんだよ。例外なしさ。アホみたいだしがっつり利用するだけしてやんだよ」

私は弱々しくうなずいて腰を下ろした。その子は寝そべって両手を広げた。

「で、あんたが転校生?」

「そんなにわかりやすいかな?」と言ってひざを引き寄せた。

「噂になってるよ」汗が彼女の手足の表面で光っていて、顔は空を向いていた。

「ああ、そうだね。ごめんなさい」

「謝らなくていいのに」ほとんど動かずに彼女が言った。

「ごめん」と反射的に答えてしまって、顔がひきつった。

「あんた名前言ってなかったよね?」

「アマンダ」と急いで答えた。「はじめまして」

「うん」彼女は使い古されたシルバーエイジの『X-メン』のランチボックスを漁《あさ》って、ジョイント《紙巻きの大麻》を取り出した。「吸っていい?」彼女は答えを待たなかった。

「でさ」彼女が吐いた煙がマンガの吹き出しみたいになった。そのにおいは暴風雨のあとのマルチングに似て、土っぽく少し酸っぱかった。「どこ出身?」

「スマーナ。お父さんがこっちに越してきたんだ。離婚したから」

「父親たちね」と彼女はコメントした。何の返事もできないでいたが、彼女は気づかなかったか、気にも留めていなかった。「あんたちょっといい感じじゃん、アマンダ。友だちになれそうだね」

「どういい感じかわからないけど」

「わかるよ」ビーはうなずきながら半分吸ったジョイントをランチボックス戻した。「まあ、じきにわかる」彼女はククと笑い草むらに寝そべって目を閉じた。

私はとなりに寝そべって『サンドマン』を読もうと、太陽をさえぎるように本を上にかかげた。すぐに物語の中に引き込まれた。世界中の人たちが眠りにつき目を覚ますことがなくなって、私は時間が経つのを忘れてしまった。ロード・オブ・ドリームズが、数十年の監禁《かんきん》からなんとか抜け出して、自分の人生を建て直そうとする。眠っていた人たちは、目を覚ましたものの自分の体が誰のものなのかわからない。それは為《な》すすべもなく虐《しいた》げられた悲劇的結末だ。ついにはロード・オブ・ドリームズが地獄に落ちたところで本をしまった。

体を起こすと、午後の熱気は元気に脈動しているかのようだった。ビーに目をやると、少しハイになっていて、半分眠って半分起きているような状態だった。「えっと、いま何時だっけ？」

「四時」と彼女はあくび混じりに言って寝返りをうった。

「ヤバい」慌ててノートをバッグに詰め込んだ。数台のバスが動き出す音が聞こえて、私が立ち上がり走って角を曲がったときには、駐車場にはほとんど何も止まっていなかった。

「乗りそこねた？　激ヤバじゃん」ビーが言った。「誰か電話できる人は？」

「お父さんは六時まで仕事」

「乗せてあげられたらいいけど。でもハイになってるときは乗らないんだ。で、ちょうど今とってもとっても。中世の魔女みたいにハイなのよ」彼女は自分のジョークに白昼夢でも見ているような調子でふふふと笑った。

「それなら歩くしかないね」

「私ならやんなーい」とビーは歌うような声で言った。「最高四十五度だよ今日。熱中症のレベル」

「でもティーンエイジャーは熱中症にならないでしょ？　論理的にはさ、エアコンができる前もずっと南部に人が住んでたし」

「しらないよー」彼女はだらしなく手を振った。「またね。死んでなけりゃ」


汗を背中から噴出《ふんしゅつ》させながら路肩《ろかた》を歩いた。三十分経つころには六マイルの道のりのうち二マイル進んでいたものの、息は切れて足は重かった。お父さんに電話しようかとも思った。でも転校初日に手間をかけたくはなかった。何とかもう一マイル進むともうひざは痛いし、露出したふくらはぎがチクチクすると思ったら低木のトゲだった。舌は乾いて頭はズキズキした。

ほとんど気がつかなかったが一台の黒い車が大きな音を立てて通り過ぎ、すぐに引き返してきて私のすぐ横に止まった。

車の窓が下がって、色白でショートの黒髪の女の子が身を乗り出してきた。「乗る？」

「いぇ」呂律《ろれつ》が回らなかった。「迷惑かけたくないですし」

彼女は後部座席の誰かの方を向いた。「ああ言ってるけどさ、クロエ、ここで乗せてあげようよ。倒れちゃうよ」

カールしたふさふさの赤毛をしたそばかす顔の女の子が、まぶしい日光に目を細めながら降りてきた。彼女はチェック柄のワークシャツを第三ボタンくらいまで外して着ていて、袖をロールアップさせていた。ひとことも言わないまま彼女は私の腕を引いて左うしろの席まで歩かせてくれた。

「本当に、大丈夫なんで……」と弱々しく言いつつも、目をつぶってエアコンの冷たい風を顔面にあびた。「みなさんが誘拐犯じゃないといいんですけど」

「誘拐なんてしないって」あどけない目をした小柄な金髪の子が助手席から言った。心配そうに眉を寄せていた。

「この子、元気になると思うし、水飲ませてあげようよ」車が車道に戻ると運転席の子が言った。

「私はアナっていうの」金髪の子が言った。片目を開けて見ていると彼女がウキウキして小さく手を振っていた。「どこの教会に行ってるの？」

「気にしないで」と運転席の子が言った。「本当に初めて会う人みんなに聞いてるんだから。私はレイラ。そばかすの子はクロエ」

「アマンダです」

赤毛の女の子は会釈《えしゃく》して「よろしく」と言いながらシートベルトを自分の方に引いた。

「信仰はその人のことを多く語ってくれるから、会話のきっかけにいいんだよ」アナは続けて言った。

「実は私、もう教会には行ってないんです」罪悪感に突き刺されるのを感じながら、教会に通っていたころからずいぶん経ってしまったことを思い出した。それでも神様がその理由を分かってくれることを願った。「カルバリー・バプテスト教会に行ってたんですけどね、アトランタの近くの」

アナは手をパチっと叩いてシートの上で軽く飛び跳ねた。「バプテストだって!」彼女はうれしそうにしていたが他の子たちはあきれ顔だった。

「この街でバプテストじゃない人なんて何人いる?」レイラが言った。「南部全体で何人よ?」

「ルーテルの人、何人か知ってるもん」アナは抗議して肩を怒らせた。

「これ」クロエがバックパックから水のボトルを出してくれた。私はしゃがれ声でお礼を言って、あごやシャツにこぼしながら、ボトルの半分を一気飲みした。

「お腹空いてる?」とレイラが振り返って尋ねた。「ぜったい空いてるでしょ。ちょっと食べて行こうよ」

ギラギラしたネオンの文字で〈ハングリー・ダンズ〉と書いてある看板が一九五〇年代風のレストランに掲《かか》げてあって、まぶしいクロームで覆《おお》われていた。車を降りて初めてレイラとアナの顔をよく見た。レイラは私と同じくらいの背丈で、黒い髪にクリーム色の肌をしていた。アナはクロエの肩にやっと届くくらいで、彼女の長く、小さく揺れてきらめく金髪が、赤い教会キャンプのTシャツの裾まで垂れ下がっていた。

店の中に入ってみると、『グリース』や『理由なき反抗』とかの映画の額入りポスターが奥の壁に掛けてあって、ひび割れたフェイクレザーの縁取りとプラスチックのカバーがついたメニューがテーブルに置かれていた。

ウェイトレスがオーダーを取りにきたときにスマホをチェックしてみると、バッテリーが切れていた。三人のうち誰かのを借りられないか聞いて、お父さんに帰りが遅くなると連絡しようとしたけど、踏み切れなかった。仕事から戻る前に帰れるかもしれないし、いきなり初日からバスを逃したなんて言いたくなかった。

「えー、それでは」とレイラが式典みたいな感じで言った。「今週の木曜日にフットボールの試合がありまーす」彼女はこちらを向いた。「来るよね?」

「行くー」アナが同意した。

「あまりスポーツは好きじゃなくて」と私は肩をすくめた。

「でも我が校最高のラインバッカー、あなたに一目惚れだよ」レイラがいたずらっぽく笑った。

「誰です?」

「パーカー」クロエが言った。「知ってる?」

「知ってるみたいだよ」レイラは物知りげに両眉を上げた。

「い、いや――」私は口ごもった。

「ごまかしてもダメだよ」とレイラが言った。フライドポテトをタバコみたいにそっと指ではさんでいた。「生物の授業でさ、パーカーとグラントが近くに座ってたんだよね。二人が話してんの聞いちゃった。あなたがグラントのことフったたって」

頬が熱くなって、グラントのやわらかい笑顔を思い出した。「そういうんじゃないんです」と顔を横に振ったが、一瞬わからなくなった。もしグラントが自分のために誘ってきていたとしたら、どんなふうに応えていただろう。

「もういじめるのやめようよ」アナが言った。彼女は私の方を向いた。「で、ランバートヴィルはどう？　みんなやさしい？」

「ええ、まあ。というか、まだ五人しか会ってなくて。みんなとグラント」

アナがにこやかに言った。「五人目は？」

「ビーっていう名前の子。美術で一緒だった」

三人はお互いをさっと見て、目が合うとすぐにそらした。

「ビーがどうかしたんですか？」

「何も」とクロエが言った。

「あの子、短い間なら楽しいけど。あくまで短い間ね」レイラが言った。

何と言えばいいかわからず、ほとんど飲みきっているソーダをすすった。

「はぁ、私って嫌なヤツ」少し間をおいてレイラが言った。「仲良くしたい人とすればいいよ。私たち会ったばかりだけど、いつでも歓迎だからね！」

会計のとき、みんな私に払わなくていいと言い張った。私は例の南部の儀式に身を任せることにした。それはお母さんが長年やっているのを特に考えることもなく見てきたものだった——いちど払おうとして拒否される、いえ払いますと言ってお金を取り出すと、また拒否されてけっきょく折れる。人との関わりすべてにこんなクリアなルールがあればよかったのに。


二十分後、私が住んでいるマンションのそばに着いた。外観は特に想像力のない褐色のレンガの箱で、葛《くず》がぎっしり詰まった高い屋根の棟の下に鎮座している。

「で、試合来るんだよね？」アナが聞いた。

セミたちが、深まっていく夕暮れのなかでいつまでも大きな声で鳴いていた。いちど何かで読んだことがあった。セミは一生のほとんどを地中で暮らし、やっと大人になって地上に出てきても最後の日々を過ごすだけだと。私もそうなるんだろうか？　人生のほとんどを地中で生きて、この世界に足を踏み入れることなんてないんだろうか？

みんなの目は期待に満ちていて、エンジンはかけたままだった。けっきょく私は「みんなと会うの、楽しみにしてるね」と答えた。

レイラがハイテンションでクラクションを鳴らし、走り去った。

車がカーブを曲がって見えなくなったあと、私はジリジリと焼ける駐車場にひとり立ち尽くした。もう六時を過ぎていたし、お父さんは少し前に帰っているはずだし、私に連絡もつかず、どこに行ったんだと思っているだろう。家の中で待ち受けているものは何であれ避けたかった。真夜中まで外をぶらついて、お父さんが寝たあとで忍び込みたかった。でも夕暮れ時なのに、暑さはまだ耐え難いほどだった。

階段を上り、鍵を回して中に入った。暗闇がその場をふさいでいて生きているみたいだった。一筋の陽光がバルコニーのブラインドの隙間から差していて、リビングを切り分けていた。赤いほこりが金色の海に浮かんでいた。

「どこにいたんだ」お父さんが光の中に踏み出してきた。声は硬く鋭かった。

「ごめんなさい」小声で言った。

「ごめんなさいは場所じゃない」

「友だちといて」そう言って目線を落とした。「バスに乗り遅れて」

「家に帰ったらおまえがいなくて、何度も何度も電話した。心配でどうしようもなかったんだぞ」

話しだそうとすると息が詰まって、深呼吸をした。「お父さんは心配してくれたことなんてなかったでしょ」頭の中によみがえってきたのは、病院で目を覚まして、まだ生きていると分かってからの何日間かのことだった。看護師さんたちとお母さんとテレビ以外に、誰も一緒にいてくれなかったことだった。友だちもいなかった。家族も。お父さんも。そのとき生まれてはじめて、お父さんは私が生きていようが死んでいようが別にどうでもいいのかもしれないと思った。

私は両手のこぶしをにぎりしめて睨《にら》んだ。「手紙一枚だって送ってくれなかった。私が死にかけたのに、お父さんの方が幽霊みたいだったよ」

「何て言ってほしかったんだよ」

「何も」

お父さんはため息をついて、長くゆっくり息を吐き出した。

「どうしていいかわからなかったんだよ。そうだろ？」とお父さんは言って額をぬぐった。

「産声をあげた赤ん坊を抱いて、子守唄を歌って、泣いたらあやして、ほんの少し目を離したらその子がもう生きていたくはないって。おまえは俺の子どもなんだ」

「私は娘だから」と小さな声で言った。「あのことについては私も言うことない」

外では幹線道路をセミトレーラーが走っていて、その通り過ぎる鈍い突進音が、無言の空間にはうるさかった。「心配かけてごめん。もうしないから」お父さんの前を通って部屋に行き、ドアを閉めた。

三年前、十一月

担当のカウンセラーのオフィスは、アトランタ付近にある古い邸宅の書斎をリフォームしたもので、南北戦争終結のすぐあとに建て替えられたものだった。古い木の香りが漂っていて、床の軋む音は、百年の人の行き来を感じさせた。古いブラウン管のテレビが、それを丸呑みしそうな大きな暖炉の口にある回転台の上に鎮座していた。装飾の施された棚は革張りの本と雰囲気がぴったりで、『アイム・オーケイ、ユーアー・オーケイ』とか『ＰＴＳＤと向き合う』とかのタイトルが並んでいた。振り子時計がドアの外でずっと鳴っていた。

カウンセラーがペンでノートパッドをコツコツ打っていたけど、時計のリズムとはイライラするほど合っていなかった。私はひざを胸まで引き寄せ、張りぐるみの革の椅子の中に消えようとした。

「具合はどうかな、アンドリュー？」

「わかりません」ジーンズのほつれた糸を機械的に引っ張った。

「何について話すのがいいだろう？」

「何も」

「ひとつ質問してもいいかな?」

「そうしたいなら」

彼は組んでいた足をほどいて、両手を自分のひざの上に置いた。身振り手振りを使って、信頼してくれていいよと伝えていた。それは信頼に足ると思われるのが仕事だからだった。話すときの声は静かで穏やかだった。「君が病院にいたとき渡してくれたノートのことなんだけど、話してくれるかな?」私は目を閉じて肩をすくめた。「あのノートは何を言おうとしていたのか、教えてくれないだろうか?」

「パズルが好きなんです」少し間をおいて言った。こぶしが口を遮《さえぎ》っていて言葉がくぐもった。彼はよく聞こえるようにこちらに体を傾けた。「それに数学も。ぴったりはまるものが好きです。だからうまくつながらないと好きじゃない」首のうしろに両手をまわして頭を下に押して、ひざに向かって話した。「だからあのノートが何なのかなんてわかりません。自分がおかしいってこと、だと思います。うまくつながらないから」

「何がうまくつながらないのかな、アンドリュー?」

「出生証明書に、男だって書いてる」胸がぎゅっと締め付けられた。その部屋は、天井は高いのに、急に狭苦《せまくる》しく感じられた。「自分には……自分には男の子の部分があって。男の子の染色体があって。神様は間違わないから。だから男なんです。科学的にも、論理的にも、精神的にも、男なんですよ」

彼は指をさっと伸ばして、さっきよりもこちらに身を寄せた。

「そう信じ込もうとしているように聞こえます。他の男の子と同じでは好《よ》くないと思っているような」

「男の子を好《い》いと思うのはわかってます」天井を見上げて急に足を揺すった。「男の子を好きになるのに、女の子でなくてもいいんですけどね」

「男の子でいることで、しんどくなることってあるかな？」

「服」手早く答えた。こういうことを声に出したのは初めてだった。耳鳴りがした。肌がすごく引きつった。「小さいときから、ずっと女の子の服を着たかったんです」

「着てみたことはある？」

「小学一年のころ、女の子の友だちの家で。でもその子の親に見つかって、もう行かせてくれなくなりました」

彼は喉の奥でどうともとれない音を立てた。ノートパッドにざっと何かを書き留めるのが聞こえた。

「それで、君が『私は女の子です』と書いたとき、それはゲイだってカムアウトするのが怖い、あるいは女性の服を着たい望みがあるのを恥ずかしいと思っているということだったんだろうか？　お母さんが君はバプテストだと話してくれていたけど、信仰と照らし合わせて、君は自分の感じ方が間違っていると思うかな？」

「思いません。神様がそういうことを実際に気にかけるとは思いませんし、ただゲイであるとかそういうのなら、なんとかなると思うんです。自分が男なのは間違いだと思いますけど。髪が長くなって周りの人に女の子だと間違われると、うれしいんです。大人になったらどんな男になるかって想像しますけど、何も見えないんです。誰かの夫とか父親になることとか、もしそれが男の人と一緒だったとしてもって考えるんですけど、ブラックホールに吸い込まれる感じなんです。本当に未来があるって思えるのは、その未来で自分が女の子だと思い浮かべられれば、ってときだけです」

「なるほど」さっきよりも多くメモ書きをしていたのでペンのたてる音の数も多かった。「性同一性障害というのがいちばん新しい診断マニュアルに載っているよ。これは実際にあることでたくさんの人が経験しているよ」

私は努めて彼と目を合わせた。彼はもうこちらに体を傾けてはいなかった。深く腰かけ、足をそろえ、両手はひざの上に戻っていた。

「自分の場合もそれなんですか？」

「今の時点では、何かを診断する用意はないんだ。それに、君への質問書を見てみるまで待たないといけない。でもまあ大うつ病性障害やパニック障害になっているのは鉄板だね」

「先生は鉄板なんて持ってませんよ」彼がウィンクをすると私は思わずほほえんだ。「次は何があるんですか？」

「精神科の医師に君を紹介して、不安や抑《よく》うつを抑《おさ》える薬のことを調べてもらうことにするよ。それから、今週の土曜日に来てほしいんだ。もし予定がなければ」

「友だちはいませんから」

「これからはどうだろうね。第一土曜日の六時に、ここで小さいサポートグループを開いているんだ。来てみてはどうかな」

4

木曜日の放課後、フットボール場に着いたときには、車がほこりでむせそうな駐車場を埋めつくしていた。保護者や教師たちがフィールドの周りを動き回っていて、その長く伸びた影が、近づく秋をそれとなく感じさせた。

アナが温かい笑顔で私を迎えてくれた。金髪を二本の編み込みにしてうしろで束ねていた。

「試合が始まるのはもう少し先だね」とアナが言うなりレイラが視界に飛び込んできた。彼女は黒いTシャツに黒のアビエイターサングラスというラフなかっこうだった。

「おぉーっ！　遅れちゃったかな？　パーカーがまだこの子に熱上げてるって言った？」

「言ってないよ」とアナは答えて、何かばつが悪そうに足の向きを変えた。「私の役目じゃないし」

首から赤みがどんどん上がってくるのを感じた。パーカーは何かしてきそうには思えなかったが、気持ちを乱すものがあった。彼とあまりにも似かよっていると思わせたのは、長年にわたって私を殴ったりロッカーに押し込んだりしてきた男子たちのことだった。

「クロエは？」レイラがショートボブの髪をなびかせた。

「どこかな。ここで会うと思ってたんだけど、スタンドに行けば見つけてくれるんじゃないかな」

私たちは観覧席近くのフェンスの合間を通り抜けた。運動器具はびっくりするほどピカピカに輝いていて、芝生は豊かでなめらかだった。そばを通る私たちを、興味ありげに見てくる父親がかなりいた。男の子をやっていたときには、そんな目で見られることはほとんどなかったのにと、ほんの一瞬なつかしく思えた。

ベンチの間を歩いているとグラントを見つけた。彼は顔いっぱいに広がる笑顔を向けてくれて、それはホームルームやホールで会ったときと同じ笑顔だった。「アマンダ！　やあ！」

「席取っとくね」とレイラが言って、私を彼に向かってぐいっと押した。おそるおそる足を進めながら、怖がることは何もないんだと自分に言い聞かせた。

「来てくれたんだね」

「そうだね」

「でも、実際フットボール好きってわけじゃないよね？」

「そうだね」と私は認めて、首を振って笑った。「まあ、この街で他にすることってある？」

「グサッ！」彼は自分の胸に手を置いて、それから少し真剣な表情になった。「もう聞いたかわからないけど、土曜の夜にパーティーがあるんだ。よかったら来てみない？」

土曜の夜。この十年で土曜の夜がどんなものだったか思いめぐらせた。お母さんとの晩ごはん。いつもと違うのが食べたいなら中華料理のテイクアウト。いつものならポークチョップとコーンブレッド、ササゲにカブラ。部屋でビデオゲーム。独りきりで、夜遅くまで、じきに指が痛くなって、疲れ果ててぐるぐると考えることなく寝る。実際の高校のパーティーなんてはるか彼方《かなた》、別の国のものだったし、映画の中にしかなかった。
私はゆっくりとうなずいた。「行けたら、と思ってる」

「うん、それならよかった」と彼は少し笑ってこめかみを掻《か》いた。

パーカーがベンチからぶらぶらとやってきてグラントにヘルメットを手渡した。

「試合もう始まるぞ」と彼は言って、私をチラッと見てすぐに向こうを向いた。

「ごめん」グラントは肩をすくめた。「もう行かないと」

彼はにっこり笑ってベンチの方に駆けていった。

私が観覧席で合流すると、レイラとアナは吹き出しそうになっていた。

「パーカーはライバルがいるね」とアナは言いながら、明るく笑って長い金髪を指でねじっていた。

「単語三つね」レイラが人差し指を上げた。「不器用。とろい。かわいい。いいじゃん」

頰《ほお》が痛くなるくらい笑顔になった。ほんの一瞬でも、普通のティーンエイジの女の子でいるのはこんな感じなんだろうなと思った。


第一クオーターの終わるころには、猛烈におしっこにいきたかった。どこにトイレがあるかと観覧席のうしろに目をやると、二つの低く伏した建物があって、一つにはスカートをはいた、すぐそれと分かる棒人間が書いてあった。あのとき殴られてから、ほんの何回かしか女性用トイレを使ったことがなかったし、そう考えると心拍数が上がった。でも今はそうも言っていられない。

「一緒に行こうか？」私が席を立つとレイラが言った。

「ううん」と私は手早く答えた。レイラはうしろにもたれて口をすぼめた。「ごめんね。大丈夫、ありがとう」

観覧席を離れてトイレに向かった。ドアを押し開けると、ペンキと漂白剤のにおいが鼻について、女子トイレが男子トイレよりずっと清潔にしていることを思い出した。個室は空いていて、止めていた息を吐き出した。外では二人の女性のささやき声が飛び交っていたが、ふわふわしていて聞き取れなかった。一人はククク と笑っていた。さっと手を洗って外に出ると、ビーとクロエが向こうの方の角を曲がっていくのが見えた。二人は歩いている途中で立ち止まった。私は半乾きの両手をふともも で拭きかけのまま固まってしまった。ビーは私の方を見て首を縦に振った。クロエは目を大きくした。彼女は指を体の横で曲げたり伸ばしたりしていた。フィールドの方をじっと見つめ、そのままこっちを向くことはなかった。

「ねえ！」と廊下かどこかで会ったときのようなくだけた口調を作って言った。二人が何を隠しているかわからなかったけど、たぶんドラッグだろう。でもそれを突き止めたいとは思わなかった。「アナとレイラはベンチの近くにいるから、すぐわかるよ」

「ありがと」とクロエが言った。彼女は去り際に私をチラッと見た。カールした赤い髪を弾《はず》ませていたが、表情は普段みたいに硬く読み取れなかった。「来てくれてよかった」

ビーと二人だけになって、私は彼女の方を向いた。「フットボール好きって意外だね」

「違うよ。自然生息地の大猿たちを見にきたんだ」彼女はガムの包みをいくつか開けて、ゆっくり口に入れた。「試合、楽しんでね」

「うん」と答えたものの、わからなかった。「大猿」が単に選手のことなのか、みんなのことなのか。よくいる生徒たちをそうやって一般化するときに私は含まれているんだろうか。「またね」

席に戻るとクロエはアナとレイラの間にいて、うしろにまわしたひじに頭をのせて試合を見下ろしていた。観覧席に上っていくときに目が合うと彼女の表情がまた硬くなった。私は手を振りながら、今日はじめて会ったふりをした。私が座るときに彼女はありがとうと口を動かした。

三人がまた話し始めると、フィールドの方に注意が向いた。今まで一試合を最後まで見たことはなかった。フットボールはビーが言うところの大猿を連想するものだったし、それは私の人生を壊すことに一生懸命だった人たちだ。でも今日は、耳にどんどん入ってくる女友だちの楽しそうなおしゃべりの声、観覧席でキラキラ輝く陽光、刈りたての芝生の香り、楽しまずにはいられなかった。第三クオーターの終わり、グラントがゴールを決めたとき、私は立ち上がって、声がかれるまで歓声をあげた。

私が自分の意志でスポーツ観戦しているとお父さんが知ったらどう思うだろう。意識にのぼってきた。

たのは、リトルリーグを最初の試合で辞めてしまって部屋で泣いていたときのことだった。お父さんがどれほど怒って失望していたか。でもこれは、お父さんとそのお仲間——いつもお仲間、であって本当の意味では友だちではなかった——が、ビールを片手に「試合」を見ながら盛り上がるわけでもなくダラダラと座っているのとは違っていた。これは他の何かだと感じた。たとえば気持ちのつながりや、受け入れること、自分がそこにいる感覚だったり。それは楽しいことだと思った。

5

火曜日、いつもみたいに美術棟の裏手でビーを見つけた。彼女は前かがみで壁にもたれていて、目をつぶったまま、耳もとで爆音で鳴っている音楽に合わせて首を上下に振っていた。バックパックをドサッと草むらに置いて、彼女のそばに寄った。彼女は目を開けて、指をくねくね動かして挨拶《あいさつ》した。

「何聞いてるの?」

「ザ・ナイフ。スウェーデンのすごい実験的な……やつだよ。ほら、聞いてみ」彼女はイヤフォンを貸してくれて、シェアできるようにこっちに身を寄せた。それを耳に着けて、アバとかダフト・パンクが交ざったようなのを期待していると、低くソウルフルな声が終わりゆく愛について歌っていた。

「でさ、グラントがあんたに夢中らしいね」と、その曲が終わるとビーが言った。

「何もないよ」と言ってはみたものの、そう思うと心臓がバクバクした。「ただパーティーに誘われただけ」

「あいつ男だよ。で、あんたは転校生でかわいい。まったく高度な論理じゃないよ」

「私かわいくないけど」

「はぁ？　マジで言ってんの。あんたかわいいじゃん、もう。モテるヤツよりタチが悪いのは、自分がモテると認めないモテるヤツだよ」

「あまり時間を有効活用してるとは言えないかな」と答えつつ、がんばって笑顔を作った。ビーの他に誰が、こんなに不機嫌そうに褒《ほ》め言葉を言えるんだろう。「えっと、もし先生に見つかったら、私たちがやり終えた課題を指差して、『美術の授業時間でこの作品を作りました』って言いたいの」

「めっちゃくちゃ純粋だね。でもヒマだからやってあげる」

「じゃあ、それでね、昨日の夜ピンタレストでアイディア探しててさ」と言ってスマホを取り出した。

「なるほど、ピンタレストね。テーマは結婚式、三つくらい何か用意してきてるんでしょ」とビーは私の手からスマホを取り上げてスクリーンをスワイプして、眉をひそめた。「半分が松ぼっくりのジュエリーじゃん。これアートじゃないよ」とビーは言ってスマホを返してきた。「これはクラフト。アートとは別」

「アーツ&クラフツっていうよ」

「アートはね」とビーは言いながら足を靴に戻した。「自分自身の奥底にある私的な何かを表現するもんだよ。アートは自分の世界を他人と共有して、一瞬のつながりでも感じられるようにするのさ。クラフトは松ぼっくりの帽子のこと」

「私、松ぼっくりの帽子なんてピンしてない」憤慨しながらバックパックに手を入れて新しいページの少なくなった古いスケッチブックを取り出した。ビーは立ち上がって私の肩越しに覗《のぞ》いていた。

「あなたが気に入りそうなのをいくつか描いたんだけど――」

「戻して」と彼女が言った。私はページを戻して、二年前に描いたセーラームーンのファンアートのところで止めた。いかにも素人っぽい絵だし別のページに行こうとしたところで、ビーが手をかぶせてきて止めた。「あんたが描いたの？」

うなずいた。「ただのファンアート。何もオリジナルじゃない」

「待って。けなしてくるやつなんてわんさかいるんだから自分でやることないじゃん。あんた才能あるよ」彼女は立ち上がって、草が直接触れていた背中を掻《か》いた。「ちょっと来て」

大きく息を吸ってから、あとを追って駐車場に行った。彼女はくたびれた見た目の赤いピックアップ・トラックの鍵を開け、運転席に飛び乗った。

「どこに行くの？」

「アートをやりたいんでしょ。ならマジメにやろう。アートは自分自身をさらけ出すってことなんだよ。あんたに私のことをいくつか共有する。あんたは、したくなければ何も共有しなくていいよ。創《つく》る価値のあるものを創って」彼女はタバコに火をつけて車を発信させると、風のなかに灰色の雲を吐き出した。

「私が言おうとしてること、誰にも言わないでね」墓地の門の中に入っていくと彼女が言った。「まあ、言おうと思えばできるけどさ、当然。でも信じてるから」

車を降りて、私は彼女について本道沿いの坂道を上った。するとその道は草が伸びすぎた空き地に行き着いた。まぶしくて手をかざすと、ボロボロのプランテーション・ハウスが見えた。窓ガラスは砕けていて、ペンキも剝《は》がれたままだった。

「私の場所なんだ。ひとりになりたくて来る。写真の現像《げんぞう》もできるし」

「身の毛がよだつって感じ」気持ち良い天気なのに両腕をこすった。

「まあそうだよね。役所で調べたんだけどさ。五十年代から誰も住んでないって」

草が水みたいに押し返してくるのに逆らって歩いた。「なんで廃墟になったのかな」

ビーはもう一本タバコに火を点けると、強い風が巻き上がってきて手で炎を覆《おお》った。彼女は頰《ほお》をへこませながら両肩をぐっと上げた。「知らないよ」

風は強さを増して、波のように草地を突っ切ってきた。私は二階のバルコニーを見上げた。窓は黒ずみ、柱は腐ってぼろぼろだった。夏のあいだで初めて、セミの歌が聞こえなくなっていた。ほんの少し前よりも、世界がもっと大きく孤独に感じられた。

「去年、林に入ったところでいくつかお墓を見つけたんだ」と彼女は言った。

「奴隷の人たちのかな？」

「それか兵士。病院に変わって、それから戦争が終わった。感じる？」彼女はミシミシいう玄関の最上段に座ってタバコを吸い終えると、プロっぽい見た目のカメラをケースから取り出した。

私は玄関から数歩手前に立っていて、そこでも草は腰の高さまであった。ビーは私にカメラを向け素早く四回シャッターを切った。「幽霊は信じないよ」と彼女に言った。

「幽霊を信じるかは聞いてないよ」彼女はドア近くにある錆《さ》びきったバケツにタバコを投げ捨てると建物の中に向かった。不安で背中がぞわぞわしたけどそのままあとに続いた。「何を感じるかって聞いたんだよ。嫌なものを忘れるのに時間を費やしてると、アートはできないよ」

中に入ると割れたガラスが床に散らばっていた。小さなプラスチック製のテーブルとキャンピングチェアが左側に置かれていて、電気式のランタンの光の輪が当たり一面を照らしていた。私はビーに対して思った。自分が何かを感じられることがどれほど特権《とっけん》的かを知っているのだろうか、何も感じないことがどれほど恐ろしいものになりえるかを知っているのだろうか。それが、出口のない真っ暗な部屋のような感触にもなることを。

「私と〈正直ゲーム〉をやってほしいんだ」外で空が一瞬光り、雷が大きく鳴り響いた。見上げると、白と灰色の雲が太陽の前を駆け抜けると同時に線状の影が草地一帯に広がっていった。猛暑のあとにはいつも嵐がやってくる。猛暑がより暑く長くなるほど、嵐もより激しく暴れ回る。「たぶん前兆だね。〈正直ゲーム〉は強烈だから」彼女は別の部屋に行ってスツールを持ってくると、私にキャンピングチェアに座るよう身振りをした。

「それは何？」すでに全然やりたくなかった。外では雨が石板色の幕になって降り始めた。

「ゲスな話を抜きにした、真実か挑戦か、みたいなやつ。どうやって進めるかなんだけど、相手が知らなさそうな自分のあれこれを順番に話す。それを五回やるんだけど、バカっぽいことから始めて、だんだんエスカレートさせて、終わるころには、誰かに言うなんて思いもしなかったことを相手と共有してる。挑戦者が先攻で、私ね。あんたが何を言っても、私が言いふらすことはない。あんたが私の噂《うわさ》のネタを持ってるから」

「したいと思えない」椅子の上でそわそわして唇をかんだ。私は彼女に言えないすべてのことを思い浮かべた。絶対に誰にも言えないことを。

「強制ってことじゃないよ」彼女は自分の髪に息を吹きかけて少し整え、パイプとチラチラ光る小さなビニール袋に手を伸ばした。それから乾いた緑の葉を慎重にボウルに詰めた。

「やる前にハイになっていい？」ひざの上でこぶしを丸めて言った。

彼女は首をかしげた。「もうあんたはクールだと思うけど。吸っておもしろいって思われようとしなくていいよ」

「じゃなくて」お腹がピアノ線みたいに張り詰めて、プチっと切れる覚悟でうなっているような気がした。「ただ……リラックスしたくて。ほんとリラックスできなくて……もうずっと前から」

彼女は一度うなずいて、パイプとライターを私たちの間にあるテーブルの上に置いた。

「いつもリラックスさせてくれるわけじゃないよ。言っとくけどいい考えとは思わないな。あんたのお母さんじゃないけどさ」

雷鳴がさらに二回大きくうなり、私は自分を奮《ふる》い立たせて波模様が入った青と緑のパイプに触れた。そのガラス質の表面はお母さんの寝室にあるユニコーンの小さな置き物みたいだった。手に取る瞬間にそんな連想をしたことに笑いそうになった。ビーが吸い方を教えてくれてマウスピースをくわえてみると、温かく湿っていた。

「まだ咳《せき》しないで」と彼女が言うと煙が肺にあふれてきた。

私は唇を閉じたままにした。胸がふくらんで目がうるんだ。やがて胸がジリジリ焼ける感じがあまりに苦しくなって咳《せ》きこんだ。目がくらむ光の輪が頭を取り囲み、体をかがめた。肺が空《から》になってからもずっと咳が続いた。

「間違ったことしたかも。何も起きない」

「みんなそう言うよ。少し待ってみて」

椅子にもたれかかって目を閉じると、ヒリヒリうずく感じが体中に広がりはじめた。くらくらして吐きそうになりながら、何も怖くないし何でもできそうな気がした。

「じゃあ始めるのは私次第かな」とビーは新しいタバコに火を点けて少し考えをめぐらせた。「五年前まで美人コンテストに出てた」

お腹の底から笑いが沸《わ》き起こって、ブルブルいう唇を閉じて耐えていたが、けっきょく吹き出した。

「あんたがハイじゃなきゃ怒ってるよ」

「ハイじゃないよ」そう言った自分の声がスローでいびつに聞こえて、おもちゃ屋にあるピンクのメガホンを通したみたいだったから、さらに笑いだしてしまった。

「いや、ハイでしょ」彼女は私が落ち着くのを待って、スマホを差し出した。それを受け取って、なんとか呼吸を落ち着かせた。スクリーンに映っていたのは、ブリーチした長い髪を完璧にカールさせた女の子が、銀色のスパンコールのガウンをまとっている写真だった。

「今の方がずっとかわいいと思う」本当にそう思った。温かい波がつま先から頭まで走った。

「私らの周りは同意しないね。いいけど。やろうと思えばその子に戻れる。あいつら一生アホだわ。あんたの番だよ」

「私、ピアス開けてない」小さいころ、両親にピアスを開けたいと頼んだこと、お父さんに怒られてどれだけ取り乱してパニックになったかを思い出した。私の人生の感情的側面は、その時点ですでに壊れはじめていたが、そのとき叱られたことの何かがきっかけで、何ヶ月も押し殺してきた孤独や恐怖、自分の存在を恥じる苦しみが堰《せき》を切ったようにあふれ出した。お父さんがひとしきり怒鳴り終えたあと、自分のベッドで横になっていたときのことが頭に浮かんだ。猩々紅冠鳥《しょうじょうこうかんちょう》が外で鳴いているのを聞きながら、涙が出るのはこれが最後なのかな、人生でこれだけの量の涙しか流せないと神様が決めてしまっていたのかな、なんて考えていた。

「マジで？　それだけ？」

「小さいことから始めるって言ったでしょ！」と抗議した。「じゃあいいよ。これならどう？　私は酔っぱらったことがありません」

「はいはい、あんたもうアホみたいにハイだよ。けっこう順調だと思うわ。交代ね。学校のトイレ全部でヤる手前までは行ったことある」

「誰？」と言った声が自分でもびっくりするほど大きかった。私はまたクスクス笑い出すのをなんとかうまく抑《おさ》え込んだ。「誰と《whom》、って意味ね。相手《whom》。“whom”と発音するときの口の中の感じが好きだった。

「交代」とビーは首を振りながら言った。

「はーい」と私は折れて、しょげこんだ子どもみたいに言葉を伸ばした。頭の隅《すみ》に泡がひとつ浮かんでいて、はじけるのを待ち構えていた。私は今この瞬間に存在しているのであって、過去からも未来からも自由だった。「転校してきたのは殴られたから。まだ耳の上に縫《ぬ》った痕がある」

彼女はタバコを長く吸いこみ先端を赤く光らせると、しばらくそのままにしていた。「一年前チャタヌーガのヴァレーに一ヶ月いた」

「それは何？」

「精神病院」彼女はタバコをテーブルのふちで軽く叩いた。灰が漂《ただよ》いながら落ちていった。

「二年のとき、自殺しようとした」

彼女は目を大きくした。「どうやって？」

「お母さんが足を折った次の週くらいだったんだけど。処方薬の痛み止めが出しっぱなしになってて。かなり飲んだ」

「かなりってどれくらい？」

「ボトル全部」と答えて指の爪をかんだ。

「けど、なんで？」

私はただ首を横に振った。

「失敗でよかった」ビーが言った。「自殺が、ね」

彼女は私と目を合わせるとテーブルの表面でタバコを消した。「私、バイセクシュアルなんだ」

「そうなの？」とゆっくり言いながら、その事実を私がビーについて知っているあらゆる事柄に結びつけようとした。そうなんじゃないかと私の中の一部が思っていたのかもしれない。「女の子と付き合ったことある？」

「試合のとき、私とクロエが一緒にいたでしょ？」

「あーっ」と驚いて眉が飛び上がった。他の人はクロエのことを知っているのかなと思った。そうは思えなかった。彼女は少し男性的なところがあるけれど、かならずしもそれが何かを意味するわけではない。それにランバートヴィル高校では、誰かがそのことをオープンにしたりプライドを持ったりはしそうになかった。「吸ってるのかなって思ってた」

「いや。クロエは大の体育会系だから、体をだめにするようなことは拒否るんだよ」

うなずいて、彼女が言ったことを整理した。私は自分自身を打ち明けることに捕われすぎていたことに気がついた。だから新しい友だちにもそれぞれ秘めているものがあるなんて思いもしなかった。

私たちはしばらくのあいだ黙って座り、雨が屋根を叩きつけるのをじっと聞いていた。それは、お父さんが職場のお仲間とのハンティングに私を連れて行って、突然の嵐で週末中ずっと小屋に閉じ込められたときのことを思い出させた。私はお母さんの持っているレシピ本に載《の》っているようなオートミールクッキーを手持ちの材料で作ろうとしたが、お父さんを不愉快にさせただけみたいだった。それから二度とハンティングに連れて行かれることはなかった。

ビーの声が静寂《せいじゃく》を破った。「あんたの番だよ。四個目だし、いいの出してね」

「うん」と呼吸を整えながら答えた。「ちょっと時間もらっていいかな?」彼女は肩をすくめた。

あの週末のことをまた考えた。クッキーには何も悪いところなんてなかったのに捨ててしまったときのこと。お父さんに怒られないように、好きだったことの多くをやめてしまっていたこと。これからの人生を、十六歳で何もないところから突然生まれたふりをして生きていくのかと思うと、屈辱と怒りで頬が熱くなるのを感じた。おじけづくことにはもう疲れた。こそこそするのはもう疲れた。私は本当のことを話すことを望んだ。声に出して言うことを。

でも口にしようとしたとき、何も出てこなかった。

「ごめんなさい」けっきょくそれしか出てこなかった。目が乾いていた。「何を言うべきかはわかるんだけど、でも……ちょっと無理」

彼女は少しのあいだ待ってくれていた。雷が外で光った。彼女は催促《さいそく》してくるか、あるいは当てようとしてくるかと思った。でも彼女はただうしろにもたれて言っただけだった。「雨、当分は止んでくれなさそうだね。スケッチブックを持って」

私はひざの上に置いてみた。「何を描けばいいかな?」

「描きたいものを描いて」

私はペンを紙に当て、唇をなめた。ほんの数秒で、悲しい目をした小さな男の子の輪郭が現れた。描いていると数分が経ち、聞こえるのは屋根を打つ雨の音だけだった。

「よさそうだね」とビーは静かに言って、タバコを長く吸った。「何であれ、言えないことがあったって」彼女は私の目を見た。「大丈夫だよ」

三年前、十二月

サポートグループの集まりまでは一時間あった。ドアは閉まっていて灯かりも消えていたから玄関口にしゃがみこんだ。待っているあいだ携帯ゲーム機でファイナルファンタジーをやった。指はかじかんでいたけど、ゲームの主人公はアマンダという名前にしていて、彼女は美しく力強かったし、モンスターを倒すのを見ていると心が落ち着いた。自分自身でいられる気持ちになれたのは、誰かになったつもりでプレイしているときだけだった。

十二月の最初の週で、ここ以外の家はみんな雪や氷みたいにキラキラする白い光で飾られていた。雪を見たのは引っ越す前に二回だけで、ジョージアではまったく降らなかった。それでもこの日はかなり寒くて、それは心地のいいものだった。寒い日には厚手のブーツに厚手のジーンズ、セーターを着込んでマフラーを巻いて、帽子もかぶることができた。繭《まゆ》みたいにくるまって、人から見える部分が鼻と目、何本かの茶色い髪の房《ふさ》だけにできた。誰が見ても男か女かわからなかった。

「あら、こんにちは」その家の庭から声がした。私はゲームを止めて顔を上げた。少し年上の女の人が手を振りながら、黒い革のブーツでその庭の小道を玄関に向かって颯爽《さっそう》と歩いてきた。彼女は長身で足が長く、雲のような髪を一歩ごとに弾《はず》ませていた。ゲーム機をしまって立ち上がり、両手を脇の下にはさんだ。「今日が初めて？　そうじゃないかもだけど」

「そうです」ウールのマフラー越しだと私の声でも性別がわからなくなった。「初めて、です。ここに来たことはないです」

「そっか！」と彼女は表情を輝かせて言った。彼女は玄関の鍵を開けて中へどうぞと身振りをした。入った正面の部屋は暑苦しいほどだったが、まだ繭を取りたくなかった。「私はヴァージニアね。コーヒー飲む？」

「何も用意してもらわなくて大丈夫です。水だけで結構です」

彼女に案内されたキッチンは一九四〇年代のものに見えた。白と青のタイル張りで高い窓があった。彼女がコーヒー豆を挽《ひ》いているあいだ、座って汗だくになっていた。

「ねえ」と彼女が言った。「自分が落ち着く服を着てほしいのはやまやまなんだけど、ここにいたらバカ暑いし、もう茹《ゆ》で上がってるでしょ。約束します。見られるのを怖がらないで大丈夫。この場所では、あなたが思う本当のあなたをみんな見てるから」

少しぼんやり立ったままでいたけどすぐに帽子を取った。髪は汗でじっとりしてくしゃくしゃだった。マフラーをほどいていると、チクチクするウールがバンドエイドみたいに肌を引っ張った。

ヴァージニアが笑顔になった。「ほら？　あなたは素敵だよ」

彼女はとなりに座って両手をにぎってくれた。その手のサイズだけは彼女のことを明かすかもしれない。それでも私の骨ばって青白い指のそばで、彼女の指は美しくて色濃く生き生きとしていた。

「あのね、今夜あなたが会うたくさんの人たちはちょっと……でこぼこしてる。怖がって逃げたりしなくて大丈夫だからね？」

「わかりました」小さな声で答えた。

「でも、みんなに変な人《フリーク》みたいに接しないでね。世間の色眼鏡じゃなくて、みんなが実際にどんな人なのかを見て。素晴らしい人たちだから」私はうなずいた。彼女は私の手をぎゅっとにぎった。

ドアを開け閉めする音が聞こえた。正面の部屋から何人かの声が流れ込んできた。小柄で丸みのある男の人が闊歩《かっぽ》していて、なめらかでひげのない頬《ほお》とトゲトゲの金髪だった。ヴァージニアは彼をブーンという名前だと紹介すると、彼は低い喉声で手を振ってくれた。彼のあとに、艶《つや》めく長い黒髪ストレートの女の子が続いた。ひざ下まである着古したつぎはぎのオーバーコートを着ていた。ヴァージニアは彼女をモイラと紹介したが、聞こえていたとしても、本人は何も言わなかった。モイラは自分の足を見ながら歩いていて、わかるよと彼女に言いたかった。でもわかるということに必要なのは、それを言っても彼女を過敏にさせるだけだと知ることだ。

「ワンダは？」とヴァージニアが尋ねた。彼女は椅子に前かがみに座り、ひじを引っ込めて両手でマグカップを包むように持った。

「シッターが見つからなかったって」と彼が言った。その声は高くてガラガラしていた。「その子は誰？」

「で、お名前はなんていうの？」とヴァージニアが眉を上げて問いかけた。

「アンドリューです」胸郭《きょうかく》がつぶれそうになった。心臓がドクドクいうのが聞こえた。

「それが本当の名前？」

そう言って女の人が部屋に入ってきた。肩幅が広く化粧の下にかすかなひげの気配があった。彼女はたくましくがっしりしていたけど、見るほどに魅力的だと思った。この軽快な足取り、髪にさっと触れる瞬間、心を開いた満面の笑顔。ブーンは「こんばんは、ロンダ」と言って挨拶《あいさつ》した。

「アマンダ」としばらくして答えた。「それは……自分の名前ということではないんですけど、でもそうだといいなっていつも思ってました。だから、アマンダ、かな」

「私たちもそう呼んだ方がいいかな？」とモイラが問いかけた。彼女の黒い縁の瞳から圧を感じたが、口もとは上がっていてかすかな笑みを浮かべていた。

「わかりません」と答えた。胸は苦しかったけれど温かさも感じた。呼吸は浅かった。「そうだといいなって思います」

「それじゃあ、みんなに友だちのアマンダを紹介したいと思います」とヴァージニアは言いながら、私の手をぎゅっとにぎってほほえんだ。不意に目が熱くなった。頬をこすった手を見ると濡れていた。泣くことができなくなっていたのはいつからだったただろう。

6

アナは、土曜の夜のパーティーに乗せていくと言い張った。お父さんと私はその週のほとんどのあいだお互いに避けていた。でも彼女が家の緑のミニバンでうちの前に迎えに来てくれたとき、お父さんは笑顔だったんじゃないかと思えた。たぶん、宗教的なメッセージが書かれたバンパーステッカーがバンのうしろ全面に壁紙かと思うくらいに貼られているのを見て、私がちゃんとした人と友だちになっていると安心したのかも、と思った。

私たちがパーティーのある家に着くころには、沈んでいく太陽が西の山々を赤と紫の輪郭で縁取《ふちど》っていた。その家は白のランチ様式で、『サザン・リビング』の表紙を飾っていそうだった。庭は満開の花々であふれていた。名前はぜんぶわかった。インディアンピンク、ホワイトトレインリリー、ストケシア、フォールスインディゴ。お母さんが何年か前に教えてくれたものだったが、私がガーデニングをしているのをお父さんが見つけて、親どうしでけんかになった。

中に入ると、音楽で家じゅうの床がガタガタ鳴っていて、同年代の人たちが赤いソロのパーティーカップを手にひしめき合っていた。ビールの樽《たる》がひとつキッチンの入口に置いてあって長蛇《ちょうだ》の列ができていた。私たちが歩いているとすかさずクロエとレイラが手を振って、それぞれハグしてくれた。先週もたくさんハグをもらっていて、それまでの私の全人生での数より多かった。相手が誰であろうと触れられると反射的に神経がとがって飛び上がってしまうのが気がかりでならなかったが、深呼吸して気持ちを静めてみると、それは意外に楽しいし、そんなつかの間の触れ合いが、自分は独りじゃないと思わせてくれた。

クロエが私をキッチンの方に誘いながら、他の子たちに飲み物を取ってきてあげると言った。レイラにはビール、アルコールがだめなアナには水だった。私も飲めないと言おうとしたが、二日前にハイになってたんだと思い出して、ビールを飲むくらいなんでもないような気になった。

クロエと二人だけになると、彼女は体を寄せてきた。「ほんとにありがとね。木曜日のこと」

「何のことかわからないな」と私は笑顔で返した。

彼女は赤いカップを私のにコツンと当てた。「ここにいるみんなが話してるのってさ、他人がどれだけ噂《うわさ》してるかってことだよね」と彼女が言った。この一週間で彼女がこれだけの言葉を一度に言うのを初めて聞いた。「でもその噂のいかがわしさが強いほど盛り上がるんだよ」

私たちのうしろで、レイラとアナが主催の子の iPhone とスピーカーを数台いじっていた。新しい曲がかかると大声で盛り上がっていた。

「話し相手がほしくなったら言ってね。私、口かたいから」と彼女に伝えた。

＊　＊　＊

二十分後、私はキッチンのカウンターに座って、家を埋《う》めつくす人の海を眺めていた。アナとレイラ、クロエはみんな他の人と話していたから、私は手持ち無沙汰《ぶさた》に見えないように赤いプラスチックカップから慎重に少しずつ飲んで、スピーカーから鳴り響くヒット曲トップ四十に合わせて踵でリズムをとった。ビールには特に何も感じなかった。古くなったパンと水みたいな味で、何か気分を変えてくれるものでもなかった。

「えっと……あの」と太い声がしたが、音楽と人混みにほとんどうもれていた。顔を上げるとパーカーが数歩先に立っていて、ぎこちない表情だった。

「どうも」と私はさりげなさを出して言った。彼の重いまぶたの目つきはどこかいつも落ち着かなくさせられる。「この前の試合、おめでと」

「負けたけど」

「でも今まで見たスポーツの試合でいちばん楽しかったよ」と肩をすくめて言った。「賞があってもよさそう」

「ああ」と彼は言って顔を背《そむ》けた。彼の顔が赤くなるのを見て、あがっているだけだと思い当たった。

私は急に罪悪感を覚えた。単にここにいて話しているだけで彼に気を持たせているかのようだったからだ。そう思うと自分が変な力を持っている感じがして、気持ちの良いものではなかった。

「ビール持ってこようか？」

「私もう――」と言いはじめたところで、彼は「持ってくるわ」と何も聞かずに人混みに消えた。彼が歩いていくのを見ながら私は長いため息をついた。

グラントが私の前に来たのはそのほんの数秒後だった。彼はヘザーグレーのTシャツに履《は》き古したジーンズを着てすっかりくつろいでいるようだった。彼の真っ黒な髪はボサボサで、高速道路を走る車の窓から頭を突き出したみたいだった。

「やあ、元気？」と彼はいたずらっぽい笑顔で言った。「僕もよくわかってないかもしれないけど、パーティーの趣旨《しゅし》っていうのはだいたい、楽しむことなんだよ」

「楽しんでるよ」と答えてビールをもう一口飲んだ。

午後のあいだずっと、支度《したく》しながらこうやって彼と顔を合わせたときのことを頭の中でリハーサルしていた。シャワーを浴びているときは、そういえばそんな人いたよねみたいなふりして澄まし顔だった。髪を乾かしている最中には、用心なんてどうでもよくなり遠慮なしに彼とそれはもう楽しく過ごした。着替えながら、純粋で無邪気なことをしてみた。ようやくメイクに取りかかったときにはもう何も思い浮かばなかったし、彼が目の前にいる今、取りつくろってもしょうがないと観念した。

「君もう十分くらい天井見てるよ」

「じゃあ、私のことずっと見てたってことだよね」

「僕のせいにするの？」と彼は言いながら頭を振って笑った。「君が楽しんでるか本当に気になってただけだよ」

「楽しく過ごしてるよ、本当に」少し目が回る感じがしてきて、ようやく酔い始めたんだと自覚した。

「この曲めっちゃ好き！　これ、お気に入りなんだ」

彼は意外そうな顔をした。「ケシャの曲がお気に入りなんて思えないけど」

「そうかもね！」彼は私をじっと見下ろしながら、これ以上ないほどどっちつかずの表情で塗り固められていた。私はすぐに言い直した。「ウソウソ。本当はテクノしか聞かない」

「じゃあ、ちょっと来て」と彼は言って、身振りで案内しながら部屋を突っ切って行った。私はほろ酔いの頭で、椅子からぴょんと飛び降りて彼についていった。

視界の隅《すみ》でパーカーがキッチンから出てくるのが見えた。両手に赤いカップを持ち、私を探して首を伸ばしていた。人混みが部屋の向こうの端でまばらになるとグラントの姿が見えた。iPhoneをスワイプしながらスクリーンを熱心に見ていた。彼の肩越しに覗《のぞ》こうとしたが、彼は最後にもう一度タップすると、振り向いて得意げにほほえんだ。聞き覚えのあるダフト・パンクの乾いたビートが耳を打った。最初はうっすら聞こえるくらいだったがすぐに大きくなった。グラントは唇をかんで、音楽に合わせて頭を軽く動かした。私はビールを飲み干して、カップをテーブルに置き、彼のところに向かった。

ヴォーカルが入ってくると、デジタル化した声がもっと激しく踊れ《work》、もっとうまく、速く、力強くと号令をかけ、ダンス《work》は終わらないと言い聞かせてきた。すると気持ちが晴れて、恐れる気持ちは全部その夜のあいだどこかに消えていく気がした。グラントが私の両手をにぎった。でもそれで怯《おび》えるようなことはなかった。お互い指の長さは同じだ、とふと気づいたが、彼の指はより大きくてたくましかった。彼が私を人混みのなかに引き入れ二人で数歩進むと、ビートに合わせて足を動かし、腰もその動きに続いた。他の人の体がひしめき合うなかにいても気にしなかった。いつも本能的に人混みを避けていたけど、今夜は、体がぶつかることは思いのほか気持ちのいいものだった。生まれて初めて男の子と踊りながら、自分が周りにいる人たちの一員になっている気持ちになった。それは自分が、潜伏《せんぷく》した病ではなく健康な身体の細胞の一つでいるようだった。

その曲が唐突《とうとつ》に終わって我に返ると、めまいと少しの吐き気を感じた。私はグラントの腕を引いて少し笑って、頭で部屋の角の方を合図しながら、ひと息つきたいと知らせようとした。彼はうなずき、そのたくましい指でボサボサの髪をかき上げてにっこり笑った。

人混みに押されながら私は奥の壁に渡っていき、そこに寄りかかった。長く均等な呼吸で激しい鼓動を落ち着かせようとしていると、暖炉に置かれた写真に視線が行き着いた。そのなかでは十人くらいの男の子たちが丸太の上で大騒ぎしていた。一人は今日の主催者だったが、右端に写っているのは明らかにグラントで、小柄で明るい髪色の男の子に腕をまわしていた。気がつくと私はその子に目を留《と》めていた。二人とも日焼けした顔にずぶ濡れの髪で、うんと大きくひたむきな笑顔にあふれていた。この子は誰だろうと思った。グラントには私が知らない兄弟がいたんだろうか。

「いたよ!」と大声で呼ぶレイラの姿が正面に見えた。彼女はなめらかに人混みを縫《ぬ》って歩いていた。クロエがうしろからついて来ていた。両手はポケットにひじを突き出すかっこうで、みんな彼女に道を空けていた。

「見失ったかと思ったわ」と言うアナは髪が押し合いへし合いでバサバサだった。

「ファンの一人に連れ去られてたりして」とレイラが答えて、意味ありげに両方の眉をつり上げた。

部屋の反対側にパーカーとグラントがいるのが見えた。話し込んでいたから、何についてだろうと思った。でもすぐにハッとしてそんなこと考えたくなくなった。代わりにあの写真を手に取った。

「これって誰?」

「ずっと前グラントの知り合いだった子」とレイラは答えた。「ほんといつも一緒だったんじゃないかな」

「その子覚えてるよ。同じ教会に通ってたから」とアナが言った。その眼差《まなざ》しはつらそうだった。

「お父さんと毎週日曜に来てたんだよ。お母さんは留守番。いつも本当に落ち込んでそうだったけど、私の親ね、その子と話すのを許してくれなかったんだ。悪影響だって」

レイラが声を潜めた。「その子ほんとうに病気だったんだって。末期とかって。だから一家で引っ越したの」

パーカーが割り込んできて、私の手から写真をつかみ取った。「トミーの話か? グラントのちっこいゲイの彼氏だろ?」彼の巨体の仲間が二人、その背後から現れた。一瞬でこの空間が息苦しくなった。

「そいつの母親、完全に頭おかしくなって、親父もトムトム坊やもショットガンで殺して自分もやったらしいぞ。みんな頭ぶちまけてるからさ、検視官《けんしかん》も身元《みもと》確かめんのに死体の歯を使うハメになったって」

クロエが目を細めて唇をすぼめた。アナは足元に視線を落とした。

「パーク」グラントが言って輪に入った。パーカーが振り向いた。グラントの両手はポケットに入っていて、あごは硬い線を結んでいた。「そんなくだらない話するなよな」

パーカーは嫌な顔をして背筋を伸ばしながら、肩を怒らせて自分をありったけ大きく見せた。彼の視線はレイラからクロエに移った。二人ともまっすぐ前を見ていた。最後に彼は私の方を見て、陰険《いんけん》な笑みを目に浮かべた。

「よお、グラント。この転校生、おまえにマンコついてるって知ってんの？」

私はこぶしで打たれたみたいにたじろいだ。なぜ人がこんなことをいまだに言うのかわからなかった。いつになったらこんなことを言われても気にならなくなるのだろう。私は一歩下がって距離をとった。

でも二人ともこっちを見ていなかった。グラントはただ頭を横に振った。「もう一杯飲めよ、な」

「五ドル賭けるわ。そいつ、おまえの元カレに勝てんぜ」とパーカーが吐き捨てた。彼は肩を払ってビール樽の方へ向かいながら、途中でグラントをボディチェックみたいに触っていった。彼の子分たちが続いた。グラントはじっとしたままひとことも言わなかった。

誰かが音楽をかけ直した。するとすぐに普通のパーティーの音が戻ってきた。私の周りで、他の人たちが再びおしゃべりしたり笑ったり、戯《たわむ》れたり踊ったりしはじめた。でも私はもうその人たちの一部にはなれなかった。なれると思う方がどうかしていた。誰も見ていないところで、人混みをかいくぐって裏口から抜け出した。

十一年前

学校でおもしろいおはなしを書いた。アプトン先生は、ご両親は今晩これを読まなきゃね、だから早く家に持って帰りなさいと言ってくれた。そのおはなしは、自分が大きくなったらどんなふうになっているかを想像して書く課題で、そういうのはいつも考えていたことだった。

おはなしのなかで、私は自分の部屋で『マイロのふしぎなぼうけん』に出てくる感じの車を見つけて、赤ではなくむらさきなのは好きな色だからで、まほうの世界に行くマシンじゃなくてタイムマシンだ。車に乗りこんでエンジンをかけて走っていくとそこは未来！　未来の世界で私は科学の研究所にいて、そこでは長いかみの毛のとても背が高くてかわいい女の人がコンピューターでお仕事をがんばっていた。白衣を着ているけれど、説明するのがむずしいくらいかわいい服だったから、絵をかいた。その女の人は立ち上がって私をハグしてくれてこう言った。私は大人になったあなただよ！　大人になるときに男の人じゃなくて女の人になれるようにとくべつな薬を飲んだことも聞かせてくれた。その人は、自分が女の子だという心の中の思いは正しくて、悪くもないしまちがってもいないと言ってくれた。私はタイムマシンに乗って家に帰った。

むかえを待つあいだにおはなしをまた読んだ。むかえの車を待つ列はすごく長かった。がまんは得意だし落ちついているとお父さんから言われるくらいだったから、いつもなら気にならなかったのに、早くこのおはなしを見せたくて待ちどおしかった。お父さんはきっと自分の子が男の子ではなく女の子だったとわかったらうれしいと思ってくれるし、でもお母さんといっしょにそんなばかなまちがいをしたなんてばかだな、なんてことも思うかもしれない。お父さんは私と男の子のすることをしようとするとき、いつも怒った顔をしてやめてしまっていたからほんとうに男の子をほしがっていたとは思わなかったし、私はスポーツがきらいだったからそれでよかった。

オレンジ色のベストを着た案内がかりの女の人が私の名前をよんで、三レーン向こうにある、うちの茶色のステーションワゴンを指さした。走りだした私に、オレンジ色のベストの女の人がゆっくり歩くように言って、それは私の安全のためのルールだった。ゆっくり車のあいだを歩いていって、お母さんとお父さんが今度どんな服を買ってくれるかいっぱい考えた。スカートがいいな。暑いしジーンズはぜんぜんよくないしさいあく！　ブースターシートにすわってシートベルトをした。お父さんが車を運転していて、お母さんはいなくて、それがふつうだった。二人はいっしょに車に乗るのが好きじゃなかった。ストレスでいっぱいになってどなり合いになるからで、私もそれがきらいだった。

「学校どうだった？」

「楽しかった！」お父さんはうなずいて音楽をかけた。私が書いたおはなしのことをすぐに話したかったけど、運転中に読むのは危ないし、読んであげたら絵を見てもらえなくなる。私は曲に合わせて鼻うたを歌って頭をゆらしたけど足ぶみはしなかった。その音でお父さんの気がちるし、それは安全のためにはよくない。やっと家に着いて車がとまった。

「お父さん！　お父さん、今日やったの見て！　おはなしを書いたよ！」運転席のところまでぐるっと走った。

「お、そうか」お父さんが少しにっこりした。いつもあまり笑わなかったからいいきざしだと思った。お父さんは本が好きだったから、私の書いたおはなしも好きになってくれると思った。「きっと次のフォークナーになれるぞ」

お父さんは私の手からおはなしの本を取って、表紙を見るとにっこり笑ってくれた。私が車を見つけた最初のページでも笑ってくれた。あの車を動かした二ページ目でも笑ってくれた。とまどった顔になったのはきれいな女の人に会った三ページ目だった。それから顔をしかめた。おなかが気持ち悪くなって本をすぐに返してほしかった。女の人が未来の私だと言ってくれるページまで読んだとき、おでこのしわがすごく怒っているときみたいになっていたから、すごく怖くなって固まってしまった。お父さんは最後の三ページは飛ばして、その代わりに先生が書いてくれたメモを読んだ。

「なんで先生はおまえがまじめにやってるなんて思った？」お父さんに見られていると、何日もおふろに入っていないような気持ちになったけどそれは内がわのことで外がわじゃなかった。「これ冗談《じょうだん》だろ？」

お父さんにうそをつきたかったし、ほんとうのことも言いたかったし、一人の人間がそんな二つのことをいっしょにやりたくなるなんてあるんだと思った。自分のくつを見ていたら泣き出しそうになったけれど、それが悪いことなのは泣くのは女の子がすることだとお父さんに言われてたからで、でも私はちゃんと女の子なのに、お父さんはそれを冗談《じょうだん》だと決めこんで怒っていて、そう思っているともっとたくさん涙が出てきた。お父さんはひざをついて両手を私の肩に置いた。

「俺を見ろ」お父さんが言った。首を横にふった。「見ろ！」とくり返して、肩をしめつけた。目を閉じたかったのに、お父さんをもうさんざん怒らせていた。もう悪いことや苦しいことはいやだった。

「これは冗談だと言わないといけない」

「はい、そうです《Yes sir》」それは大人が私に怒っていて、怒るのをやめてほしいときに言うことだった。お父さんは肩から手をはなして自分のひざに置いた。鼻をすすって目元をぬぐい、お父さんを見上げたら、その顔は空を向いていた。お父さんは深いため息をついた。

「おまえにはな《son》」とお父さんは言った。「おまえには、いい人生を歩んでほしいんだよ。おまえの話のようなことを考えている男の子はいろいろ混乱してるんだ。いい人生は送れない。おまえはそういう子たちとは違う」

「はい、そうです《Yes sir》」小さく言った。

お父さんは私のかみの毛をくしゃくしゃにしてほほえんだけど、目は笑っていなかった。「こういうことはもう聞きたくないぞ、いいな？」

「はい、わかりました《Yes sir》」

「よし、元気だせ」私は鼻をグスグスいわせて地面を見た。「キャチボールしような？　イヤなことは忘れよう」

「ううん、大丈夫」と言ったあと「お父さん」と付け加えてから家の中に入った。

7

パーティーを抜け出した帰り道、夜の澄《す》んだ空気を深く、気持ちを落ち着かせるように吸い込んだ。太陽はもう沈んでいて、星も出ていた。ここではこんなに鮮明で澄み渡って見えることにまだ慣れなかった。スマーナは厳密《げんみつ》な意味での都市部ではなかったが、アトランタの光害は遠くからでも届いていて、空を青と紫に塗りつけていた。ここでは天の川の薄暗い帯でさえも、すべてが見て取れた。このまま歩いて空の中に昇っていき、どこか遠い星で、私が恐れているものごとから離れて生きていけたらいいのに。うれしさというものは、恐れや心の乱れに染まらないまま、それ単独で感じられるものなんだろうか。あるいは一定の苦痛は、光の速さのように普遍定数《ふへんていすう》なんだろうか。

「おーい」そのブロックを歩いている途中で、うしろから声がした。振り向くとグラントが誰もいない通りの真ん中に立っていた。「もう帰るの?」

「あまり気分が良くなくて……」声がだんだん小さくなった。何がなんでもこの一文で本当のことを言ってしまいたかった。でも何と言えばいいのだろう? あなたのこと好きだと思う、でも普通の人生を送るなんて無理だ。あなたも好きでいてくれていると思う。でもあなたは私がどんな人間か絶対に理解できない。

グラントは懐中電灯を出してスイッチを入れた。二人とも突然の輝きに目を一瞬閉じた。

「一緒に来る?」

彼は森の方を向いた。頭よりも先に足が動いて彼について行った。私は自分の過去から自由になれることはないだろう。それは常にそこにあって、ブラックホールみたいに私を吸い込み押しつぶそうと待ち構えていた。そこから逃れる唯一の方法は、動き続けることだけだった。

森のなか深くへ歩いていくにつれて、短い草は、つかみかかってくるような、ふとももに届く黄色く長細い葉に変わっていった。「パーカーとのこと……」と私は言いはじめながらグラントがどんなふうにして自分の立場を守ってきたんだろうと思った。私がトミーのように消えてしまう前に、彼はあと何回助けに来ないといけないのだろう。彼はあと何人の友だちと離れなければならないのだろう?「二人はこれからも話すの?」

グラントは肩をすくめて、私がついて行けるように懐中電灯の光で道を照らした。「放課後、やりあえばそれで済むよ」彼は冷静に返事をした。「でもあいつデカいしタチが悪いから、このバカみたいなことは何ヶ月か続くかも」

私たちが腰の高さまであるツタウルシの茂みに近づくと彼は立ち止まった。「跳べそう?」

「全然ムリ」ビールのせいでまだ少しフラフラした。

「持ち上げても構わない?」

「そうだね」喉が乾いてきた。指で首筋に触れた。「大丈夫、って意味ね」彼は声を出して笑うと私の腰を抱えて、やすやすとツタの向こうに運んでくれた。彼の手が触れていたところが温かかった。

私たちは歩き続けた。ずっとグラントが先を行ってくれた。道が開けると、淡い銀白色にちらつく湖があった。カエルのコーラスにセミの声が加わりつつ、それぞれのリズムで歌っていた。

「男子ってさ、賢いと怖いが同じこともあるって教わってないと思うんだよね」

「そうかも」彼は懐中電灯を上に向けた。「ここだ」傾いた木製の床板《ゆかいた》が、三本の太い木の枝の先端上におさまっていた。ぎくしゃくして不揃《ふぞろ》いな板が、はしごになるように木の幹に釘で打ちつけられていた。

「ここはどこ?」と聞いた。彼は気恥ずかしそうにしていた。

「見ればわかるよ」彼は床板の上に登ると懐中電灯を下に向けた。私は一瞬目を閉じた。「僕を信じる?」下にいる私に彼が手を差し出した。

「『アラジン』のセリフ?」私がその手を取ると、彼は軽々と私を引き上げた。

私は小屋の端まで這《は》っていった。上から見ると、湖は月をはっきりと反射させていて、光がちらつく水面の上で完全な白い円になっていた。深く息をついて振り向くと、グラントが木の幹にもたれて腰を下ろしていた。

「一緒に来てくれてありがとう」と彼は言った。

「連れてきてくれてありがとう」私は冷たい湖の空気を吸ってため息をついた。「この辺に住んでるの？」

「いや」とグラントは答えて急に慎重そうな顔になった。「まあ、前にね。ここ、トミーの隠れ家だったんだ」

「友だち？」

「うん。一緒によくここに来てたんだ。あいつの親がケンカしたとか学校で誰かにいじめられたときに」

「その子に何があったの？」

グラントは親指で他の指先をこすった。「死んだよ」

私は何も言わずにうなずいた。「自分でしたの？　それとも誰かが？」

「もし周りが誰かに何かさせたなら」グラントの声は小さく、かすかに震えていた。「そいつらの責任だよ」

息ができなかった。彼に伝えたかった。この場所で、トミーのような人の味方になってくれる、前の私のような男の子の味方になってくれる人を見つけたことにどれほど大きな意味があるか。私は身を乗り出し、指で探りながら彼の手にそっと重ねた。

「あなたは良い友だちだったんだね」

彼は私の手をにぎりしめた。私たちはそれから長いあいだ、生命がその長く冷たい眠りに備えるなかで吹く湖の風と慌ただしいセミの声に耳をすませていた。

「ありがとう」としばらくして彼が言った。彼は懐中電灯を置いてうつ伏せになると、上半身が隅の方で見えなくなった。「泳ぎ方、わかるよね？」

「うん」泳ぐことは、思春期が意に反して私の体を変えてしまってから、唯一好きだと思える運動だった。水に浮かんでさっと泳ぐと、物質としての身体に縛《しば》られているひどく嫌な気持ちから自由になる。「でも、水着持ってないよ」

「大丈夫」と言うと彼は素早く降りて行って視界からいなくなった。一瞬ごそごそと物音がして、彼の白いアンダーシャツがこの樹の家に飛んできて私の足元に着地した。私はさっと服を脱いで彼のシャツを頭からかぶった。グラントは私よりかなり背が高いわけではなかったが、男の子の服はゆるくてぶかぶかで、全身を覆《おお》うほど下まであった。

「そのワンピなくさないでね」登ってくるグラントに言った。「お気に入りだから」

「それ似合ってるね」と彼が答えた。小屋に戻ってきた彼の、シャツを着ていない引き締《し》まった立ち姿に黙り込んでしまった。彼は私が目をそらさないでいるのがわかって赤くなっていた。すると彼がバッと動き出して固まった空気が解けると、そのまま端から飛び降りていった。両腕を大きく回しながら一瞬宙に浮いて、小さな音を立てて水面をまっすぐ突き抜けた。

静かになったほんの数秒息をこらしていると、彼が水面に出てきて笑い出した。

「首、折れるところだったよ！」と私は叫んで両手を腰に当てた。「毎年、何人が変な飛び込み方して背骨のケガしてるか知ってる？」

彼は目元をぬぐって髪を整えながら優雅に立ち泳ぎしていた。「いや」と彼は言って息を整えた。「何人なの？」

「えっとー」と立ったまま言った。「私も知らないけど、ぜったい多いよ」

彼が笑っている最中に私も樹の方に後ずさりした。

「私も飛ぶ」と宣言した。

「いや、ちょっと――」と彼が言いはじめたけど、言い終わる前に走り出していた。床の端まで行って飛び降りた。この楽しさに満ちた一瞬、重力がなくなり自由になった気がした。それから湖に背中から落ちると、やってきたのは衝撃でひりつく感じだった。

「うぅ」水面に浮かんでうめいた。

「気をつけてって言おうとしたんだ」グラントがこちらへ泳ぎながら言った。

「大丈夫」と返して目を閉じ、痛みが体中に広がっていくのを感じた。でも気にならなかった。痛みは生きていることを実感させてくれるからだ。ずっと長いあいだ何も感じなくなっていて、何かを感じようと必死だった。

目を開けて顔を上げ、頭上で瞬《またた》く星々を眺めた。ホタルが忙しそうに私の目線の上で飛び交い、片割れの気を惹《ひ》こうと明るく光を脈動《みゃくどう》させていた。ため息をついてゆっくり足で泳いでいると、さっきまでの恐さが溶けてなくなっていった。

数分とも数時間ともつかない時間が経ったあと、グラントが岸に向かって泳いだ。彼はなめらかな動きで湖を出て、まったく疲れていなさそうに見えた。私も岸に上がると彼がこっちを見ていた。

「何？」と言って下を向くと、白の薄いTシャツが黒いブラに張り付いているのが見えて気が動転してしまった。腕を胸の上で組んでみたものの顔が赤くなるのがわかった。

「きれいだよ」

びっくりして目をパチパチさせた。そんなことを言った男の子は今まで誰もいなかった。

彼が手をつないでくれた。そのまま二人で私の家まで歩きはじめた。アシがサヤヌカグサ変わっていき、すぐに歩道に出た。木々の隙間から街灯の光が見えた。

「僕が聞きたいこと、わかるよね？　なんでかっていうと、今すぐ、キスできればって思ってる」

心臓が一瞬止まったように胸が詰まった。「本当に？」

「しなくちゃってことじゃないよ」と彼は急いで言った。「前に君が言ったことわかるよ、デートができないってこと……」

「いや」体を近づけて彼に手を重ねた。「気にしないで、ってことね。いいよ。はい、って意味」

彼が何か他のことを言いかけたところで、私は目を閉じて彼に身を寄せた。彼は私の顔に触れて途中まで近づいた。二人とも唇に湖の水が玉になってくっついていた。キスはほんの一瞬だったけれど、唇がしびれると同時に温かかった。

彼はもういちど私の手を取り、爽《さわ》やかで心地よい沈黙のなか、家まで歩き終えた。全身がうれしさでウキウキしていた。

でもね、と頭の中でささやく声がした。もし本当のことを知れば彼はこんなことしなかったでしょ。

「どうしたの？」と彼が心配そうに言った。ふと気づくとじっと考え込んでしまっていた。

「え。ううん、なんでもないよ」

「キスがよくなかった、ってことだよね」彼が苦しげな声をもらした。

「違うの。すごくよかったよ。他のことなんだ」こういうことに対して予期も計画もしていなかったし、準備もできていなかった。でも唇はまだキスの温かさが残っていたし、今までよりも生きている感じがした。今まで飲んだどんな薬よりも気分が良くなった。私は準備なんてずっとできないのかもしれない。岸壁《がんぺき》から飛び降りなければならないのかもしれない。たとえそのすぐあとにひどい倒れ方をすることになっても。私はただ解き放つしかないのかもしれない。「私……あなたが好きだよ」ようやく何かしら本当のことが言えてほっとした。

「僕も好きだよ」私たちは階段の吹き抜けのところで立ち止まってバカみたいに浮かれて笑い合った。指は絡《から》み合っていた。

「そろそろ行かないと、ね？」と彼はさっともういちどキスして、それからお互いに額を合わせた。顔はほんの数センチの距離だった。しばらく経って彼は手を離した。

「明日、電話できるかな」と彼は言ってスマホを取り出した。

「そうしよ」と答えた。「私のスマホ、ツリーハウスにあるんだった。持ってきてくれたら番号交換できる」

「わかった」グラントは笑顔で振り向かずに後ずさりした。目をそらすと私が消えてしまうと思っているみたいだった。

階段を上っていって踊り場で彼に手を振った。彼は今もその場にいて、何も言わずに私を見てくれていた。もういちど手を振って、この瞬間が終わらなければいいのにと思っていると、彼はほほえんで、車のあるところまでの長い道のりを歩いていった。

私は髪に手を走らせて小さな声で言った。「ああもうっ」


お父さんはカウチで寝ていて、レコーダーのメニュー画面の青い光を浴びていた。

「パパ？」聞こえないとわかっていたから今だけこの単語を使うのを恐れず、そっと言ってみた。

「ただいま」お父さんはうめき声をたてて目をパチパチさせた。半開きの疲れた目でしばらく私を見て、遠くにいるような声で言った。

「アンドリュー？」

心が粉々《こなごな》になりそうだった。でもすぐに思い出した。グラントのシャツを着たままだったし、照明は暗く、お父さんは寝ぼけているんだった。『サンドマン』のことが頭に浮かんで、お父さんが眠るたびに、望みどおりの息子が夢の王国で待ってくれているのかな、なんて思った。だから責めることはできなかった。

「アマンダだよ」穏やかな声で言った。

「アマンダ？」お父さんはゆっくりまばたきして、こっちにかがみ込んだ。「なんで濡れてるんだ？　それ誰の服だ？」

「友だちと泳ぎに行ってた。水着ないから、これ着た」

「おお」と言って、お父さんはまた体を伸ばしてあくびをした。背中が鳴った。「よかった。独りだとよくない」

「ベッドで寝たほうがいいよ」お父さんの腕を自分の肩に掛けるとすぐにウイスキーを飲んだことがにおいでわかった。

「お前は良い子《キッド》だ」少し不明瞭な声だった。「娘だったな。すまん。本当に」

「いいよ」

「うれしそうだな」

「そうだね」

「おまえに笑っててほしいんだよ。大事に思ってるんだ《I love you》」

その言葉を最後に言ってから十年が経っているとお父さんはわかっているのかな。「私もだよ」と答えた。お父さんは私をきつくハグすると、私が反応する前に頬《ほお》にキスした。それからよろよろとベッドまで歩いた。

部屋のドアを閉めたあと、長いあいだ廊下に立っていた。テレビがブーンと音を立て、換気扇が回り、冷たい水が足元でカーペットにしみ込んでいくなか、頭の中でさっきの言葉《I love you》を反芻《はんすう》した。私は指で頰に触れた。お父さんの無精ひげでまだほんの少しヒリヒリした。

頭の中では、お父さんに声を荒らげて怒られているときのことがよみがえっていた。私のような生き方は良くない、良いものになるはずがないと言われたときだった。耳の上の傷に触れて、グラントとキスした唇が今も温かくジンジンすることに思いを巡《めぐ》らせた。お父さんが間違っていますようにと祈った。

8

スマホの甲高《かんだか》い音が鳴ったとき、週末が待ちきれずに玄関に押し寄せる生徒たちの波を通り抜けているところだった。私は事務室近くの、人がいないわずかなスペースのひとつに滑り込んでスマホを取り出しながら、女友だちの誰かが、金曜の夜の予定がなくなって遊びに行けるようになったと言ってくれるといいなと思った。でもその代わりに目に入ったのは、グラントの名前と彼からの別のメッセージの出だしだった。

「やあ！」と書いてあった。「何度もごめん。この前の夜のこと本当にうれしくて、君もそうだと思ったんだ。君が――」私は深く息をついて目を閉じ、続きを読まずにスマホをしまった。パーティーの日の夜ことは間違いだった。私が自分に課したルールにまったく反していた――私の計画、私がランバートヴィルに来た理由そのものに。愚《おろ》かなことだったし、危険なことだったし、もう二度とできない。グラントがあれ以来メッセージを送ってくるのを断固として無視して、廊下で会っても避けていた。返信したい誘惑から自分を遠ざけるために彼の番号をブロックしようかとも考えたが、なぜかできなかった。

天気が良いことだけは確かだった。階段を下りるとバスを背にして、校舎を回ってフットボール場まで歩いた。たとえ独りで過ごすとしても、こんな日を無駄にするのももったいないし、お父さんに仕事が終わったら迎えに来てほしいと昼休みにメッセージを送ったらOKしてくれた。観覧席に上っていって、『カタログ・オブ・アメリカン・フィクション』の教科書をめくってフラナリー・オコナーの「善人はなかなかいない」のページを開いた。すぐにこの話のなかのお婆さんに嫌悪感を持った。といってもそう思うのはもう明らかだった。心の一部では、自分は「レディ」だと周囲に知らしめるために彼女が自身に課している奇妙《きみょう》な規範《きはん》に共感できた。でもそれもごく一部だった。ある行に線を引いているとスマホから『スター・ウォーズ』のテーマが鳴りだした。取り出して見てみるとグラントからの電話だった。着信音が最後まで行くとまた最初に戻ったので、根負《こんま》けして電話に出た。

「はい」とよそよそしく聞こえるように言った。

「あ、電話壊れたんじゃないんだね」グラントが答えた。

「うん」と言って、鼻筋をこすりながら次に当然来る質問に身構えた――なんで返事くれないの？

「『スター・ウォーズ』好きなの？」と彼は続けた。「いいよね。僕もすごい好きだよ！　何作目が好き？」

「『帝国の逆襲』」反射的に言ってしまった。それからまっすぐ座り直して周りを見た。「え、ちょっと、なんでわかったの？」

「マジ？　僕も『帝国の逆襲』だよ！　うしろ見てみて」振り向くと、彼がいちばん上のベンチに座って、ダッフルバッグを片方にかけスマホを耳に当てていた。彼はニコッと笑い真っ白い歯を輝かせて、小さい子どもみたいに手を振っていた。

「え?」持ち物をかばんにしまって立ち上がった。「どうやって……」

「あっちの端から来たんだけど」と彼は言って横方向を指差した。「読書に没頭してたから、裸でフィールドを走り回っても気づかれなかったかも」

「ストーカーしてたの?」

「違うよ」とグラントは言って肩をすくめた。「昨日の練習のあと、ベンチにたまたま忘れ物してさ、取りに来たら君がいたんだ」

「ああ」

「でも、会えてよかったよ。話しかける前にホームルームからさっと出ていくし、今週ずっとカフェテリアにもいなかったし」

「ここでご飯食べてたんだ」と言いながら腕をさすって目線を変えた。「天気良かったから」

「で、返事は?」ゆっくりと大股で観覧席を降りながら彼が言った。「僕のこと好きでいてくれてると思った。そうじゃないなら言ってほしい。断られても大丈夫だから」

「いや」と言って観覧席のスペースを詰めた。「はい、って意味ね。好きだよ。ただ……あなたがパーカーに頼まれて私の番号を聞こうとしたときに話したこと、覚えてる?」

「ああ」グラントはとなりに座るとバッグをひざの間にはさんだ。「お父さんが厳しいからって話？　もしよかったらお父さんに会えるよ。娘さんにとって危ないヤツじゃないって見てほしい」

「まずいアイディアと思う」と言って、男の子をお父さんに会わせようと家に連れてくるところを想像してみた。「でも、えっと……私のことは複雑で」

「みんな複雑だよ」

「私はまた別で。私には過去があって、ね？　それに巻き込まれたくないでしょ？」

「誰だって過去があるよ。それで未来がなくなるってことじゃない」

「そうだね、でも私のことで知らないことたくさんあるでしょ」

「君は今まで会ったなかでいちばん可愛い女の子だよ」とグラントは言って、もっと近くに身を寄せた。「君が優しいってことももう知ってる。キスしたとき、焚《た》き火のそばにいるみたいにすごい温かったし、今までにそんなふうに思わせてくれた人なんていなかった」

「それはうれしいね」髪に指を走らせて、何もない空を見上げた。もし彼を見たら決意が揺らいで受け入れてしまうだろうと思った。そんなことはできなかった。「でも――」

「聞いて」とグラントが言った。彼が私の手をにぎる感触がして、下を向くと彼の顔が数センチの距離にあった。彼がこんなに近くにいて、全身が高ぶるのを感じたこのあいだのことを思い出した。

「僕は大人の男だよ。今までもノックダウンされてきたし、またされるよ。シンプルじゃないことでもうまくやれる。難しいことでもうまくやれる。付き合おうよ。何があって君が自分のことを複雑だって思うのかなんて構わない。それでこの気持ちが薄《うす》れたりしないから」

私は口を開いて言おうとした。このことが間違っているあらゆる理由をきっぱり伝えようとした。私と親密になることが思っている以上に困難である理由や、お互いに傷ついて終わることになることを。でも何も出てこなかった。

「キスしようと思ってるけど」と彼は穏やかに言った。「いいかな?」

頭が本当にわずかに上下に動くと彼が唇を私の唇へ運び、腰を自分の方に引き寄せた。彼は正しかったと肌でわかった。火を目の前にして座っているように感じられて、温かさが皮膚の隅々《すみずみ》まで広がっていった。

9

土曜の夜はレイラの部屋でみんなと過ごした。透《す》け感のあるドレープ生地の付いた四柱式ベッドそのものがあった。メイクしたりいろんな服を着てみたり、おしゃべりしたり、いちばん盛れた写真をインスタグラムにアップしたりした。その夜は最後にソーダを買おうとウォルマートまで行った。その時間まで開いているお店はそこだけだった。みんながなぜメイクを落とさないか不思議だった。その答えがわかったのは、お店の外に出て、同じ学校の男子たちが駐車場の隅《すみ》でたむろしてピックアップトラックの荷台にビールを数ケース積んでいるのを見つけたときだった。多くの人と話すことはなかったが、居心地の悪い感じはなかった。レイラが、私がグループの一人だとみんなにはっきり示してくれた。思い出になる最高に楽しい土曜の夜だった。ただひとつ、グラントがいればもっと良かったかもしれない。

ようやく家に帰るなり速攻で熟睡《じゅくすい》した。それは珍しいことだった。スマホが鳴って、凝《こ》り固まってきしむ両腕でゆっくり体を起こしながら、温かい朝の光にまばたきしてうーんとうなった。もういちどスマホが鳴った。スクリーンをはたいて失敗して、二回目で通話になった。

「はーい？」しわがれ声で、誰がかけてきたか特にチェックせずに言った。

「おはよーアマンダ！」アナが、彼女にしてもかなり元気な声で言った。

「んんー」背中を伸ばしながらうめいた。「どうしたの？」

「あー特にってわけじゃないんだけど。これから教会に行くとこなんだけど一緒に行かないかなって」変な間が一瞬あって、それからすぐ言い足した。「それと、私の両親が会いたいって」

「どうして？」と答えて床に足をピタッと着けた。「だって私もう教会行ってないし」

「バプテストって言ってなかった？」

「やめたよ」と念を押した。「教会行かなくなったんだよ、中学くらいから」

「あー」アナは元気のなくなった声で言った。少し待ってみた。彼女はただがっかりしているのではなく、何か気にしていそうだった。「でもなおさら来る理由になるんじゃない？」

「あのね、誘ってくれてありがとう。でも私ほんとうに――」

「違うの、アマンダ」アナは急に小声になった。「本当に両親に会わないといけないの。ていうかホントにホントに。いいでしょ？」

彼女が私を必要としているのだと悟《さと》って胃が沈んだ。しばらく考えを巡《めぐ》らせてから言った。「わかった。着替えるね」

「イェイ！」元気が一気に戻った声で言った。「三十分で迎えに行くね」

返事をする前に彼女は電話を切った。はぁ、と息をついてから荷物を掘り返した。私は教会用の服を一着しか持っていなかった。パステルピンクの花柄の半袖ドレスに紫の幅広のベルトが付いていた。それは二十五年前、今とはサイズがだいぶ違うお母さんが着ていたものだ。リビングに行くとお父さんがキッチンのテーブルにいて、脂っこいベーコンのお皿を前に左右のこめかみをさすっていた。両目をつぶり青白い肌はまだらに赤かった。

「それ体に悪いよ」と言いつつ、たいてい毎食サラダを食べているお父さんがどうしたんだろうと思った。

「二日酔いだ」古いドアみたいに低くきしむ声だった。「脂っこいものが効くんだよ」それから半開きの目で私をまじまじと見た。「その服どうしたんだ?」

「これから教会に行くの」と答えながら、カウンターにもたれてスマホをチェックした。お父さんはしゃがれ声で笑い出したが、私が腕を組んで上から目を向けるとすぐにやめた。

「ああ、本気だったか」お父さんは一切れのベーコンを半分に裂《さ》いて口に放りこんだ。「すまん、おまえが熱狂した信者の連中と一緒に座ってるのがちょっと想像つかなくてな」

「友だちのアナが誘ってくれたんだ。なんで私が教会にいるのが想像できないの?」聞いてみたけどもちろん理由はわかっていた。私はまだ神様を信じていて、長いあいだ信仰は唯一の拠《よ》り所だった。でもお母さんが牧師に会いに行って、涙と憤怒《ふんぬ》で顔を真っ赤にして帰ってきた日のことは決して忘れられない。どうしたのと尋ねると、いつもは優しくかわいらしい声からは予想もつかないような、罵《ののし》り言葉が次々あふれてきた。それは牧師がこんな提案をしたからだった。私を治すためにキャンプに送るべき、お手本となる男性と一緒に多くの時間を過ごすべき、私が落ち着くまでしばらく集会から距離を置くべき。私たちはそれから二度と教会に行かなくなった。でもお祈りは続けた。

「おまえみたいな人たちには聖書はまったく友好的じゃないぞ」しばらくゆっくり咀嚼《そしゃく》していたお父さんが答えた。

「でもその人たちだって私のあれこれを知らないといけないわけじゃないでしょ?」

「本当に気をつけろよ。ここはアトランタじゃないし、郊外でもない。みんないい人だと思うけど、誰を信用するかは注意しろ」

「わかってる」耳の上の傷痕に触れて単調に答えた。スマホが鳴ってアナの名前がメッセージの上に表示された——**外にいるよ**
「着いたって。行かなきゃ」

「本当に、な」お父さんが言った。ドアに向かいながら顔を向けると、充血した目をしっかり開けて不安な顔をしていた。「本当に。頼むから気をつけろよ」

深く息をついてうなずきながら、突然の、震えるような不安の波を感じていた。「わかってるよ、お父さん。気をつけるね。行ってきます」

急いで階段を下りると、少し前にアナが運転していたのと同じバンが屋根付き通路の前に停めてあった。

少し立ち止まって、今度はバンパーステッカーをちゃんと読んだ。病的な好奇心からだった。〈イエス様は保守派《コンサバティブ》だった〉と書いてあった。〈権利は神がもたらす。政府ではない。不法滞在の外人！〉〈いったいどこがわからない？〉〈同性愛《ホモフォビック》ぎらいはやむをえない……そのように生まれたのだから！〉私はその場に立ち尽くしつばを飲み込んだ。不意に口がカラカラになった。サイドドアが開いてアナが笑顔で身を乗り出してきた。

「何ぼーっとしてんの？」と彼女が言った。「乗ってー」と、そばかすと抜けた歯のあるアナそっくりの小さい子が視界に飛び込んできて元気に手を振った。

笑顔を作ってバックシートに乗り込み、短い金髪の男の子二人の間に座ろうとした。おそろいの白い半袖ドレスシャツを着ていた。二人とも足を大きく広げていて、シートの真ん中でひざがぶつかるほどだったが、動く気がなさそうだったから、黙ってぎこちなく乗り込んで残ったスペースに体をねじ込んだ。その動作のさなかにお尻に何かが触れた。事故だと思うようにした。

すごく痩《や》せた女性が助手席から振り向いて笑いかけてきた。スプレーでアップにした金髪は物理法則に逆らっていた。

「アナちゃん」と彼女は完璧な笑顔を崩すことなく言った。「失礼ですよ。お友だちに紹介してちょうだい」

「ああ！」とほとんど席から飛び降りる勢いでアナが言った。なぜ彼女がこんなに妙なことをするのかとまた思った。「えっと、お母さん、友だちのアマンダだよ。アマンダ、私のお母さんで――」

「ロレインでいいわ」と彼女は活気づいて言ったが、それでも彫像みたいに完璧な笑顔だった。

「で、あっちがお父さん」

レンガのような見た目の男の人が低い声を出して、嫌そうにバックミラー越しに私を一瞬見た。

「こっちが妹のジュディス」とアナが言った。その子はさっきと同じかわいらしい笑顔を投げかけて小鳥がさえずるみたいに言った。「五年生だよ！」私は笑いをこらえながら、とても立派だと思った。ロレインの笑顔が少し途切れ、ピシャリとジュディスに注意した。

「座って足を組みなさい！」ジュディスはすぐに言われたとおりにした。アナが話を再開させるまで気まずい沈黙があった。バックシートにいる男の子たちの態度が見えているのだろうかと思った。

「あー、えっと、弟たちでサイモンとマシューね」とアナは続けた。一人はもう一人より少し背が高く、小さい方の子は歯を矯正していてわずかに暗い髪色だった。でもそれ以外の点からして双子だろう。アナが名前を言ったとき、小さい方の子は父親みたいにうなり声をあげたが窓をじっと見たままだった。もう一人はスマホで何か遊んでいて、聞こえなかったみたいに振る舞っていた。

「こんにちは」と私は言って、面倒そうでもうなり声をあげてくれた方に愛想よくほほえんだ。彼はこちらを向いて少し目を合わせると、私の胸に目線を落とした。

「いいドレスだね」とその子が言った。お礼を言おうとしたところで、彼は続けた。「それおばあちゃんみたい」

「サイモン、友だちにアホなこと言うな！」とアナは言って弟を睨《にら》みつけた。

「言い方に気をつけなさい、女の子《young lady》でしょ！」とロレインが言った。アナの顔がかっと赤くなった。

彼女は私に申し訳なさそうな顔をして向き直った。サイモンはいちど鼻をすすってスマホに戻った。

「お嬢さんたち、昨日の晩は楽しく過ごしたかな？」父親が言った。アナが鋭く息を吸うと肩がぎくりと跳ねた。私は彼女からバックミラーに目線を動かすと、父親が道路と私を交互《こうご》に鋭い目つきで見ているのに気づいた。

「そうですね。すごく楽しかったです」

「楽しみすぎてないといいがな」

「どうしてそう思われるんですか？」私はゆっくり言い、静かになってしまったアナから父親の変わらない目つきにまた視線を飛ばした。

「主《しゅ》の御言葉《みことば》は重要なものだ」と彼は言った。「我が家ではね」

「ええ」目をパチパチさせて言った。「そうですね。うちもそうです」

「みんな昨夜《ゆうべ》はどの節を勉強したの？」とロレインが言った。

「え、はい？」と頭が回らず聞き返した。アナが縮こまったみたいになって、父親は目を細めた。それでピンと来た。アナは両親にみんなで聖書の勉強会をすると言っていたんだ。「すみません、今日まだコーヒーを飲んでなくて。ヨハネによる福音書を主《おも》に」

「ああ」父親がうなずいて言った。「『罪の報《むく》いは死です』」

思わず笑みが浮かんだ。もう何年も教会に行っていなかったけれど、そこにいるときにはよく話を聞いていた。「確かに力強い言葉ですけど、それはロマ書ですね。ヨハネで私が好きな節はこれです。

『神は、そのひとり子をお与えになるほどに世を愛された。御子《みこ》を信じる者が、ひとりも滅びることがないように』。これは本当に命のことを言ってますよね？　とても希望があります」

「異論《いろん》はないな」と父親が言った。不本意ながら褒《ほ》めるような声だった。

「アナ、あなたよかったわね！」ロレインが言ってうれしそうに手を叩《たた》いた。

アナは顔を上げてオロオロしていた。「何が？」

「今度は良い影響のあるお友だちができたわね」

私は咳《せき》ばらいして窓から木々を見た。


「ありがと」アナが小さな声で言ったのはそれから二十分後、一緒に前の方にある赤い布張りの会衆席にそっと入っていくときだった。教会内はこじんまりしていて真っ白に塗られていたが、赤いカーペットと席の布張り、抽象的な柄《がら》のステンドグラスの窓から注ぎ込む光によって、外観から予想するよりもはるかに美しかった。「ごめんね、言えなくて」彼女は席に着くと続けた。「電話したときさ、うちの親、聞いてたんだよね」

「大丈夫だよ」と小さい声で答えて、彼女の手首に触れてほほえんだ。「気にしないで」

大人たちは会衆席のあたりでひしめき合っていて、にこやかにお互いの背中を軽く叩きあっていた。そのあいだアナと私は静かに両手をひざに置いて座っていた。数分後、シワの寄った大理石みたいな肌とフクロウっぽい目をした年配の男の人が、古い革張りの聖書を脇に抱えて説教壇《だん》に歩み出てくると、みんな静かになった。見た目の年齢によらず、彼は軍人のようなしなやかな身のこなしで、黙って聖書を朗読台に置いて目的のページまでめくった。

「こういうわけで、私たちは憐《あわ》れみを受けて」牧師はスピーカーの助けなどなくても教会を満たすほどのとても大きな若々しい声で言った。「この務めをゆだねられているのですから、落胆しません。そうではなく、不誠実な隠れたことがらを捨て、悪賢く歩むのでも、神の言葉を歪めて用いるのでもなく、むしろ、真理を明らかにすることで、神の御前《みまえ》ですべての人の良心に自分自身をゆだねるのです」彼は眼鏡を外して、集まった人たちを見渡した。

「これは第二コリント書、第四章一節と二節です、みなさんもし関心があれば」と彼は咳ばらいして聖書を閉じた。その重い音は神聖な沈黙に鳴り響いた。「コリント書にあるたくさんの良い言葉を、私はつねに見出します。『鏡を通しておぼろげに』、「幼子《おさなご》らしいこと」などです。しかし今しがた読んだものは、他のどれにも劣《おと》らないほど心の糧《かて》になります」

彼の背後にある窓と、丘の中腹《ちゅうふく》でさざなみのように揺れる草に目が行った。通っていたサポートグループにいた女の子の多くは、性別を移行することを「私たちの本当の生を生きること」だと言っていて、たしかにそうかもしれなかった。ほんの少し目線を上げるとそこには、窓と緑の草の上に吊《つ》るされている、小さな木製の十字架があった。

「先に進むところですが、その前に、ジョークを言いたいです。みなさん聞いたことあったら止めてください。南部バプテストとメソジストの違いは何でしょう？」彼は唇を引いて笑みを作り反応を期待して見渡したが、誰も音を立てなかった。「メソジストは酒屋で『ハロー』と言います！」ほんの数人がぎこちなくクスクス笑ったけれど、ほとんどの人は座り直しただけだった。

「というように、私たちの教会にはちょっとしたイメージの問題があります」牧師は急に真剣になった。「私たちに悪いイメージがあるということではないのです、念のため。そうではなく、実際は反対なのです。私たちはイメージを気にしすぎているのです。私たちは外側を、外見を、周囲が自分たちをどう思うかを気にしすぎているのです。内面を、心を、神が私たちについてどのようにお考えになっているかを案ずるべきときに、です。心からの《ラディカルな》正直さと心からの《ラディカルな》信仰はキリスト教徒であることの核心《かくしん》にあるのです、みなさん」

「私はそのような生活を送ってきました。そのような生活がなされる家々を見てきました――テレビで目にするような完璧な家、笑顔にあふれた家族写真にきれいなカーペット、家じゅうの壁の十字架、それに意味がないわけではありません。しかし十二使徒のことを考えてみましょう。人々が彼らをどう思っていたかを――汚く、ふらふらして、人目を気にせずベタベタする放浪者《ほうろうしゃ》の群れだと！　しかし使徒たちは、自らが義の道を歩んでいることを知っていました。正直で偽りなく主《しゅ》とともに歩む限り、主はともに歩んでくださることを知っていました」

ふとももをつかむ指に力が入った。目の前の会衆席を見つめながら、鼓動が速まるのを感じた。ときどき、神様は私とともに歩いてくれているとは思えなくなるときがあった。死のうとしたあと病院で目覚めて、かつて信仰があった心に穴が空いた気持ちになったことを思い出した。性別移行後はまた少し信じられるようになったけれど、神は私を嫌っていると多くの人に言われていたから、大きすぎる望みをかけることは難しかった。

「心からの正直さ《ラディカルな》とはいかなる秘密も持たないことです。結果など気にしてはいけません。酒やドラッグ、姦淫《かんいん》、失望を語ってください。心からの《ラディカルな》信仰とは、主《しゅ》が、これらの弱さや嘆きを主のご計画のひとつとしてお与えになったのだと信じることです。主とともに歩み、正直なことを話し、主による贖《あがな》いを示すことで他の人々がこれを理解するのであり、そうして人生が豊かになってゆくのだと信じることなのです。正直でない生は半分しか生きられていない生なのです、兄弟姉妹たちよ。そしてそれはすでに片足を地獄に踏み入れた生なのです」

牧師が話を続けるなか、その言葉が脳裏で繰り返された――**正直でない生は半分しか生きられていない生**。それは本当に正しいのだろうか？　友だちとのつながりやいろんな人間関係は、私が過去を隠し続けるなら嘘《うそ》になるのだろうか？　周りの人たちを見渡した。アナの両親に目が行くと、背筋を硬く伸ばして傾聴している。弟たちは席でそわそわしている。それから目線はアナに行き着いた。私の周りの人たちは、何かしら嘘をついて生きている。聖書の勉強会だと親に言って夜に遊びに行っているアナ、息子たちのふるまいの悪さを見て見ぬふりをしている両親。クロエのこと、彼女とビーとの関係。秘密や嘘は生きることの一部なのかもしれない。誰もが自身のことを偽っていたり、隠しているものを持っていたりするのかもしれない。

十字架をもういちど見上げ、何かしら理由があってこの説教を今このときに聞くことになっていたのかなと思った。神様は私を愛さないと言った人たち、この地上に私のいる場所はないと言った人たち——その人たちは間違っていると確信が持てた。神様は私に生きることを望んでいて、そう思うことが生き延びるために私にわかる唯一のことだった。だからこれは神様が望んだことなのだ。これは私が望んだことだった。私は生きることを選んでいた。そしてやっと、今もその道を進み続けていると思えた。

10

観覧席のいちばん上にひとりで座ってフットボール部の練習を眺めていた。うだるような暑さで、ふともも が日焼けしないようにタンクトップ姿になるまで脱いでブラウスでシートを覆《おお》わないといけなかった。それでも心地よい風のおかげで我慢できた。ここからの距離だと誰が誰かわかりづらかったが、そのうち、グラントがフィールドの端で動き回っているのを見つけた。にこやかな表情だった。彼は私に気づいていなかったけれど、その方が良かった。私が一緒にいないときに彼がどうしているのかを見るのが好きだった。それよりもっと好きだと思えたのは、彼が悠々《ゆうゆう》として、どんな小さな動きもとても力強く優雅で自信に満ちていて、私が今まで経験してこなかったやり方で彼が心地よく生きていることだった。もしかしたら、彼と一緒に多くの時間を過ごしたなら、私にもそれが移ってくるかもしれない。

背が低く筋肉のがっしりした男の人がホイッスルを強く吹くと、グラントが他のチームメイトとチェッカーボード状に置かれたタイヤの前に走っていって整列した。コーチがホイッスルをもういちど吹くと、選手たちが二人ずつ、足を高く上げてタイヤの間を進んでいった。グラントの番になると、彼はタイヤに近づいていってかがみ、ホイッスルとともに走り出せるようにした。コーチがホイッスルを口につけて吹いた。グラントは全速力で走り出すと、ほとんどのチームメイトよりも断然《だんぜん》速く中間点までたどり着いた。私は立ち上がって、手を口にそえて、あの湖での夜に彼に借りたTシャツを旗みたいに振りながら、「フゥー！」と思い切り叫んだ。グラントがこちらを見上げて顔を輝かせた。私もほほえみ返した。すると彼はコースの終わる直前でつまずいて顔から地面に突っこんだ。


「君のおかげで危ないところだったよ」グラントが言いながら、太陽に目を細めて観覧席を上ってきた。彼は胸にキャプテン・アメリカの色あせたロゴのあるTシャツとジーンズに着替えていた。髪がシャワーでずぶ濡れになったままで、湖から上がってきたときのことを思い出した。

「そうだね」立ち上がって階段を数歩下りて彼を出迎えた。「でもおもしろかったって認めるでしょ」

「一週間はフロスで歯の草掃除《そうじ》だな」と彼は言って、歯を見せて少年らしい笑みを顔いっぱいに広げた。「でもまあ、おもしろかったよ」

彼が私に身を寄せたから私も彼に身を寄せた。あのときと同じ電流が肌の下で駆け巡り、彼の唇が触れるのを期待した。すると下の方から吠えるような叫び声が沸《わ》き起こった。グラントのチームメイトのうち五、六人がフィールドの端にいて、ガッツポーズをしたり腰をぐるぐる回したりしているのが見えて、私は目をぱちっと開けて背筋を伸ばした。頬《ほお》が温かかった。グラントは髪をかき上げて笑い飛ばそうとした。

「ごめん、バカばっかりで」

「これ、みんなに言わないでね」私は他の人から見えないようにパーティーの日の夜に借りたTシャツを彼に手渡した。「キスしそうになっただけでホエザルみたいになっちゃうし、これなら核兵器持ってきそう」

「そうだと思う」彼はバックパックにTシャツを詰め込み、肩越しに彼らをもういちど見た。それからこちらを向くと軽くハグしてくれて、するとまた叫び声とうなり声のコーラスが聞こえてきた。

「それでね」とうしろで手を組んで、フィールドの向こう側の観覧席から飛び立つムクドリたちの群れを見上げた。それからグラントに視線を戻した。「今日の夜、うちに来ないかなって思っててさ。お父さん、遅くまで仕事なんだよね」彼の広がる笑顔を見て頬がさっきより熱くなった。「一緒に、まあ、宿題とかできたらって」

「宿題するのいいね。それに『とか』って響《ひび》きもいい」

私は声を出して笑った。「うん、そうだね。ちょっとバスに乗り遅れてさ、だからここで練習見れたっていうか」

「ああ」とグラントは言うと急に目をそらして首のうしろをさすった。「ちょっと思い出したんだけど……」と足元に目をやった。「車、修理に出しててさ。チームのヤツに家まで乗せてもらうんだ。だからちょっと家、行けないわ。ホントにごめん」

「私が行くのでもいいよ」と言いつつ髪をうしろにかき上げ、良い返事を期待して両眉を上げた。

「お父さんがあとで迎えに来てくれるから」

「それは良くないよ」とグラントは眉をひそめた。私が目を合わせようとすると彼は別の方を向いてしまった。「えっと、もう行かないと。待たせてるから」

「わかった」と、落ち込む気持ちを見せないようにして言った。「あとで連絡してね？」

「絶対する」と言って、彼はまた笑った。彼は身を乗り出して頬にキスすると、小声で別れの挨拶《あいさつ》をして階段を駆け下りていった。

ベンチにドサッと座って誰もいなくなったフィールドを見下ろしながら、セミの歌声が戻ってきたのとともに、声に出して長いため息をついた。アナとレイラ、クロエにメッセージを送り、誰かだけでも乗せてくれることを期待した。数分経っても返事はなかった。太陽は沈みはじめ、空の青さがゆっくりと紫に変わっていくなか、またスマホを出してヴァージニアに連絡した。

「どうしてる？」と打った。彼女はすぐに返してくれて、スマホをしまうより早かった。

「元気だよ！」と書いてあった。「ウォルマートでレジ待ちしてる以外は笑 最近できた彼はどう？」

「なんか変」と打った。風が寒くなってきたからスマホをベンチに置いてブラウスをまた着た。続きを書こうとしてスマホを取ったところで、彼女の声を聞きたかったんだと気づいた。電話をかけると最初の呼び出し音で出てくれた。「もしもし」と声に出すと、本当に長いあいだ彼女の声を聞いていなかったと身に沁みた。子どもがレジ待ちの列で駄々《だだ》をこねている声が耳を突いた。彼女は謝ってくれたけど気にしなかった。電話の向こうに彼女の存在を感じるだけで良かった。

「で？」と周りの音がようやく落ち着くと彼女が言った。「あんたのこと聞きたいんだけど。男がどうしたの？」

「まあ、何ていうか」今になって少しくだらない話だったと思った。私は大げさだったかもしれない。ベンチで体を伸ばしてうしろにもたれ、片腕を頭の下に敷《し》いて空を見上げた。「彼、今日ちょっと変だったんだよね。一緒にいたそうではあったんだけど、何かあったのか、ほとんど逃げるみたいに帰っちゃった」

「だから、あんたが知らない何かを抱えてるってことね」ヴァージニアは平坦な口調で言った。私は彼女がいま何をしているか思い浮かべた。ウォルマートを出て、愛車のくたびれた古いブロンコに向かって焼けるアスファルトを歩いている。高い財布から鍵を取り出す光景が、車のドアを開けるときの彼女のいつも完璧でツヤツヤの指の爪が目に浮かんだ。本当に長いあいだ彼女に会っていない気がした。「あんたもかなり大きなこと彼に言ってないんでしょ？」

「そうだね」思いとは裏腹《うらはら》に口元がゆるみそうになった。ヴァージニアはいつも正しかったからだ。

「でもさ。何か違う気がする」

ため息をもらすと頭上では薄い雲の膜が飛ぶように流れていた。私は見せかけの人間なのかもしれない。でもグラントが私に何かを隠していると考えると胃が裏返りそうだった。彼が私を好きでいてくれることがすべて、手の込んだ悪ふざけだったとしたら？　そんなふうに思うのは疑心暗鬼《ぎしんあんき》すぎるけれど、あらゆる動きに暗い面を見つけようとする衝動はもう長年の訓練で身についてしまっていたから、振り払うのは難しかった。

「堂々めぐりになってる」とヴァージニアが言った。彼女はいつも私の考えていることを完璧に読み取れる。それが電話の向こうからでも。「すぐに結論に飛びつかないことね。とにかく時間をかけて、彼のことをよく知って、彼が隠していることを理解する。きっと何でもないことだけどね。それに何かあったとしても、伸《の》るか反《そ》るか、でしょ？」

「たしかに」とけっきょく認めて、観覧席から立ち上がり持ち物をまとめた。お父さんに電話して迎えを頼んで、何もなかったようにしていよう。自分の生活を続けてグラントとも一緒にいて、日々いろんなことを引き受けよう。何をそんなに急いでいたのだろう？　やっぱり少しずつ進めていく気持ちでいるのがいい。グラントとの距離が近づくことに慎重になったほうがいい。距離がもっと近くなればお互いいろんなことを知ることになるわけで、それに、彼に知ってほしくないこと、彼が知り得ないことがたくさんある。でもなぜだか、彼のにこやかで穏やかな笑い顔や、黒い目が太陽の光できらめいて見えるときのことを思うだけで、大事なのは彼と一緒にいることだけだという気持ちになれた。

「ねえ、もう行かなくちゃ」とヴァージニアが言った。電話の向こうで車のエンジンがかかり、ステレオからV-103の聞き覚えのある音が聞こえてきた。「大丈夫？」

「うん。聞いてくれてありがとう」と答えながら観覧席を降りて駐車場に向かいだした。もう気持ちは上を向き始めていた。「もう大丈夫だと思う」

11

空は青みがかった灰色で、激しい雷雨がまた一週間続くことを予感させた。冷たく湿った風が駆け抜けるのを感じながら、グラントと一緒に、彼の友だちのロドニーのピックアップトラックの荷台に座っていた。風でなびいてチクチクする髪をポニーテールにすると、彼が私を見つめているのに気づいて顔が温かくなった。落ちている枝の上をトラックが通ると、二人とも数センチ体が跳ねた。リフトアップした車体のホイールウェル《タイヤ用のくぼみ》を必死につかんだ。グラントはフフっと笑ってニコニコしていて、私がふざけて蹴《け》りを入れると両手を上げた。

「これ笑えないよ！」と私は言いながらも思わず笑いそうだった。「トラックのうしろに乗るなんてマジで危ない！」

「やってみる甲斐はあるよ。マディングほんと楽しいし、友だちに会ってほしいし」

「パーカーみたいな人たちだったら、トラックに残るけどいいよね」

「みんなちょっとぶっきらぼうかもしれないけど」と彼は言って道路を見て首をさすった。「パーカーは、少し特殊なケースだな。気にしなくていいけどね」とこっちに視線を戻して笑った。「正直、君がみんなに会うことより、僕が君を自慢したい気持ちが大きいな」

「それよりさ！」と会話の主導権を取りつつ向こうを見た。「何で迎えに来てくれなかったの？　あなたの車があれば『マディング』ももっと楽しいんじゃないの？」

「じゃあ楽しそうって認めるんだね？」

「ちょっとバカっぽいかな」と答えて、申し訳なさそうに肩を縮めた。

「うん、そうだね。でも、だからおもしろいんだって。連中と集まって森でバカみたいにやってめちゃくちゃになるための口実だよ」そう言う彼を怪訝《けげん》そうに見た。すると彼が自分のバックパックを軽く叩《たた》いた。「でも心配しないで。ピクニックの用意もあるから。うんざりしたら僕たちだけで楽しもう」

「ありがと」と伝えると、トラックが幹線道路から泥と砂利《じゃり》の小道へとはずれ、森に入っていった。

それから数分のあいだ、車蓋《キャノピー》がすでに弱くなっている日差しを遮《さえぎ》り雨水を滴《したた》らせ、エンジンの音がかすかに聞こえるほどになっていた――すると車が空き地に飛び込んだ。数十の荒々しくカーブを描くタイヤの跡が、草地を裂《さ》いて轍《わだち》をつけているそばで、泥をかぶった数台のトラックが、それ以外には何の目的もなく縦横無尽《じゅうおうむじん》に走り回っていた。焚き火と小さな赤いクーラーボックスの列の周りに、同じくらい泥だらけになった人たちの小さな集団があった。学校で見た顔ぶれで、その中にはパーカーもいた。トラックがその集団から離れたところで停まると、グラントが荷台から飛び降りた。

「着いたぞ」とロドニーが言って車から降りるとグラントに鍵を投げた。「先にビール飲んでくるわ」

「ありがと」とグラントが答えて運転席に乗りこんだ。彼は困った顔で私を見下ろしていた。「どうしたの？」

「もうやるの？　朝ごはん消化する時間ほしいなって」

グラントが笑い出した。「一周はしてみようよ？」と言って駄目になったぬいぐるみみたいにだれて体を窓から出した。「おーい、やろうぜ！　サンドイッチいっぱい持ってきたから、吐いたらまた詰め込んだらいいって」

「ステキだわ」と笑って助手席に向かった。背後からは異常にうるさくフーフーいう叫びの大合唱だった。シートベルトを締め、少しのあいだグラントとの近さを堪能《たんのう》すると、エンジンがうなってトラックの後部が左右に振れた。

グラントは前のめりになってニヤけながら、足で床を踏み鳴らした。後輪が回りだすと一瞬、泥の大きな弧が描かれ、車が動き出した。空き地の端がどんどん迫ってきて、私は悲鳴をあげて彼の腕にしがみついた。グラントは笑いながらぎりぎりで車輪をスピンさせるとトラックは長い音を立ててドリフトして、十本ほどの木の幹に泥をまき散らした。彼は車の向きを正して、空き地をまた突っ切っていくとそのときには私も笑っていた。トラックは再びスピンし始め、今度はびっくりするほど深いくぼみを通り抜け、泥の染みを窓とフロントガラスに飛び散らせた。グラントにマディングが何か説明するよう言ったことを思い出しつつ実際にはできなかっただろうと納得した。少なくとも私が理解できるような仕方では。人生のどれだけ多くのことがそんな感じなのだろう？　私がやってきてチャンスを与えるのを待ち構えていることがたくさんあるのではないか。トラックはようやく空き地の同級生がいる反対側の端で停まった。私はしばらく息が荒いまま座っていて、アドレナリンで震える両手で髪を整えた。

「これ……」と息を切らしながら、いちばん正確な言葉を探したけれどうまくいかなかった。「ヤバいね！」

「楽しんでくれるといいなって思ってた」グラントが優しく言った。私は彼の方を向いて子どもみたいに顔をほころばせた。そして彼のもっと控えめな笑顔に気づき、その黒い目がじっと私を見つめているのがわかったとき、胸の中が震えるのを感じた。彼は何かを待っているように思えた。起ころうとしていることに気がつくとその震えは締め付ける感覚に変わった。

「あのさ」ソワソワしながら髪をなでた。彼がこの前の放課後、逃げるように帰ってしまったことを思わずにはいられなかった。この時間をダメにしたくはなかったが、やっぱり知りたかった。「聞いてもいい？」

「言ってみて」グラントはハンドルに寄りかかって首を縦に振った。

「私たち付き合って《dating》る？」

「まあ、デートしてる《on a date》ね」

「そうだね」体の全細胞が振動する感じがした。髪からつま先まで一定で単調な音が響いた。「でもこれからも続ける？」

グラントが渋《しぶ》い顔でフロントガラスの外に目をやるのを見て、すぐに彼の返事はノーだと確信した。

私はつまらない人間だった。思い上がりもいいところだった。パーティーでひどいダンスをしたしマディングなんてバカみたいだと思っていた。

「君次第《しだい》だと思う」満面の笑顔で答えてくれた。彼の前歯が少しだけ曲がっているのに気づいたが、不完全さは魅力を与えることもあるのだと思った。「僕はそうしたいと思ってる」

「でもこの前、放課後ね、私からとにかく離れたいみたいだったじゃない」

「あっ」と言ってグラントはため息をついた。両手がハンドルを一定のリズムで刻んでいた。「ごめん、アマンダ。君を乗せられないのが情けないと思って。男らしくないとか思ったんだ。君とのことは本当に新鮮で……自分の一番いいところを人に見てもらいたいって思ったことない？」

　思わず笑顔になった。

「あなたの一番いいところばかりじゃなくても、あなたのこともっと知りたい」

　ヴァージニアが言っていたことが頭に浮かんだ。それは私たちが二人とも、人に伝えていないことがあるということだった。両親のことも考えた。離婚する前の年、家の中がどれほど無音だったか。どれほど根本的に、二人とも大事なことは何も話さなくなっていたか。もしこういうことが自分の問題になるなら、正しくやりたかった。しばらくこぶしをかんでいると、ビーと農地の家に行った日のことを思い出した。「〈正直ゲーム〉やってみない？」

「何それ？」と彼は言った。私はビーと同じ要領《ようりょう》でルールを説明した。グラントはしばらくじっと考え込んでいた。「真実か挑戦かみたいなやつ？」

「そんな感じ」ビーの説明の仕方を思い出してうなずいた。「でもね、いやらしいのは無しね」彼がすねた顔をしたので軽く突き飛ばした。「あーもう！　ちゃんとやってくれたら、いやらしいのも交渉次第かもね。で、やるの？」

彼はうなずいた。「今やるの？」

肩をすくめて「今がいちばんいいでしょ？」と言って深く息をついた。「じゃあ、先にするね」もういちど深呼吸して、アナと行った教会の説教のことを思い起こした。秘めごとや嘘《うそ》の何層もあるレイヤーを脱ぎ去ること。たぶんいつの日か、これを長く続けていれば、いろいろと本当のことを彼に話せるだろう。「湖の夜が、ファーストキスだった」

「いやいや」グラントは頭を振った。「まさか」私はきっぱりうなずいた。「どうやってそんな長いこと残してたの？　そんなにかわいいなら中学のときから男子に追いかけられてただろ」

「ありがと」と照れながら言った。「去年の夏にけっこう変わったから。初めてのことばかりだよ」とそのまま正直に言った。「あなたの番」

「あれが君の初キス」彼は自分のあご先をトントン叩きながら天井を見上げた。「でも、最高によかった」

自分の唇に触れてひざに目を落とした。顔が熱かった。キスがうまくできないんじゃないか、もっとひどいことに、男の子みたいにキスするんじゃないかと、ずっと怖かった。目を閉じてそのときのキスを思い出すと鼓動が速くなった。気持ちをある程度落ち着けて彼に視線を戻すと、同じく顔を赤くしていた。私は彼に指を重ねて言った。「この記録、立てるだけで終われない、よね？」

「もちろんですよ」とグラントはこっちに体を寄せた。「それはできませんね」

マンションの前でのキスは美しくて緊張していて控えめだった。観覧席でのキスはやさしかったけれど一瞬だった。その次に起きたことは違っていた。二人の口がつながり、なぜだか自分が運転席側にいて彼の上に乗り出していた。両手は彼の固く大きな胸に置かれ、髪が私たちを飾るように垂れてカーテンみたいだった。一瞬身を引くと、私たちはただ呼吸しお互いにじっと見つめ合っていた。腰に何かがかすめるのを感じて目線を下にやると、彼の手がシャツのすそに向かって少し動いていて、そうしてもいいかと彼の視線が問いかけていた。自分の唇をかみ締め、彼の首筋にキスして耳をかむことで答えた。彼の指が私のシャツの下を進みへそを過ぎると少し動きを止めた。指が肋骨のそばに触れるのを感じた。

「おい！」ロドニーが叫んで窓ガラスをドンドン叩いていた。私は悲鳴をあげて、頭をぶつけながら助手席に転がり落ちた。「おまえらふざけんなよ、内装変えたとこだぞ！」

二人とも恥ずかしさで顔を真っ赤にして笑いをこらえながら車から這《は》い出していくときに、グラントは口ごもりながら謝っていた。ロドニーは自分のトラックに乗り込むと、憤然《ふんぜん》と猛スピードで走り去った。二人とも飛び散った泥を浴びまくった。

私たちはしばらく黙って立ったまま、プルプル震えてニヤついていた。グラントが体を寄せてきて自分の泥を私に塗り重ねると、溜《た》め込んでいたぶん、二人で思いっきり吹き出して笑った。

12

美術棟の裏手にある紅葉の天蓋《てんがい》の下でビーと一緒に座り、話をしながら煙の筋をお互い口から立ち上らせていた。彼女は新しいデジタルカメラの設定をいじっていて、私は気づかれないように彼女の絵を描いていた。セミたちは数週間前にいなくなっていたから、その空気のなかでは、風の音から紙の上で大きくペンを走らせるときの音まで、すべてがはっきりと大きく聞こえた。

「成績表どうだった？」かさついた声で彼女にジョイントを返した。

「うんこだわ。ロビンソン先生に嫌われてなかったら国語は大丈夫だったのにさ。まあなんとかBは取れた。化学はCで微積《びせき》はD。でもどうでもよくない？」

「私はよくないよ」と言って首の緊張を伸ばすと彼女の髪に注意が向いて、風になびくその動きを、動かない鉛筆画で写し取ろうとした。

「そうなの？　それで人生どうしたいの？」

「北部の大学に行きたいな。ニューヨーク大学かな、入れたら。何の専攻か決めてないけど」

彼女はぐっと身を乗り出してきて私が描いたものをまじまじと見た。隠そうとしたが、彼女はニヤッと笑った。

「それと比べたら二十キロくらい太ってるけど、文句はないよ。それ完成したらもらっていい？」

「いいよ」と答えてページをめくった。「でもまあ、ぜったいニューヨークってわけじゃないんだよね。ただここからできるだけ遠いところに行きたいとは思ってる」

「ホントそれ」ビーはカメラを自分の顔に近づけると鼻にしわをよせて集中した。「クソだわこんな場所」彼女は私の方にカメラを向け何枚か撮った。私が顔をそむけるより早かった。長いあいだ写真に写る自分の姿に耐えられずにいたから、反射的にそうしていた。「なんであんたみたいな子が撮られたくないのか謎なんだけど」ビーは首をかしげた。「で、あのあんたの男どうしてんの？」

「元気だよ」と答えて、あとで顔を書くためにいくつかのランダムな形を描いた。グラントのことを思うといつもそうなるみたいに頬《ほお》が熱くなった。これまで二人とも気に留《と》めていなかったいろんな映画のことや、湖のそばを歩くロールアップしたジーンズ、一時間目に指先が軽く触れて笑顔で視線を交わしているとパーカーが不機嫌そうにこっちを見ているところが目に浮かんだ。

「うん、まあ。ただ……」どれくらいのことを言いたいのかわからずだんだん声が小さくなった。

「お花畑でトラブル？」とビーがニヤけた。「息が臭いとか？　それかすげーレイシストだったり？」

「ううん」とゆっくり答えて、モヤモヤした気持ちで片方の眉を上げた。「そういうんじゃなくて。ただ、何ていうか」と興味津々《きょうみしんしん》な顔のビーを見上げた。ヴァージニアと話したかったが、それと同じくらい、実際にグラントのこと知っている人と彼のことを話したいと思った。そうすると言葉が転がるように出てきた。「彼、ときどき変なんだよね。なんかさ、デートはいつも待ち合わせで、車で迎えに来ないんだよ。修理に出してるって言ってるけど、もう何週間も経ってる。それに、いつも忙しくしてて、何でかは話したがらないの。まあ、週一回会えればラッキーって感じ？　ぜったいフットボールにそんな時間とられるわけないし。何か隠し事してる気がする」

「たぶん、ゲイだね」とビーは言った。明らかに冗談で言っているとはいえ、最悪な考えに取り憑《つ》かれてしまった。彼は私の男の子っぽいところが好きなだけなのではないか。そんなことありえる？

「でも本当に……」と言いはじめたものの、何も出てこなかった。それが理由で彼が私を好きなんじゃないかと思うのは一瞬でもひどい気分だった。でもビーが変な表情を見せるから堂々めぐりをやめた。「彼がゲイだって本当に思ってるわけじゃないよね？」

「なんで私にわかるのよ？　ただバイってだけで魔法の力を持ってるわけないでしょ。私、あんたのラブコメのたくましいクィアの脇役《わきやく》じゃないよ」

「ごめ――ねえ、そういう意味じゃなかったの」と衝動《しょうどう》的に謝ろうとしたのを抑《おさ》えて言った。「あなたはみんなの噂話とかよく知ってるでしょ？」

彼女は私の顔を見て笑った。「冗談だよ！　グラントはまったくストレートだよ」彼女は目を閉じてヘビみたいな滑《すべ》る動きで寝転んだ。「でもパーカーはね？　サイコーにクローゼットなやつだわ」

「まさか」と首を横に振った。「パーティーであったこと話したでしょ！　あの人すっごいホモフォーブ［同性愛に差別的嫌悪感を持つ者］みたいだった」

「だからわかるんだよ。あんたストレートだよね？」

私はうなずいた。

「女どうしでセックスする人のこと、どれくらい考えることある？」

少し思い返してみた。

「まったく」と肩をすくめた。

「そこがポイント！　ホモフォーブのヤツらはゲイのセックスのことがいつも頭にある。自分がしたいからさ。毎日毎日、自分がしたいセックスをしないようにわざわざ選ばないといけないからゲイを選択だって言い張るのさ。ホモフォーブはめっちゃゲイなんだよ」

「わかる気がする。でも、じゃあ南部って――」

「西半球でいちばんゲイ？　絶対そうだね」

そんなことを言いながら笑い合っていたのもつかの間、誰かの足音に注意が向いた。一瞬お互い血の気の引いた顔を見合わせ、私はできるだけたくさん煙を振り払い、ビーはジョイントをしまった。この日の最後の時間割だったが、校内で吸っていい理由にはならない。私たちは忍び足で建物の側面あたりに近づいていって角からのぞきこみ、本当にその音がしたかどうか確かめようとした。美術棟の玄関ドアが開いているのが見えて心臓が止まりそうになった。

「クソが」とビーが声をあげた。「クソ、クソクソ。逃げよう」

建物のうしろに急いで戻って凍りついた。灰色の髪を角刈りにした小柄な中年の男の人が、私たちのバッグのそばに立ちスケッチブックを持っていた。考えこんだ表情を角張った顔に浮かべていた。すると黙ってこちらを見上げて額にシワを寄せた。

「ビー」平坦な口調だった。「驚いたとは言えないな。三年生になってどうしている？」

「あー、いい感じです」

「それは良かった」とその人は言って、私たちが描いていた紙に注意を戻し目立つように鼻をすすった。私たちが吸っていたとわかっているとのアピールだろうか。「お友だちのお名前を教えてもらってもよいだろうか？」

「アマンダ・ハーディ」私が言おうとしないのがわかって、ビーが代わりに言った。

「よろしく、アマンダ」と答えて私たちのノートブックを脇に抱えた。「私はクージャックです。週末に私から電話があると思います、二人とも。スケッチブックを借りても問題ないかな？」

「ありません」とビーは言った。私はただ首を振って同意した。

「できるだけ早く返すようにします」彼はそう言って、まったく何かわからない含みのある感じでうなずき、向き直って立ち去った。

ビーはクージャックさんに声が届かなくなるのを待って言った。「ヤバいことになったかも」

「誰だったの？」

「体育教師」

「人生終わったわ」いきなり耳鳴りがしだした。パニックになってつばを飲みこみながら息をついた。

「私、退学になるんだ！」

「落ち着きなって」とビーはバックパックを肩にかけた。「最悪のシナリオならね？　たぶんマリファナのにおいってバレたかも。でもにおいで退学にはできないよ」

「ほんとに？」

「ほんとだよ。たぶんね。いやどうかな？　まあ終わりのチャイムだし。ハンバーガー食べに行こうよ」


ビーが運転できるくらいしらふになるまで待たないといけなかった。「クリスタル」の駐車場に着くころにはお腹がかなり空いていたせいで不安でいることをほとんど忘れていた。ビーはトラックから軽快に降りて私の先を歩いた。私はゆっくりと、両手をポケットに入れて、セミたちがいなくなって際立ってきた静けさに耳をすませ、秋の風のひんやりした感触を肌に感じていた。店のなかではビーが、赤いポロシャツにバイザーを着けた、痩《や》せていて見た目の割に髪が薄くなった男の人と話しているところだった。

「何食べる？」と彼女がこちらを見た。「おごるよ。あんたのハーヴァード計画をダメにしたかもしれないし」返事をしようと口を開いたところで、キッチンでの動きに目が留《と》まった。そこで調理している人も赤いシャツとバイザー姿で、見覚えがあったがこちらに背を向けていた。その人がこちらを振り向くとグラントの顔だった。油まみれで目を丸くし、赤いバイザーの下から私をじっと見ていた。髪は汗で細くしおれ、肩は疲れでうなだれていた。彼は急に顔を真っ赤にして、ひと呼吸おくと視線を外した。

私はあわてて店を出て、ビーの車にもたれかかった。心臓がバクバクいっていた。これが私に隠していたこと？　放課後にバイトしてたことが？　なんで隠すの？　これがそんなに大きな秘密なら、こんなかたちで目にすることになってこれからどうなるの？　彼がこっちに向かってきた。バイザーを首にかけてエプロンを外していた。鼓動がさらに激しくなった。

「ちょっと歩かない？」と彼が言った。

「お店はいいの？」

「うん」彼はポケットに両手を突っ込み幹線道路に向かってゆっくり歩き始めた。じっとりした足でへなへなと歩いて彼に続いた。「グレッグには前から何回もシフト代わってやってるから。僕に借りがある」

「そうなんだ。週に何時間働いてるの？」

「ここで？　ぜんぶ合わせて？」私は目を丸めてぽかんと彼を見た。「そうだな」と彼はゆっくり言いながら唇をかんだ。「白状する時、だね。えーっとね」すると声を出さずに口を動かし、空を見ながら指を折って数えた。「ここで二十時間、クロエの家族がやってる農園の雑用が秋と夏に十時間、『ハングリー・ダンズ』で皿洗いが十時間。だから四十時間、だと思う。だいたい。シフトのカバーがあるときにもよるけど」

「それ合法なの？」啞然《あぜん》として言った。

「考えたことなかったな。今はそうだと思う。十八になってるし。でも前はダメだったろうね。『クリスタル』だけは小切手くれるけどね。だからなんとかなってた」

「フットボールの時間はいつ作ってるの？　パーティーは？　宿題は？　あと……えっと、私との時間は？」

「あまり寝ないんだ。宿題もしてない、たいていは。成績はひどいよ。シフトをよく代わるんだ、特に夏は。そんなんだから、ある女の子が僕に会いたいときはいつでもそいつらに見返りを要求できるのさ」彼がそう言ってウィンクするのを見て笑い声が出た。

手を伸ばして彼の肩に触れた。「なんでぜんぶ隠してたの？」

「あまり自分のことを人に話す方じゃないんだ」

黙ってうなずいた。

「とにかく、そういうことでいろいろ変だったらごめん。ただ……違う目で見られるんじゃないかって。それに、申し訳ないって思ってほしくなかったんだよ。シフトを増やしてデート代にしてること」

「もう違った目で見てるよ」

彼はまごついた顔でこっちを見た。

私は頭を横に振ってほほえんだ。「『働き者』をあなたの良いところリストに追加できるね」

「まいったな」照れくさそうに彼が言った。「これ〈正直ゲーム〉に入る?」

「そうだね。でもこれが私の分になるならね」と彼の腕を抱えて耳打ちした。「月曜日に退学になりそう。で、今めちゃくちゃハイなんだ」返事が来るより先に彼の頬にキスした。

今度はグラントが笑う番だった。

「アマンダ・ハーディ。こんなに惹きつけられる人って初めてかも」

六年前、一月

両親がけんかする声で四時半に目を覚ました。自分の部屋のドアを背に、お母さんとお父さんが怒鳴りあっているのを聞いていた。罵《ののし》りの言葉、鋭く重いわめき声、その一言ひとことに本当に体をぶたれたみたいに縮みあがった。部屋の窓に映った自分の姿をじっと見た。すぐそばの街灯でオレンジ色に縁取られていた。ベッドに戻りたかったけど、二人の声をかき消すことはできなかった。

「あいつ週に一回はあざを作って帰ってくるだろうが！」とお父さんの声。「何とかすべきだろ」

「じゃああの子をガサツなケダモノの群れに放り込みたいのね？」お母さんの声は冷淡だった。

「いや待てよボニー。ボーイスカウトだって。オズのアホの国じゃないんだよ。男のくせにボールも投げられないなんて冗談じゃない」

そんな堂々めぐりが続いた。聞いていたけれどしっかりとは聞かなかった。前と同じような話だったから。お父さんはスポーツにボーイスカウト、海軍仲間とのキャンプ、「タフにする」のに必要なことはなんでもさせたがった。キャッチボールするぞと週一回は言われた。しなかった日の夜はいつもみたいにおもしろくなさそうな顔をされたけど、した日の方がある意味ひどかった。お父さんの目にイライラがつのっていくのを見ないといけなかったから。それは安全のためなんだとお父さんは言った。でもお母さんは、いじめてくる子たちに近づけるともっといじめられるだけだと言っていて、その通りだと思った。寝直そうとしたところでいつものけんかから風向きが変わった。

「オレの問題にしようとしてるんじゃないんだよ」声に嫌な鋭さがこもっていた。つぶっていた目を開いて寝返りをうった。

「ウソつかないで。自分にも私にも」お母さんが言った。「情けないわ。あなたのそういう――」

「うるさい」お父さんが払いのけた。

「うるさい、なんて言わないで。あなたのそういう、男らしさの問題を私の息子に押し付けてるところも情けないのよ。あなた、あの子を病院送りするんでしょ。自分が妖精さんを育てたなんてお仲間に知られるのが怖いから」

「うるさい！」お父さんの怒鳴り声だった。ガラスが割れてお母さんが怯《おび》えて叫ぶのを聞いた。そのあと長いあいだしんとしていた。「すまない」お父さんが穏やかに言った。「本当にすまない」

「私から離れて」ベッドで体を起こした。鼓動が速かった。何かが違っていた。何かが変わろうとしていた。「離れろって言ってんでしょ！」

部屋のドアが素早く開いて、灯りが差すと同時にお母さんが早足で入ってきた。お父さんは入り口に立って、腰と髪にそれぞれ手を当てながら、怒りと情けなさのあいだのような表情で私たち二人を見ていた。「着替えて、アンドリュー。旅行に行くよ」

目線をお母さんからお父さんに移した。目を閉じて長くゆっくりとため息をついていた。「母さんの言うことを聞け」その声は震えていた。お父さんが泣くなんて見たことあった？　そう思っていると不思議すぎて、何が起きているのか忘れそうになった。お母さんが『インベーダー・ジム』のパーカーとジーンズをベッドに投げた。それを黙って着ているあいだ、お母さんは私の荷物をまとめていた。荷造りがすべて済むといっしょにドアまで歩いた。お父さんはほんの少しのあいだその途中に立ったままだったけれど、いちど大きな音で鼻をすすって道を空けた。

私が車に乗り込むとお母さんはエンジンをかけた。それで寒さがしのげた。するとすぐ家に戻って行って、永遠と思えるほどの時間が過ぎてから自分のスーツケースを持って戻ってきた。それをバックシートに放り投げると、太陽が昇るなか二人を乗せた車を東へ走らせて、私が生まれた街を後にした。二度と戻ることはないだろう。

「どこに行くの？」州間四〇号に出ると聞いた。

「おばあちゃんとおじいちゃんのこと覚えてる？」ひきつった中途半端な笑みを顔いっぱいに広げてお母さんが言った。その口元は充血した目までは届いていなかった。

「うん」と答えたけどよくは覚えていなかった。二人ともアトランタに住んでいても、会いに行く機会はほとんどまったくなかった。

「しばらくおばあちゃんとおじいちゃんの家に泊まるよ」と言うお母さんの声は震えていた。「休みの日みたいに」お互い一時間くらいずっと話さなかった。もうすぐナッシュヴィルというところで、お母さんが切り出した。「どれくらい聞こえてた？」

「何が？」

「ケンカ」

「ああ」と言って肩をすくめて、自分の席の窓から外を見た。のどが乾いていた。「そんなに。お母さんが部屋に入ってきてちょうど起きた。ひどかったの？」

「気にしないで」その声は息をつまらせているように聞こえた。「私がずっと、ずっと、ずっとあなたに気にかけていてほしいのは、学校でうまくやることと、自分自身でいることなの。いい？」

「うん」と答えた。「自分自身でいること」に現実としてついてまわるものを本当に受け入れてくれるとは思わなかったけれど、それでもそう言ってくれるお母さんが大好きだった。ほほえみかけると、お母さんの目は閉じそうなほど細くなっていて、泣き出すのをこらえて顔がくしゃくしゃになっていた。私は、運転中のお母さんの右手に左手を重ねて体をぴったりくっつけた。

13

目の前のスクリーンには、ニノ・カンカンポワが、アメリ・プーランの部屋のドアの下からメモを差し入れていた。私はグラントのひざに手を置いた。彼の眉根にしわが寄ったのは、字幕を追うのに精一杯で話の流れが読み取れなかったからのようだ。彼は私の肩に腕をまわして引き寄せた。頭を彼の肩にのせて彼の匂いを吸い込んだ。

「あれ？」とグラントが言った。映画の中ではアメリがアパートで見つけたビデオテープの再生ボタンを押したところで、おじいさんの顔が画面に映り、他人と距離を取るのではなく今を生きて人生を謳歌《おうか》するように諭していた。「これ誰だっけ？」

「デュファイエルさん」彼に鼻をくっつけて言った。「アメリの下の階の人。覚えてる？」

「売店の人？」とグラントは渋い顔だ。

「絵を描いてる人。骨に事情のある」

「あぁ！」とグラントは言ったものの、もうそのビデオは終わって次のシーンに行っていた。「ごめん、巻き戻していい？」

「謝らなくていいよ」と言って巻き戻した。彼は今度はストーリーの方をよく見ていたけれど、そのために全神経を集中させていた。アメリが駆け寄ってドアを開け、そこにニノの姿が現れると、グラントがハッと息をのんだから思わずクスッと笑ってしまった。彼女がニノを部屋に引き入れ、本当に初めてお互いに見つめ合うところで、グラントは私をさっきより強く抱きしめた。グラントが私の耳のすぐ上にキスするとアメリとニノのキスも終わり、ニノのバイクに二人乗りでパリの街を駆け抜ける姿が映った。彼は私の傷痕《きずあと》にキスしていることを知らないが、縫《ぬ》って麻痺《まひ》した箇所が線状になっているのを感じて少し震えた。

「で」とふざけた感じで体を離して言った。「どうだった?」

「よかったよ」グラントがゆっくり答えた。「わかりやすい感じじゃないけど、おもしろかった」

私は体の向きを変えて横から彼のひざに両脚をのせた。自分の脚は大好きだった。私の体で唯一、女性的に感じられる部分だった。グラントも私の脚を気に入っているはず。唇をかんで笑っていたから。

「来てくれてありがと。体育事件があって、ちょっと気晴らしがほしかったんだ」と言ってため息をついた。

約束どおり、週末のあいだにクージャック先生はビーと私の家に電話をかけてきて、一クォーターずっと先生なしで過ごしていたのがバレてこれからどうなるかを告げられた。そのことをもっと早く報告しなかったことはひどく叱られたが、アートに取り組むのに実際に時間を使っていたことは何かしら考慮されて、困ったことにはならなかった。とはいえ、私たちは体育の授業に登録され、月曜日から始まることになっている。

「どういたしまして」と彼はにっこりと答えた。「苦難《くなん》の乙女《おとめ》を救う騎士みたいだったよ」

私はつま先で彼の二の腕をこすり、伸びをした。「お父さん十時まで帰ってこないんだ」

グラントはぐっと髪をかきあげ、天井を見上げた。「お父さんに悪い印象持たれたくないよ」

「心配しないで。完全にスケジュール通りじゃないと気がすまない人だから。ほんと、ロボットだよ。あなたが来てるなんてぜったい知りもしないから」

「お父さんはここにどのくらい住んでいるの？」私のふくらはぎに手を置いたままグラントが尋ねた。

「六年ぐらい。なんで？」

「ああ、前に君を見たことないのがなんでかなって思って。あ、片づけしようか」彼はそっと私の脚を動かし、コーヒーテーブルから食器を持ち上げた。

「今までここに住んでなかったから」ため息をついて、皿を洗いにシンクまで歩いた。「お父さんと私……親が離婚してからずっと話してなかったんだ」窓から外を眺めたその先では、アパラチア山脈に沈んでいく太陽が空全体を紫に染めていた。「お母さんと私が出て行ってから初めて会ったってわけ」

「どうして？」グラントは私から受け取った食器を食洗機に詰めた。「お父さんに怒ってたの？」

「そんな感じ？」話題を変えたかったけれど、話したいと何年も思っていた事柄が頭の中にあった。それは今までインターネットで知らない人たちとのいろんなチャットボックスに書き立てただけだったから、それを声に出して言いたかった。「でもそれだけじゃなくて。何ていうか……親が離婚したの、私が理由だったんだ」

「そうなの？」十人ほどのネットの友だちやサポートグループのメンバーが、それが私のせいではないと、離婚が子どものせいであるはずがないと安心させようとしてくれたけれど、そんなことを言われると嫌な気持ちになった。「それはつらいね」

ため息をついた。「このことを話して決り文句で返してこなかったの、あなたが初めて。ありがとう」

「いいんだよ」と言って彼は肩をすくめた。「ちょっといいこと言っただけで楽にならないような悪いことってあるよね。わかるよ」彼は私の手を取ろうとした。「でも、もし聞いていいならなんだけど、実際どんな感じで離婚の理由になったって思ってるの？」

「子どものころね、ちょっと問題抱えてて」と言うと、喉が詰まるような感じがした。また嘘《うそ》つきになった気がした。「私を育てるのがすごく難しくてずっとストレスを感じてて、どうしたら私のためになるか、根本的にぜんぶ意見が合わなかったんだ」私は深呼吸して、手を拭いてから彼の手を取った。「でもね、二人のウェディングフォトは見たことあるし、古いアルバムも見たんだよね。二人とも私が生まれる前は幸せそうだった。生まれてからそうじゃなくなった」

「いや待ってよ。それはアバウトすぎるって。自分がその理由かもしれないからって、それで自分が悪いってことにはならないって、わかるだろ？」

「ときどき忘れるね」彼の手を強くにぎった。「ありがと。思い出させてくれて。だからこの街に来たんだった。新しいスタートを切りたいって」

部屋の音が消えていった。グラントは私をじっと見ていて、明らかに何かを真剣に考えていた。その考えが何なのだろうと不安で、足先で床を鳴らした。「私がずっと話してるけど、あなたの家族のこと聞かせてもらってない。両親は今も一緒？」

「まあね」とグラントは小声で言って、口元を平らにした。「まあでも僕の家族なんておもしろくないよ」

「教えてよ」とつついた。「私に話してくれていいんだよ」からかうようにニコニコして近寄っていった。「そうしたかったら、あなたの秘密の一つにカウントできるよ」

「こんなバカげたゲームをしなくてもいいじゃないか」グラントは鼻すじをこすった。「深刻でドラマティックなことばかりじゃなくていいだろ。普通の話をして楽しく過ごしたいって思わない？」

「そうだね」彼の腕に手を伸ばした。「そうだよね。ごめんね」

「ううん、大丈夫」と言いながら私を引き寄せて弱々しくハグして顔を横に振った。「ただ家族のことを話す準備ができてないいんだ。それでもいい？」

「でも、なんで？」私は見上げながら、彼の目にかかった黒髪をよけて言った。「私、信用できない？」

「そうじゃなくて、ただ――なんでそっとしておいてくれないんだ？」彼は身を離した。

私が彼に歩み寄ろうと片足を出したちょうどそのとき、玄関の鍵が回る音がした。二人とも目を見開いたまま固まっていると、お父さんが疲れて不機嫌そうな顔で入ってきた。ネクタイはすでにゆるんでいた。

「こんにちは」うしろ手にドアを閉めるお父さんの声は冷たかった。

「おかえり、お父さん」お父さんを見ていた目をグラントに移し、また戻した。

「どうも」とグラントは言って、握手しようと腕を伸ばした。お父さんはその手を見ると、私に目を向けた。

「こちらから紹介するだろ？」お父さんが言った。

「そうだね！　お父さん、私の……友だちのグラント。グラント、私のお父さん」

「グラント」とお父さんはようやく手を伸ばして二回しっかり握手をしてから、ブリーフケースをキッチンテーブルの上に置きにいった。

「僕、あのー」とグラントは言って、パーカーのジップを閉めて私に気まずそうな顔を向けながら、ドアに向かって後ずさりした。「ちょうど、あの、帰るところだったんです」

「うん、そうだったね」お父さんに背中を向けつつ口で「ごめんね」と言った。

「安全運転で」お父さんが言った。

ドアが閉まってこちらを向いたお父さんは物凄い形相だった。「説明してもらえるとありがたいな」

「友だち連れてきていいって言ったよね」私は肩をすくめ、目を合わせないようにして言った。苦しい言い訳に聞こえるのはわかっていたが、憤《いきどお》りを感じている部分もあった。お父さんがそこに立って、私をジャッジし、私の時間の使い方をあれこれ構《かま》って、六年以上も経っていまさら私にルールを課してきていることに。

「純情ぶるな」お父さんはお酒がしまってあるキャビネットの方に行くとウイスキーのボトルを出した。グラスを手に取ってためらうことなく一口飲んだ。「男を連れてきていいって意味じゃないのはわかってるだろ?」

「今はわかるよ」とお父さんの前を通り過ぎて自分の部屋まで歩いた。その言葉は沈黙のなかで宙に浮いていた。それは反抗のしるしだったが、今はこのけんかをしたくなかった。グラントとあんなことになったあとでは。「疲れた。おやすみなさい」

「待てよ」お父さんは私の方に踏み出してきたが、それ以上何か言われる前にドアがお互いを隔《へだ》てた。

14

ロッカールームはカビと漂白剤のにおいがした。蛍光灯は怒ったみたいにブーンと音を立てていたが、何十年も前の茶色いフィルムがパネルに貼られていて、光を弱めていた。脳裏《のうり》にちらついたのは、前の学校でいつも男子たちに先生の目の届かないところに追いやられて、服の上から見えないところを殴られ、蹴られていたことだった。その男子たちが「オカマ野郎！」と叫んで笑っていたことも。先生たちは何が起きているのか知っていて何もしなかったことも。その男子たちが、おまえが何か言っても誰も取り合わないぞ、面倒なことをしてきたら病院送りだぞと脅《おど》してきたことも。

入り口で凍りついたように立ち尽くした。二十人くらいの女の子たちが会話を止めてこちらを見た。私は咳《せき》ばらいをして、体重を片足からもう一方へ移動させた。短くてもつらい時間だったが、レイラが出てきて私の手をつかんで自分のロッカーのところまで連れていってくれた。他の子たちの関心はゆっくりと自分たちのことに戻っていった。

私はがんばって息を整え歩き続け、レイラの一歩一歩に感謝しながらついて行った。

「どうしたの？」ロッカーの前まで来るとレイラが言った。「今日、美術は休講？」

「ずっと、だね」爪をかみながら答えた。「学期中ずっと先生がいないってわかって、学校側がこっちに入れたんだ。ビーをどうするかは知らない。私たちをまた同じクラスにしたら、また問題起こすって思ったんだろうね」

「納得の不安だわ」レイラはフフッと笑ってセーターを頭から脱いだ。反射的に目をそらした。まぶたに浮かんだのは前の学校のあの子が女子トイレで私を見て悲鳴をあげたときのことと、彼女の父親が、私がそこにいたということにどれほど怒っていたかだった。「大丈夫？」レイラは心配そうな顔をしていた。

「うん」首を振ってまた爪をかんだ。「大丈夫。ちょっと考えごと」

「グラントでしょ」彼女はひじで突っついてきた。「金曜、家に呼んだんでしょ？」

「そうだね」と答えてブラウスの前ボタンをいじった。そのときにはもう頭の中がざわつきガタガタいっていたから、ボタンに集中してスムーズに外そうとした。まだボタンに煩《わずら》わされるなんて、ほんとうバカげてる。なんで男用と女用でボタンが逆じゃないといけないの？「お父さんが早く帰って来ちゃったけどね……」

「わー！」レイラが笑いだした。「見つかったんじゃないよね……してるとこ？」

「ううん、それはなんとか」あの夜のことを考えないでいるのは無理だった。グラントが帰るときにどんなにばつが悪かったか。うれしかったのは、彼は家に戻ってすぐにメッセージをくれて、その日切り上げてしまったことを謝ってまたすぐデートを約束してくれたことだったが、まだいろいろ緊迫《きんぱく》しているように思えた。

ベンチに腰を下ろした。ブラウスは最終ボタンまで来ていた。これ以上引き延ばすことはできない。

「大丈夫？」レイラが言った。

「大丈夫だよ」震える声で答えた。そんなわけないと思っただろうに、笑顔でそのふりをしてくれた。彼女は着替えを済ませると、座って靴ひもを結んだ。でもそれは明らかに私のそばにいるためにわざと繰り返してくれていることだった。

私は深く息をして目を閉じ、体をよじりながらシャツを脱いだ。何秒か経って目を開けると、レイラがびっくりした目で私の胸元を見ていた。

「今日、走るの知ってるよね？」

「どういうこと？」ホルモンを始めてからずっと着けているパッド入りのブラに目を落とした。

「遅咲《おそざ》き？」と彼女は言って立ち上がると、察《さっ》した感じでほほえんだ。私は半笑いでうなずきながら、今度は何を間違えたのだろうと思った。「お父さんと一緒に住んでるって言ってたし、わからないこともあるよね」彼女は周りを見渡し、ロッカールームから人がどんどん出て行くのを確認してから、声を落として続けた。「あんた胸大きいからそのまま走るのムリだよ。今日は痛いと思う」

「そうなの？」そんなこと考えたこともなかった。

「まあ、もっと良くないこともあるから」彼女は舌をぺっと出してウインクした。「スポーツブラ買えばいいと思うよ」

「ありがとう」顔から火が出るのはこの街に来てからもう百万回目くらいだ。いつになったら知らない物事がなくなるんだろう。


放課後、駐車場まで重い足取りで歩いた。一時間も走って胸が痛かった。授業後に時間を食ってしまって、駐車場に着いたときには、バスは私を乗せることなく出発していた。

しまったと思うこともできないくらい疲れていた。さいわい、前に立ち往生《おうじょう》したときよりも気候は涼しかった。階段にしゃがんで目を閉じ、汗まみれの髪に指を走らせた。レイラは車を持っていて、たぶんまだそんなに遠くには行っていない。でも、この前のことを思うと、まずはお父さんに言ってみるのが筋《すじ》のような気がしたから、迎えに来てもらうようメッセージを送った。意外なほど早く、すぐ行くと返信があった。両手で顔を支えると、もうへとへとで放心状態になってしまった。そこにビーの声がしてやっと顔を上げた。

「キッそうだね」彼女はバッグを肩にかついで、私のとなりで手すりにもたれていた。

「キツいなんてもんじゃないよ」こめかみをこすって言った。「体育終わったとこでさ」

「あー」ビーは酸《す》っぱいものでも食べたみたいに顔をくしゃくしゃにした。「私は最初の組に入れられたわ。移らないといけないクラスもあったし。でもほんとに私たちチンピラを校内で一緒にさせたくないんだね」

「私チンピラになったの？」と返すと彼女は笑って「わが同士よ」みたいな感じで私の肩をポンと叩いた。「そっちはどうだった？　体育」

「サボった」彼女は肩を張って不意によそよそしい態度で言った。私は小言を言おうとしたが先に彼女が切り出した。「わかってるよ。もうギリギリ」彼女は唇をすぼめ、深く息をついた。「ただね、いちばん要らないのは、私が短パンで走り回ってるってのに、ネアンデルタール人どもが何か言って教師が聞こえないふりしてるってこと」私がいぶかしげな表情を向けたのは、ビーが人の言うことに煩わされると認めたことに驚いたからで、すると彼女は体をもっと固くした。「もう行かないと。乗ってく？」

「お父さんが来てくれるって」

「ん。じゃあ」彼女は手を振って急いで去っていった。彼女の背中を目で追って、どうしてああいう感じになったのかと考え込んでいたら、お父さんの車がやってきた。

「迎え、ありがとう」助手席に溶けるようにすべりこんで、消耗しきった重いため息を吐き出した。

「どういたしまして」との返事だったが、苦しそうな私を見てお父さんは片方の眉をつりあげた。

「大丈夫か？」

「うん」と答えてうしろに寄りかかると、シートが快適で安堵《あんど》のため息が出た。体の全部が痛かった。

「あのさ、帰りにウォルマートに寄れないかな？」

「何買うんだ？」

「何も」恥ずかしくて何を買いに行くのか言えなかった。驚いたことに、笑顔が返ってきた。

「あいつもそう言ってた」と首を横に振りながらお父さんが言った。「おまえの母さんがね。二人ともその言葉の使い方間違ってると思うぞ。『いろいろ』とごっちゃになってるとか？」

「そうだね」親のどちらかに似たことをすると思うのはちょっと変な気がしつつも、お父さんの方を向いて少し笑った。「そうだと思う。変な言い方でごめん」深く息を吐いた。「新しいブラを買いたい」バックパックに詰め込んである着古したのを着けている私をグラントが見ているのを思い浮かべて言い直した。「何枚か。新しいのが要る」

「なるほど」お父さんは答えてすぐ体をこわばらせ、両手でハンドルをきつくにぎりしめた。「あのな、この前の夜のことを話さないといけない」

「そう？」私も姿勢を固くした。

「もっと気をつけないとな。特に男には」

「そのつもりだったけど」と答えたものの、それは実際とはほど遠いとわかっていた。お父さんと約束していたのは、私がここに来た目的は勉強して卒業すること、安全でいるということだった。グラントとのことが何であるのか確信は持てなかったけれど、その計画に合っていないことは確かだった。

「冗談だろ」私が顔を向けるとお父さんは苦々しい顔をしていた。「真剣にやってるもんだと思ってた。本当に」

「真剣じゃないってどういうふうに？」この前の夜に感じた怒りがまた沸《わ》き起こってきた。

「おまえはいつも内気な子どもだった」お父さんは頭を横に振った。「いつもそんな深刻な顔で母さんの脚の周りをうろうろしてたよ。ちょっとでも危ないことをするのはひどく嫌ってた」

「今もだよ」

「だったらなんで原理主義者らと教会に行ってるんだ？」怒鳴りながら強く睨《にら》みつけられて体がすくんだ。「なんで男と二人でいるんだ——それにただ男ってことじゃないんだよ。いいか、絶対アスリートだろ。あのグラントの感じだと——」お父さんは深く呼吸して声を落としたが、鋭さはまだ残っていた。「目立たないようにしてるって信用してたんだけどな」

熱い涙が出てくるのを感じて、瞬《まばた》きしてあふれないようにした。車の窓に映る自分を見た。その向こうで通り過ぎていく木々や埃《ほこり》っぽい道路がにじんでいた。「普通の人生がほしいだけ」

「なら俺はお前に三年生を無事に終えてほしい」お父さんは歯を食いしばっていた。長い息をついて次にこう言った。「おまえのような人間があいつのような人間に殺されてるんだよ」

「グラントはそんなんじゃない」うわずっていて行くあてのない声だった。

「ティーンエイジの男だぞ」声がまた荒くなった。「どれも同じようなヤツらなんだよ！　全然わかってないんじゃないのか？　ああ、ホルモン剤を飲み始めたときに送ってきた手紙覚えてるよ。ずっと女の子だったって書いてあったな。そのときは理解できなかったが今はわかるさ。いま女の子みたいだからな。おまえは熱を上げて周りも見えないお嬢ちゃんみたいだよ」

目を閉じて、深い、等間隔《とうかんかく》な呼吸をした。「もっと気をつけるよ」と言った。声は小さかった。

「それがいい」お父さんはフロントガラスから外を睨んでいた。「次何かあったら母さんのところに帰すからな」

ウォルマートの駐車場に入り、車が停まった。私はドアをバタンと閉め、うしろを振り向かずにアスファルトをつかつかと歩いていった。どちらに強く怒っているのかはっきりしなかった――私をコントロールしようとするお父さんにか、あるいはお父さんが正しいと思っているところもあるのに反論した自分自身にか。

15

金曜の夜がやってきた。拷問《ごうもん》のようにじわじわとだが、それでもやってきた。この一週間、車の中でお父さんが言ったことをずっと考えていた。グラントと一緒にいるべきでないこと、私は愚《おろ》かだということを。でもグラントが金曜の夜に連れて行きたいところがあると言ってくれたとき、自分を止めることはできなかった。答えはイエスだった。

マンションの屋根付き通路のステップを下りたところで待っていると、グラントが私より年上のセダンでやってきた。車のフロント左側のパネルはパウダーブルーだったが他の部分はさまざまな錆《さ》び方をした赤だった。エンジンはマラカスみたいにガシャガシャいっていて、薄暗くてもシートの内張りがへたっているのがわかった。グラントが降りてきた。両手をポケットに入れて目線を地面に落としていた。私は歩み寄ってほほえんだ。

「騎士様、今晩はいかがお過ごしで?」と緊張をやわらげようとして言ったけれど、彼は笑わなかった。彼は唇をかんで無言のままぎこちなさそうにしていて、それから不安げな顔で私を見た。「車で行かなくてもいい。歩いてどこか行ってもいい」

「なんで歩くの？」彼のいるところまでゆっくり回り込んだ。

「車がガラクタだし。みっともない」

「光速の一・五倍は出る」と言いながら私は車のボンネットを叩《たた》いて、ハン・ソロの、自分がいちばんうまくできる物真似をした。「見てくれはよくないが、ここってときはすげえんだぜ」体を寄せて彼の唇にそっとキスをして、笑顔で目を丸くした。「俺が……特別な改造もしてる」

彼は少し口角を上げたが、明らかにまだ何かが頭にあるようだった。希望を失いかけていた矢先に彼が言った。「オーケー、じゃあ乗って。この思い上がりのマヌケで不潔なおたんこなす」

「誰が不潔だって？」と憤慨《ふんがい》した真似をして車に飛び乗った。腰を落ち着けるとシートはギシギシいって傾《かたむ》き、手を伸ばすとシートベルトがなかった。グラントが座って、弱々しくもたつくエンジンをかけ、車は動き出した。

「え、待って」と、彼は顔をしかめた。「なんで君がハンで、僕がレイアなんだ？　逆じゃないの？」

「なんかふくれっ面《つら》だったじゃない」と事もなげに言った。「ハン・ソロはそんなことしないよ。元気出してくれたらハン役代わってあげる。何考えてるか聞いてもいい？」

「いいよ」グラントはこめかみを掻《か》きながらまた眉をひそめた。「すぐにわかるよ」

「どこに向かってるの？」

「それはサプライズ。うまくいけばいいけど」

乾いた喉でつばを飲み込んでドアハンドルをつかんだのは、家から離れていくほど自分の不安症的なところが大きくなっていったからだ。幹線道路でスピードが出ると、車のガタつきはさらにひどくなり、バラバラになるんじゃないかと思うほどだった。

「この前のこと、ごめんね」髪をねじりながら言った。

「謝らなくていぃよ」彼は頭を横に振った。「自分に娘がいて家で男と二人きりでいるのを見つけたら、僕だっていい気がしない」

「そうじゃなくて。家族のことを話してもらおうとするのに強引すぎたこと」

「あぁ。そのことか。まあ、君がそういうことを知りたいって思ってくれるのはうれしいことなんだよね。君が興味を持ってくれていることを本当に、本当にうれしいと思うべきなんだ。今それに答えようとしてる」

車は州間高速からそれて街から数マイル離れた幹線道路に入った。街灯はますます薄暗くなっていき、やがて舗装《ほそう》されていない道に出ると、残っている光は片方しか点《つ》いていない車のヘッドライトだけになった。

茶色いダブルワイドのトレーラーハウスのそばの砂利《じゃり》地に車が停まった。小さな格子窓《こうしまど》のついた玄関の上に灯かりが点き、二匹の骨ばって疲れた顔の犬たちが庭の近くにつながれているのが見えた。その庭では十数羽の鶏がいきなり何ごとかと怒って跳ね回り、光から避難しようとトレーラーのうしろに逃げ込んだ。

グラントは私の方を向いて少し苦い顔をした。彼は長くゆっくりと口笛を吹いた。「これ母さんの車なんだ。修理に出してたんじゃない。君に見せたくなかったし、それにどこに住んでいるかも」彼は深く息をついて私を見た。「本当に中に入りたい？」

彼の手をにぎりしめ、頬《ほお》にキスした。「あなたの家族に会えるならうれしいよ」

玄関まで歩いていく彼に、鎖につながれた犬たちと距離をとってついて行った。網戸がさっと開いて、二人の女の子が跳び出してきた。一人は長い黒髪にオーバーオールを着ていて、八歳にはなっていなさそうだった。もう一人は茶色い髪にタンクトップ姿でもう少しだけ年上に見えた。二人ともうれしそうにはしゃぎながら私たちのところに駆け寄ってきた。

「この人が彼女？」と年上の子が聞いた。

「そうだよ」グラントは言うと、しゃがみこんで二人をハグした。

「背《せ》たかいね！」年下の子が自分の髪をぐいっと引っ張りながら、グラントの顔から私に向けられるのと同じ、大きな黒い目で私を見上げながら言った。「どやってそんなおっきくなったの？」

「まあ、たまたまかな」と私は肩をすくめた。

「気にしないで」とグラントは言って、優しい顔でその子の髪を軽くクシャっとした。彼女は大喜びでキャッキャと叫んで飛び退いた。ニコニコ笑う口元は歯の三分一がなかった。「あれが下の妹のエイヴリー」

「こんにちは」と挨拶《あいさつ》した。彼女はまたえへへと笑って、家の中に入っていった。グラントがほとんど親みたいに彼女を見守っているのを見て、何かが胸の中でやわらぐのを感じた。

「私はハーパーです」と年上の子が言った。「グラントね、ずっとあんたのこと話すんやめんの」

「がっかりさせないといいな！」と答えた。

「期待せんで」彼女は両手を腰に当てた。「お兄ちゃんとイチャつく奴はみんな蹴っ飛ばされっから」

「おい、ハーパー、中に入れ！」グラントはドアを指差しながら彼女にいかめしい顔をした。彼女は舌を突き出して妹に続いた。

「ごめん」と彼は肩を落としてため息まじりに言った。「うち、あまり付き合いがなくて」

「大丈夫だよ」彼に腕組みしてほほえんだ。「二人とも可愛らしいじゃない。あなたがよければいつでもいいよ」

「早く済ませようか」とグラントが言って一緒に中に入った。

グラントのトレーラーハウスは、うちのマンションと正反対だった。お父さんが壁を白にしているのは色の特徴をうまく理解できなかったからだが、このリビングルームの壁はライムグリーンと紫で輝いて見えた。お父さんが家具を茶色にそろえているのはきれいに見せるのにいちばん簡単そうだからだが、この部屋の家具はどれもマッチしていなくて、イスの革張りの色もあらゆる色の領域を横断していた。うちの部屋の壁やテーブルは何の装飾もないのに対して、この部屋の壁は何十枚もの家族写真と、アナの教会であがめられている味気ないのとはまったく違う、風変わりでサイケデリックなキリストの肖像画《しょうぞうが》でほとんどぜんぶ隠れていた。そんなことを思っていると、痩《や》せていて白髪まじりの、顔に深くシワの入った女の人が、キッチンから身を乗り出して手を振るのが見えた。

「あんた！」とその人はヘビースモーカーのしゃがれ声で言った。「この子なの？　あらぁ、グラント！　死ぬほどかわいいじゃないの」私は顔を覆《おお》った。「私はグラントのママだけど、ルビーって呼んでちょうだい。ご挨拶のハグをしたいんだけど」彼女は白い、小麦粉がびっしりついた両方の手と腕を見せて、「ごはんの前に洗いものをしなくちゃなの。グラントねえ、あの子たちはお客さんにお行儀《ぎょうぎ》よくしてる？」

「いや」グラントが答えた。「準備させてくるよ。アマンダ、一緒に来る？　案内するよ」彼は自虐《じぎゃく》的な顔で、腕をさっと動かしながらトレーラーの他の部分を身振りで示した。私は首を横に振った。

「あの、お手洗いの場所教えてもらっていい？」

「うん」彼はベッドルームへ続く廊下のいちばん近いドアを指差した。「そこがトイレ」

その中は狭《せま》く、リビングと同じ風変わりなスタイルで飾られていた。眺めていると、洗面台に置かれた錠剤のボトルのかたまりに目が留《と》まった。セロクエル八〇〇mg——ルビー・エヴェレット様。私が自殺未遂のあと精神病院にいたころ、他の患者の一人が妄想《もうそう》や幻覚《げんかく》を抑《おさ》えるためにその薬を飲んでいた。グラントがどれだけ働かないといけないのかを考えると、家の生活が大変なことはわかっていたけれど、私が思っていたよりもずっと厳しいのだろうか。

トイレから出て、その先にある部屋をのぞきこんだ。そこは小さくて、しっかりしたツインベッド、スタンドに掛けられたボロボロのアコースティックギター、ペイトン・マニングが大学生だったころのポスター、小さなテレビが置かれた机のとなりには山積みのＤＶＤがあった。床にはつやのある表紙のペーパーバックが積まれていた。一冊手に取ってみると、すぐに『サンドマン』シリーズだとわかった。第二巻のはじめの方のページの角が折り曲げられていた。

「おーい」とグラントが背後から呼んだ。こっそり入っていたのを怒られるんじゃないかと思いながら振り返ると、彼は笑ってくれた。「ごはんできたよ」

「ありがとう」ゆっくり彼のところへ歩いた。「連れてきてくれて」

「うん」グラントは肩をすくめた。「ただ……もし食事が変なのだったら、先に謝っとくよ」

「私、変なの平気だよ」と言って、キッチンテーブルに二人で向かった。気遣《きづか》わしげな顔で私を見るグラントと一緒に、色あせた青りんごのクロスがかかったテーブルについた。部屋も青りんごの壁紙で、ランチョンマットは赤いりんご、冷蔵庫にたくさん貼ってあるのもりんごのステッカーだった。

お皿の上ではコラードグリーンにオクラのフライ、コーンブレッド、ナマズのフライが湯気を立てて、私たちが食べはじめるのを待っていた。フォークをつかんだところでグラントが私の腕に触れ、少しだけ首を横に振った。理由を聞こうとすると、ルビーがお祈りを唱えはじめた。

「神よ、私たちにお与えください、健康な食事を。魂の器たる肉体に幸福を」と彼女は誰かが詩を吟唱《ぎんしょう》するような低い声で言った。手に持っていた食器を置いて目を閉じると、首のうしろがうずくのを感じた。「神よ、私たちにお与えください。蜜《みつ》のごとき甘いミルクを、樹液《じゅえき》とかぐわしい園《その》の香りを」

「きれいな言葉ですね」私はルビーを見つめて言った。「聖書からですか?」

「何かはわからないの。ママがよく言ってたし、またそのママも言ってたから、私たちもそう言ってる」

「んー、アホらしいと思うけど」とエイヴリーが言った。グラントは怒って口を開き彼女を叱《しか》ろうとしたが、ルビーに先を越された。

「まあエイヴリー、あんたが犬や鶏や森の鳥たちを愛するのとおんなじで、イエス様があんたを愛してくださっているのはわかるでしょ。動物さんたち大好きだよね?」エイヴリーはうなずいた。

「じゃあいつもみたいに大好きなのに、動物さんたちの赤ちゃんをヨシヨシしようとしたら指を引っ掻かれるなんて心が痛くなるんじゃない?」エイヴリーは少し考えてから、さっきよりゆっくりとうなずいた。「じゃあ、そんなことを言ったら、イエス様も同じようにお思いになるわ」エイヴリーは目を大きくした。「イエス様に痛い思いをさせたくないよね?」

「うん……」とエイヴリーは言ってお皿に視線を落とした。私は目を見開いたまま、お父さんのことを思い浮かべた。私が子どものころ、いつも私を怒鳴りつけていた。誰かがルビーみたいに言葉をかけてくれたら、とふと思った。

「みんなおいしそうですね」と私は言ってふたたびフォークを手に取った。

「たいしたことないよ」ルビーは言いながら手をひらひらさせてほほえんだ。

「いえ、本当に！　ここに来てから、こんなごはん食べてなかったんです。お父さんはあまり料理は得意じゃなくて」

「地元ここじゃないの？」ハーパーがコーンブレッドを口いっぱいに頬張って、テーブルクロスにパンくずをまき散らしながら言った。

「テネシー生まれなの」と咀嚼《そしゃく》の合間《あいま》に答えた。「でも西の方でメンフィスの近く。北に一時間くらい行ったところのジャクソンっていう小さな町で。それで親が別れて、私とお母さんはアトランタの郊外に住むようになって、お父さんはここに引っ越してきたの」

「へー、じゃあなんでこんなクソ田舎に来たん？　そんなとこにいられたんなら」とハーパーが聞いた。

「メシ食ってるときに汚い言葉を使うな！」グラントが言ってこめかみをさすった。

「お兄ちゃんもいま言ったじゃん！」ハーパーが語気を強めようとテーブルをバンバン叩いた。

「食ってる！　食ってる食ってる！」エイヴリーがケラケラ笑って体を弾《はず》ませた。ルビーは私に謝ったが、声が小さくなっていくのがわかった。

「お父さんがここに住んでて、しばらく会ってなかったんだ」と答えたが、みんな私にお構いなしに話していた。「アトランタって、そんなにいいところじゃないよ」と付け加えながらこの話を早く済ませたいと思った。ハーパーとグラントが二人とも戸惑った表情を私に向けたが、エイヴリーの関心の的は乱暴な言葉を言うことから、食べ物をつついておもしろい形に変えることへと移っていた。

「まあ、人によってはいいところかも。私にはそうじゃなかった」グラントに視線を向けて手をにぎりしめた。

「パパと一緒に住んでるのいいな」とエイヴリーがふいに洩《も》らして、物憂《ものう》げに私を見た。「パパのことさみしい」

ルビーとハーパー、グラントもみんな固まってしまって、妙な顔つきでお互いを見合っていた。グラントは咳《せき》ばらいをすると黙ってお皿を片づけはじめた。

「エイヴリーちゃん」ルビーが言った。その声は少し不明瞭だった。「遊びに行かない？」

「うん、ママ」エイヴリーは返事をして椅子から飛び降り、裸で毛が半分ない、山積みになったバービー人形たちの近くにドサッと座った。

「手伝う？　それかそこに座ってる？」グラントがキッチンから顔を出してハーパーを強い目つきで見た。彼女は彼に向かって舌を突き出すと、大股で自分の部屋に戻っていった。

「気にしないでね」ルビーが優しく言った。でもまぶたは重く、目はうつろだった。「あの子、パパの話になるといつも落ち着かなくなってしまうのよ」

「そうなんですね」と言いつつ、グラントを手伝おうと席を立って、残りのお皿を集めた。私たちが何も言わずに食器を洗っているあいだ、彼は遠くを見つめていて、私は事情を聞くのが怖かった。

「そろそろ行く？」彼は最後のお皿を乾燥ラックに置いた。

「うん」と答えると、グラントは私を見て短く笑った。

彼は母親の頬にキスをすると外に向かった。

「晩ごはん、ありがとうございました」と財布を取り出しながら言った。ルビーは起きたばかりみたいに目をパチパチさせると、私をハグした。一瞬固まってしまったけれど、すぐに私もハグを返した。タバコとミントとレモンみたいな匂いがした。

「ありがとうね」彼女が言った。

「何にですか？」

「息子を笑顔にしてくれて」

16

車が主要道に出たところでグラントの手をにぎった。彼もにぎり返してくれた。ただ、その力はいつもより弱いように思えた。彼は何も言わなかったし、私も彼に何か言わせようとは思わなかったが、そのうちエンジンのガタガタいう音が気になりはじめた。

「グラント」彼に手を重ねて体を寄せ、頬《ほお》に軽くキスをした。「もうすぐあの湖だね。寄って行こうよ」

スマホのライトで小さな道を見つけると彼の手を引いて、初めてのパーティーの日の夜に行ったツリーハウスを目指して森の中へ進んでいった。その道の一歩一歩を覚えていた。あの夜のことを何度も思い浮かべていたから、寝ていても湖への道がわかるくらいだった。グラントは何かに気を取られていたのか、神経が過敏になっていたのか、その両方だったのか、私がリードするのに続いた。古いツリーハウスにたどり着いても、二人とも何も言わずに登っていった。湖は前に来たときと同じように美しかった。違っていたのは、冷たい風が湖の表面を吹き抜け、髪をはためかせたことだった。グラントが私の腕のうしろに触れると、温かさが走った。

「家に呼んだのは君が初めてだった」彼が抱き寄せてくれた。強く息を吸い込むとお腹の下あたりに圧迫感が増していく感じがした。気がつくと体が震えていた。「あのトレーラーハウスに引っ越してから、恥ずかしくて誰も連れて来れなかったんだ」

「ありがとう。信じてくれて」沈黙が二人の間で大きくなっていった。「十五歳のときね」と言いはじめたのは、彼が今まで秘めていたことを話してくれた代わりに、自殺未遂のことを話したほうがいいかと思ったからだったが、続きを話すよりも先に彼がキスしてくれた。この瞬間のキスは単に何気なく始まって、今までにも何度もあったようにただ唇を押し当てるだけだったが、彼の唇が開くと私の唇も開き、お互いその奥に向かって秘め事をささやきあうように揺れあった。彼の舌先が私の歯を撫《な》でるのがわかって、お互いの舌が触れ合って、そうする意味もなく自分が小さく声をたてるのが聞こえた。脚の力が抜けてそのまま一緒にひざをつき、指は絡《から》み合い、唇は離れることはなかった。

　彼の指が私のお腹の下をかすめた。私はそうしていてほしかったのに、長年の恐怖は私にその手を払いのけさせた。少し間をおいて、そっと彼の手首を取ってその指がもういちどそこに触れるようにした。彼の手がさらに上に動いた。それから私のシャツのすそを両手でつかむと、それをまくり上げていった。私はキスをやめてあわてて後ずさり、大きく息をして、殻《から》を破ろうとしている感情の渦の中からひとつだけを取り出そうとした。目を閉じて、震える手でシャツをそばに投げた。私たちがふたたび体を寄せ合うと、彼の両手は、私の腰、両方の脇腹、お腹、あらゆるところに触れ、肋骨をなぞった。彼は私の背後に手を伸ばして、キスをやめないままブラを外し始めた。無意識に私はまた後ずさりして、ブラを留《と》めたままにした。

「ペース落とせるかな?」両腕で体を抱えこんで言った。

「もちろん」グラントはさっと私のシャツを取ってくれた。私がそれを頭からかぶって着終わると、彼が優しくほほえんでいた。「もちろんできるよ」

「えっと……くっつくのでもいい?」髪をかきあげながら言った。「あなたに会うまであまり人と触れ合ったことなくて」私は頭の中にあるその続きを口にしなかった――それに、そんなことあるなんて思ってなかった。「だから必要かなって思うのは……そういうのに徐々に慣れるってことかも」

「僕らならうまくやれるよ」私が横向きに寝そべって腕枕できるように、グラントが片方の腕で私を包み込んで引き寄せてくれた。彼の頬にキスして、二人で星を眺めた。夏だったころよりも、秋の澄んだ空気の中ではもっとよく見えた。天の川も見えた。夜空いっぱいに塗り拡げられた白い帯。

「『サンドマン』読んでるんだね。私の貸したのに」

「付き合う前に買ったんだよね。君が好きな本を読めば、印象いいかなって思って」

「素敵」目を閉じて彼の腕の中に深く顔をうずめた。「私がもうあなたに気があるって知ってたってこと?」

「いや、そのときは」彼はさっきより強く私を抱き寄せた。「僕が連続殺人犯みたいな対応だったよ、初めのころ」

「前の学校でいろいろ大変だったんだ」もういちど彼に顔を近づけた。

「わかるよ、君が話してくれたことからすると」グラントはうなずいた。「そのこと話したい？」

「どうかな。そう思うけど、今すぐは無理かも」

「大丈夫だよ」とグラントは答えてくれた。しばらく何も言わないままでいると、彼がまた話しはじめた。「父さん、母さんにどこで仕事してるって言ってたかは知らない。母さんはもう覚えてるかわからないけど、ちゃんとした仕事だったって僕は覚えてるし、そうじゃなかったってわかった日のことも覚えてる。警察が家に来て、そのときは街なかに住んでたんだけど、裁判官の書類を持ってきてた。それでわかったんだけど、父さんはよく仲間と森に行ってそこのＲＶ車で、何年も覚醒剤《メス》を作ってた」

「そのときエイヴリーは一歳にもなってなかった。母さんは子ども三人で収入もなし。しばらくはおばあちゃんの家に移ってたんだけど、それから母さんはいろんなストレスで精神病性破綻って医者が言うやつになって、どうやら今もおばあちゃんが許せないようなことをいろいろ言ったらしい。薬でマシになったんだけど、まだうまくいかないんだ。だから――」

「だから、家族を支えるのはあなたしかいないのね」

彼はうなずいた。「僕がずっと望んでたのは、母さんを精神病院に入れないことと、妹たちを里親制度に出さないってこと。それで精いっぱいで他のことはあまり考えられなかった。でも君と過ごすのは……違った気持ちにさせてくれる。なんか、何でもできる感じ。もう怖いくらい。こう言うと自己中なんだけど、家族のことは忘れ去って、行きたいところに行って、思い通りに生きてたいって、どんどん思うようになってるんだ」

「そうだね。私は今まで生きてて、どうやって逃げ出そうかってずっと考えてた。北部に行って、ニューヨークとかボストンとか大きな都市に溶け込む。運がよかったら、パリに住めるかも」

「そっか」と言ってグラントはまたあお向けになった。「そうだったんだね」

「うん。ニューヨーク大学に出願するつもり。受かると思う。変な感じだけどね。それってずっと望んでたことなのに怖くもある。ここを離れるって考えるのも、両親や知ってるものすべてから遠く離れるんだって考えるのも怖い。でも、そうするしかないんだよね。本当に自由になって、私を理解する人がいるどこかでやっと暮らせるようになるには」

「それってどういうこと言ってるの？」彼が曇《くも》った表情で体を起こした。首を動かして彼を見上げると、胃が飛びだしそうな感じに襲われた。

「ただ私に、みんなが理解できるわけじゃないことがあるってことなんだ」自分の間違いに気づいたのはその言葉を口にしている最中だった。

「僕は君にとって何？」彼はそう言って湖の方に顔を向けた。鼻で大きく呼吸していた。

「私のボーイフレンドだよ」私も体を起こしてひざをつき、彼にうしろから腕をまわした。

「今は」私に触れられて彼は体をぐっと固くした。「君が良い大学に行って、映画が難なく理解できて君が好きな変わった本を読む誰かを見つけるまでは」

「グラント」彼の首のうしろにキスした。「あなたのこと好きだよ。本当だよ？」

「でも僕が君のことを理解できるって思わないんだろ?」

「複雑なんだ」私を見てほしくて振り向かせたけれど、彼は目が合うのをふいと避けたからキスして彼が離れないようにした。「今まで出会ったどんな人より、あなたが好き。ただその……伝えるのが本当に難しいことがあるの」グラントは私をまっすぐ見た。その視線は私の目の奥まで突き通していた。だからその瞬間、裸になったような、彼に知ってほしいこともそうでないことも、すべてが見透かされているような気持ちになった。

「何でも話してね、アマンダ。当然だろ。前にも言わなかったっけ?」

彼の首筋に顔をうずめてもういちど息を吸った。彼が言ったことを反芻《はんすう》した。彼には何でも話すことができるということ。彼が正しいのはわかっていた——少なくとも彼がそう思っていることは。でも、彼が私のことを知るその瞬間まで、彼がどう感じるかは私にはわからないし、それは私が負う準備ができていないリスクだった。「努力する、っていうのでいい? あなたのこと、本当に大切だって思ってるから。努力するって約束する」

17

州間七五号を北上するレイラの車の中で、窓に額を押しつけた。クロエが右どなりにいるのがうっすら見えた。窓に映る彼女は地平線の山々に重なって幽霊みたいだった。肩を落としてうつろな目つきで座っていて、おしゃべりなんてしたくなさそうだった。

「どこに行くんだっけ？」息がガラスを曇《くも》らせた。ひざに置いたスマホに目をやると、グラントから新しいメッセージが来ていた。**昨夜《ゆうべ》はごめん。**今日は彼に会って、昨夜からのことを丸く収めたかったが、お昼時にみんながクラクションをベタ押しでやって来て、介入《かいにゅう》を行うと言い張った。私はボーイフレンドにのめりこみすぎている、それを止めなければならないとのこと。

「呪いの迷宮！」アナとレイラは精いっぱい不気味な声で叫んだ。

「それって何、お化け屋敷みたいな？」と言ってグラントへの返信をタイプした。**謝らないで！話せてよかった。会いたいよ。**

「ううん。ノックスヴィルのすぐ南のお化けコーンメイズ。迷宮《maze》なんだけど、『トウモロコシ《maize》』なの、わかる？」アナが答えた。

私は目をぐるっと回しつつも笑顔だった。

「ぜったい楽しいから」とレイラは言って、ハンドルを持っていない方の手を鉤爪みたいに大げさに振り回して声を低くした。「恐怖の宴《うたげ》って感じ。全身ゾワゾワ！」

「それとファンネルケーキもあるよ！」アナが体を弾《はず》ませた。

アナとレイラは、一時間の移動のあいだ、いろんなゴシップの小ネタでクスクス笑いあったり、レイラが言った不信心《ふしんじん》なことをめぐって軽く言い争ったり、テイラー・スウィフトをかけるのに合わせて大声で歌ったりしていた。私は歌詞を知らなかったから自分で適当に歌っていたら、それで二人はツボにはまって爆笑していた。でもクロエだけは違っていた。黙りこんでいるのに、すごい音圧がするようだった。グラントは返信に時間がかかって、もう着く手前になってようやく届いた。僕も会いたい。


私たちが「呪いの迷宮」に向かって歩いていると太陽が視界からゆっくり消えていって見えなくなった。進み続けているとその通りすがりに、おぼろげに大きな姿を現わす穀物《こくもつ》サイロや、赤い屋根の納屋《なや》があった。白い文字で〈SEE ROCK CITY〉と描かれていて、近くの焚き火の灯りでそれがわかった。暗い窓の建物は、百年は経っていそうだった。反対側に広がっていたのは、オレンジ色の焚き火の光が点在するなだらかな起伏《きふく》の畑で、その中央にあったのは、要塞《ようさい》の壁のようにそびえ立つトウモロコシの迷宮そのものだった。

中に入ってから何十メートルは何も起こらなかったが、それからすぐに高く音割れした笑い声が聞こえてきた。アナが絶叫して私たちの頭上を指差すと、その先でマントを着たいくつもの人影が壁を飛び越え、目を光らせて私たちを見下ろすとふたたび姿を消した。覆《おお》いがかけられた空き地の中に足を踏み入れると、南北戦争時の医者みたいなかっこうの青白い人影の数々が、今にも手足を失いそうになって悲鳴をあげる一人の兵士の上にぼんやりただよっていた。レイラとアナは金切り声をあげながら先に走っていった。私はクロエの手をつかんで引っぱりながらトウモロコシの茎の合間を縫《ぬ》うようにして、農場での普段の行き来のために残されている網目《あみめ》状の脇道《わきみち》を一気に走り抜けた。

「あー、しまった。迷っちゃった」

「わざとね」とクロエは言って、細長い草をつかんでかじった。

「なにー？」語尾の音程を上げて、言葉を長く伸ばして言った。「そんなことしないよ」

「そうだね」クロエは私を石みたいに固い目で見た。

「でもほんとに、マジでどこにいるのかわからないんだよね。小道に出られる？」しばらく続いた沈黙のあとに言った。

「親が農場やってるからってさ、魔法のトウモロコシ・ヴィジョンでも持ってるとか思ってんの？」と彼女は言って腕を組んだ。

「んー……思ってるよ？」と答えて唇をかみ肩をすくめた。彼女は一度だけやわらかく笑ったから、小さな達成感みたいなものを感じた。

彼女が長いため息をついて星を見上げたとき、私たちは道が枝分かれしたところまで来ていた。

「聞きたいこと聞けば?」

「何のことかわからないな」と答えて、湾曲した細い棒を拾い上げ、小道に生えている葉に向かって片っ端からヒュッヒュッと強く振って歩いた。クロエがじろじろ見てきた。「一応、戻らないといけなくなったらさっきの場所わかるよ」

「賢いね」クロエがゆっくりうなずいた。

「ありがと」と答えつつ、特に気にせず棒を振り回した。「それでさクロエ、最近何かあった?」

「引き返さないとね」彼女は私の前をかすめて道を折り返した。「いないといけないとこから道がそれてる」私たちがもう何メートルか歩くと彼女は立ち止まってため息をつき、肩を落とした。「ほんとに聞くつもりないの?」私は両肩を上げて本当に何も知らないとアピールした。「フラれたんだ」

「そっか」ゆっくり静かに言った。数歩前に出て彼女を抱きしめた。「つらいね」

「そうなのかな?」クロエはそう言うと、ひざをついて自分用に長い曲がった棒をもぎ取った。一緒に歩き続けながら、私が見つめる先で彼女は棒を振ってトウモロコシの茎を打ちつけていた。私たちは迷わないように少しの目印をつけるだけでよかった。でもやっぱり、人はものを壊さないといけなくなるときもある。「うん、つらいわ」

「何があったの?」道の分かれ目まで来て二人ともピンとこなかったから、コインを投げて右へ進んだ。「答えなくても大丈夫だよ」

「いや、いいよ。そういう話、慣れてないんだと思う」彼女は目の前の土のかたまりを蹴って、星空をじっと見上げた。彼女は一度に五つ以上の単語を使って話していて、それはたいてい、何か大事なことを言おうとしているときだった。「あんたでまだ二人目なんだよね……私のこと知ってるの」

「ビーが一人目？」彼女はうなずいた。「仲間はずれみたいだったよね」

「そうだね。子どものころは農場にインターネットも何もなかった。私と両親と兄貴たちに、いろんな動物たち、それと従業員の人たちだけ。私みたいな人のことを知れるところなんてなかった。そのときは世界で自分しかいないんだって思ってた」

「しんどいね」彼女の肩に触れた。

「ある意味よかったよ。自分が周りと違うってわかる前は、ただ漠然《ばくぜん》としてたから。気づかないって楽」

「でもそこでビーと出会った？」

「そう」クロエはきつく鼻をすすって棒をわきに投げた。「行こう」彼女は私の手を引いて、トウモロコシの壁の隙間を通り抜けて行った。ゆっくりと小道から外れてはいたが、彼女はどこに進んでいるのかわかっていそうだった。

「どれくらい付き合ってたの？」つまずかないように歩きながら言った。

「一年くらい」

「そっか」と答えながら、グラントと一緒にいたほんの短い時間のなかで、どれだけ彼を大事に思うようになったかを思った。次の質問には慎重でいたくて、少し立ち止まった。「今もビーのこと好き？」

「そう思ってた」クロエがトウモロコシの茎を思いきり押しのけるとそれは木のように倒れた。「ついさっきまでそう思ってた」彼女はジーンズに両手をこすりつけて土を落とした。「でも、ほんとに何を共有してたんだろ？」

「正直に言っていい？」彼女が作ってくれた隙間を通り抜けた。「何もないって言うしかないかな」

「そうだね、あの子しか選択の余地がないみたいに感じただけなんだよ。たぶんこの街ではそうなんだと思うけど、今は独りでいるのがほんとにいい選択だわ」彼女は立ち止まり私の方を向いた。目が月明かりのもとできらめいていた。「それに友だちがいるし」

「友だち、いるよ」と答えると、今度は彼女が私を抱きしめてくれた。「それにさ」と言って体を離した。「もうすぐ卒業だよ。世界は広いよ」その言葉を口にした瞬間、昨日の夜にグラントに話したことを思い出さずにはいられなかった。でも気がついてみれば、このランバートヴィルでは、息ができない、必死で逃げ出さないといけない前と同じあの苦しみを感じてはいなかった。私は初めて、自分の人生を生きている。生きるべき生を――自分自身の最も偽《いつわ》りのない生き方を。ただ人に言えないでいるとても大きなこともあった。

「そうだね、わかってる。世界が待ってる」クロエはそう言って最後のトウモロコシの壁をかき分けると、迷路の終わりにある売店のエリアが見えた。
「見て。やっと出られたね」と私は言った。
クロエはほんの少し笑った。「なんとかね」

18

ドアを開けるとグラントがいて、黒いセーターに黒いジーンズ、黒いスニーカーという出立《いでた》ちで、髪はくしゃくしゃ、顔はミスフィッツのアルバムのジャケットみたいにペイントされていた。

「ハッピーハロウィン！」と彼。白い歯は乱雑に塗られた顔の真ん中では場違いに見えた。

「いやいや」と返した。彼は私の弾帯《だんたい》、茶色と小麦色のチュニック、レザーパンツにニーハイブーツを見下ろすと目を大きくした。「あなたの衣装ほんとにそれ？」

「そうだけど？」彼はおずおずとした顔で答えた。それは死神のものであろう顔からすると奇妙だった。「毎年これなんだ」

「ダメ」と頭を横に振って言った。「今年はダメ。ちょっと来て」彼の手をつかんで自分の部屋に連れて行った。

「こんにちは、ハーディさん」彼は手を振りながらコーヒーテーブルでつまずきそうになっていた。

「ハッピーハロウィン、グラント」お父さんは読んでいる本から顔を上げずに言った。グラントは、私を迎えに来てくれたりバイトのあとに挨拶に寄ってくれたりすることが前より多くなっていた。お父さんと私は、あの日ウォルマートの駐車場でけんかして以来あまり話をしていなかったが、ある種の不安定な休戦状態になり、それぞれのいつもの生活を送りながら、仕事や学校の準備をしたり、テレビの前で夕食をとったりしていた。

「ところで君はどうするの？」と尋ねる彼をベッドに座らせ、お母さんが何週間か前に送ってくれた箱を掘り返した。

「覚えてる？『ジェダイの帰還』でさ、レイアが変装してジャバの宮殿にハンを助けに行くところ」ベッドの柱にぶら下がっているヘルメット――分割されたマウスピースとしっかりしたバイザーが付いている――を指差すと、グラントは小さい子どもみたいにニコニコ笑った。

箱から取り出したボバ・フェットのヘルメットを見せると彼は「すごいな」と言ってひたすら目を丸くしていた。「うゎ何これ？　どこで買ったの？」

「作った」作業ついでに答えながら彼にヘルメットを渡し、それと一緒に着る用のペイントされたライダースジャケットとパンツにブーツ、グローブを取り出しはじめた。

「こんなのどうやって作り方覚えたの？」彼は手に持ったヘルメットをまじまじと見ながら、敬意の込もった声で尋ねた。

「どうだったかな」彼にジャケットを投げて肩をすくめた。当然だがわかっていた。寿司の作り方を覚えたのと同じ年に、コスチュームの作り方も覚えていた。「前はもっと自由な時間があったんだけどね」

「これ僕に入ると思う?」グラントは立ち上がってジャケットを自分に当てた。顔はすでに緑と赤のヘルメットに付いた不透明なT字のバイザーの奥に隠れていた。

「タイトだと思う。でも大丈夫。私たち身長ほとんど同じだし」きまり悪くなって肩をすぼめた。

「こんなデカ女でごめんね」

「背高いの好きだよ」と彼は言って、左腕でヘルメットを抱えながら、右腕で私の手をにぎった。

「君は……アマゾンみたいだね」

「いや」ひじで彼の脇腹を突いてヘルメットをかぶった。「アマゾンじゃない。バウンティハンター」

私たちが玄関に向かっていると、声の届かなくなる直前でお父さんに呼ばれた。グラントは安心させるような手振りをして階段を駆け下りて行き、私は部屋の中に戻った。

「どうしたの、お父さん?」

「前に言ったことをずっと考えてたんだが」と言うと本を閉じてため息をついた。「おまえは頭が切れるし、おまえや母さんから聞いたことからすると、楽しいことがずっとできなかったんだよな。おまえが少し楽しくやりたいなら、それでいいと思う。おまえがティーンエイジャーだってこと、わかってないわけじゃない」

「本当に?」思わず顔がほころんだ。

「でも気をつけるんだぞ」とお父さんは言って本を私の方に向けた。

「気をつけるね」と答えながら一度うなずいた。高揚《こうよう》する気持ちを胸にドアに向かって歩いた。でも部屋を出る前に振り向いてお父さんの淡い青色の瞳を見た。「お父さん？　ありがと」

レイラの家のハロウィン・パーティーで、私たちのコスチュームは注目の的だった。

そこにいる人の半分はぜんぜん仮装していなかったが、レイラはそれを見越してビールの横のキッチンテーブルにフェイスペイントを置いていたから、一時間もしないうちに仮装してこなかった全員が顔にペイントしていた。レイラはモーティシア・アダムスの格好で、ぴったりしたドレスとかいろいろ身につけていた。どこに行くにもゆっくりすり足で歩いているから、グラントと私と同じように、機能と引き換えの見た目重視なんだろう――フルカバーのヘルメットにレザージャケットは、踊るには悪夢みたいに汗まみれだった。アナは仮装していなかった。ハロウィンパーティーなんかに来ているとバレたら、両親に殺されるだろうからだ。クロエの顔はガイコツみたいに塗られていて、黒いジーンズと黒いブーツを履いていた。グラントがもともと着ていたのと違ったのは、彼女が黒いセーターではなくフランネルのシャツを着ていることだけだった。

「よかったと思わない？」と言って彼にもたれかかりながら部屋の隅《すみ》で休んで息を整えた。二人のヘルメットはすぐ横のサイドテーブルに鎮座《ちんざ》していた。彼は四杯目のビールを飲んでいた。私は二杯目を飲み終えたばかりなのに、もうクラクラしているなんてお酒が弱い人みたいだった。

「私のおかげで恥かかずに済んでよかったと思わない？　他の女の子と同じ格好でパーティーに来る

よりひどいことなんてないよ」

「それって問題なの？」

「そうだよ。そういうのって、最っ悪に気まずいから」

「女の子でいるって、やたらルールがあるんだね」彼は急に考え込んだ調子で言った。

「ほんとそうだよ」と答えながら、溶け込むために私が学ばないといけなかった膨大《ぼうだい》な数のものごとを思った。「男の子でいることよりずっと難しいよ」

「え？　ないない。最後に殴り合いのケンカしたのいつ？　鼻やられたことある？」

頭に浮かんだのは、私が気に食わないという男子たちにいつも殴られたり蹴られたりしていたことだったが、そのことは触れないのが最善だと判断した。「はいはいタフガイさん」と彼の胸を小突いて自分の腰に手を当てた。「殴り合ったら目にあざができるけどさ、女の子は言葉二つでもお互いを壊しあうんだよ。男には無理だよ。私たちの日々を切り抜けるなんて」

「やってやろうじゃん！」グラントはビールを置いてヘルメットをつかんだ。「ちょっと来て」彼は私の手首をつかむとレイラの家のバスルームに連れ込んで背後でドアをバタンと閉めた。

「何やってんの？」わけがわからなかった。

「君がけしかけたんだぞ」彼はボバフェットのジャケットのジッパーを開け、バスルームの私のいる方に投げた。「よし、コスチューム交換するぞ」

「は？」部屋が少しだけ傾《かたむ》いた。バランスをとろうと洗面台に寄りかかった。彼はタンクトップとボクサーに靴下しか身に着けていない状態だった。「なんで？」

「僕に女の子でいるガッツはないって言ったよな。僕は挑戦から逃げないぞ。君の衣装を渡すんだ」

私はキャミとボーイショーツ姿になるまで脱いで、ずっと忍び笑いしながら、彼がぎこちなくバウンティハンターのレイアのコスチュームを着込むのを見守った。すべてのジッパーが閉まりヘルメットが装着されると認めないといけなかった。より広い肩幅と胸部全体の平らな感じ以外は誰にも違いがわからない。もちろん彼がヘルメットを着けていればだが。

「私は何を着るの？」

「ボバ・フェットになるんだよ。男になるガッツがあるかどうか見てやろうじゃないか」

私はボバ・フェットのマスクに視線を落とし、それから鏡の中の自分を見て笑い出した。前かがみになって体を抱えて倒れそうになった。

「何がそんなにおかしいの？」

「何も」ハアハア言いながらゆっくり息を落ち着かせた。涙を拭いて服を着はじめて頭を振った。私が男の子として服を着ると思うのは笑えることだった。長いあいだそうすることから逃げようとしてきたからだ。「何でもない。先に行ってて。着替えたら私も行くから」

数分してバスルームから出てきたら、パーティーは私たちが抜けたときよりももっと騒がしくなっていた。ビールはほとんどなくなっていて、みんなお互いに寄りかかったり「モンスター・マッシュ」とか「スリラー」のキーから外れてがなったりしている様子を見ると、パーティーが今どのあたりまで来ているのかよくわかった。少しのあいだきまり悪く突っ立っていたが、どうしていいかわからなかった。男の子の服を着ていると、それがコスチュームでも、ずっと前に脱ぎ捨てた皮膚みたいな感じがした。

「グラント！」と誰かがキッチンあたりから呼んだ。グラントはどこかと周りを見たが、またその声がしたから、呼ばれているのは私だった。フットボールチームの見覚えのある男子二人がコンロの近くに一緒に立っていて、私を手招きしていた。パーカーはそのすぐうしろに立ってビールを片手に平静を装っていた。私は彼らのところに向かったが、少し歩いただけですぐにわかった。手首はやわらかく、両ひじは脇腹についていて、腰がわずかに揺れていた。それは男の子の歩き方ではなかった。私はひじとひざを外側に突き出し、背骨を精いっぱい伸ばした。キッチンにたどり着くとグラントの友だちは困惑した様子だった。

「大丈夫か？」と男子の一人が言った。彼は猫のひげと鼻のペイントをしていた。

「うん」声を低くして言った。ヘルメットのおかげで言葉がくぐもって聞こえてよかった。

「おまえウンコ漏らしたみたいな歩き方してるぞ」と猫顔が本当に心配してそうな顔で言った。

「何でか知ってんぞ」もう一人の男子が言った。彼は口の両端からそれぞれの頬骨《ほおぼね》まで縫《ぬ》い目のペイントをしていて、ハロウィン人形みたいだった。彼は身を乗り出して私の腕を強く殴った。私はひとことも声を出さないようにした。「見たぞ。お前あの女とトイレ入っただろ」

「めっちゃかわいいよな、おい」人形男が言った。「何やってたんだよ？」

「そうだよ」猫顔が言って近づいてきた。「やっとヤらせてくれたか？」パーカーがこっちを見ていないふりをしようとしているのがわかった。彼は鼻先で笑って目玉をぐるっと上に向けた。

私が答えないでいると、ハロウィン人形がすぐそばまで寄ってきた。「おっぱいくらいは見せてくれたか？」

そいつの腕を殴ったら思ったより力が入った。樽《たる》の方に振り返って言った。「もう一杯ビール飲んでくる」

「あいつ何イラついてんだ？」猫顔がそう言うのを背にその場を離れてリビングルームの人の群れを歩いて抜けた。

外に出て、お父さんの車に乗り込むとラジオをつけて、ギリギリ電波の入るクラシック音楽の局に合わせた。ヘルメットを脱いで窓を下げるとやっと息をすることができた。胃がジャイロスコープに載《の》っているみたいに高速で回転していた。ハンドルに額を押し付けてうめき声をあげながら、精神を統一しようとした。男子が、自分たちだけのときにどんなふうに女子のことを話すのかはもちろん知っていた。驚くべきことではなかった。でもあの二人は、これまで私を苦しめていた男たちを思い出させたし、どれだけ多くのことが変わったとしても、それは私の神経に障《さわ》った。すると窓をノックする音がして飛び上がった。

「もうギブアップ？」グラントが言った。髪が頭皮に張り付いていた。彼は息を切らしながら助手席に座った。

「うん」ひんやりしたハンドルから額を離さないでいられる程度に首を横に向けて彼と目を合わせた。

「あのさ、あなたの友だち気持ち悪い」

「どいつ？」

「猫のペイントの人と、ハロウィン人形の人」

彼は誰だったか少し考えていた。「ああ、あいつらはクソったれ。友だちじゃなくて、チームにいるってだけ」

「よかった」彼の手をにぎって少し笑った。「あなたはどうだった？」

「何ていうか、クロエがハグしてきて『この前のコーンのこと』でお礼言ってきた」それを聞いて笑いが出た。「それと、あー、えっと……」彼は何かつぶやいたが聞き取れなかった。

「何だったの？」

「言い寄ってきたのがいっぱいいた！」彼の頬《ほお》は明るいピンク色に輝いていた。

「男子たち？」背筋を伸ばして言った。

「君だと思われてたんだって！」彼は腕を組んで答えた。

「媚《こ》びて返したの？」前かがみになってニヤニヤしながら言った。

「してないよ！　まったく」

「楽しかったんでしょ！」彼はあきれた目をしたわりに頰のピンクは消えなかった。「ほら、楽しかったって認めろ。いいよ。ハロウィンで大事なのは装《よそお》うことなんだから」

「そうだね」と彼は考えを巡《めぐ》らせるように言った。「不思議な感じだよ。少しのあいだでも他の誰かになるのは」

「うん」私は少し動いて彼の胸に頭を預けた。ベース音はここでも聞こえていて、一定のリズムを形成していると同時に、パーティー参加組のうれしそうな叫び声はその重低音よりも大きかった。

「子どものときにさ、初めて『スター・ウォーズ』を観て、なんていうか、自分の世界が開けたみたいに思ったんだ」グラントが不意に言った。私は頭を動かさずに、彼の胸が起伏するのを愉《たの》しんでいた。「いま思うとバカみたいだけど、あのキャラクターたちのクレイジーな服装とかカッコいい宇宙船を見てると、フットボールとか泥遊びよりもっと多くのことが世の中にあるんじゃないかって思うようになったんだよな」

うなずきながら、自分も初めて映画を観たときのことを思い浮かべた。覚えている限りずっと前から、SFやファンタジーの世界に逃げ込むのが大好きだった。メインキャラたちが身近《みぢか》な人とは違う見た目をしている作品はどれも大好きだったし、受容《じゅよう》することや社会の不正義をテーマにしたものには特にハマった。でも私のSFとの関係はグラントより少し複雑だった。それは私が持ついかにも男性的な一面だったからだ。コミックを読んで育った女の子もいるのは知っているけれど、移行してからは、SF好きだということは隠しておいたほうがいいのかどうかわからなかった。たとえば『ディープ・スペース・ナイン』の全エピソードについて百科事典なみの知識があることで、何かの拍子に私のことがバレてしまうかもしれない、というように。グラントにはそれを隠さなくていいのはすごくうれしいことだった。

「ほんとに何を言おうとしてるんだろ」とグラントは続けた。「自分以外のことを考えるとか、別の生き方があるのを想い浮かべるっていいことなんじゃないかって」

私は体を起こして、長く強く彼にキスした。声に出して言えないすべてのことを言おうとして。それは学校でC以上の成績をめったに取らない人、自分の最大の価値がフットボール場で相手を倒すことだと思っている人に向けてだったが、こんなに聡明《そうめい》な人に出会ったのは初めてだった。

私は彼に背中を預けて、パーティーが私たちなしで続いている音に二人で耳をすませた。二人の呼吸は同じリズムだった。グラントの胸の鼓動を感じながら、ゾクゾクもするしゾッとするようでもあるひとつの思いが、お腹から指先まで這《は》い寄ってきた——私は彼と恋に落ちていっていた。

19

「先週、先に帰ってごめんね」と言って私は風にあおられる髪を押さえながら古い農園のゆがんだ階段を上った。ビーはちらっと私を見てから、カメラのファインダーに視線を戻した。

「いーよ」彼女は私が座るために階段のスペースを詰めてくれた。私は紙みたいに薄い葉を払いのけて腰を下ろした。「まあだいたいわかる」

「うん。で、持ちこたえてる？」ひざの間にバックパックを下ろして、化学の宿題を取り出した。

「大丈夫」と答えながらビーは不思議そうな顔をしていたが、私の声に心配する響《ひび》きがあることによようやく気づいた。「なんで？」

「えっと、あなたとクロエのこと、けっこう大変だったんじゃないかって」

「どうかな」ビーはカメラのダイヤルをひねりレンズを地平線に向けた。「ねえ、私のポートフォリオ、まだポートレイトがないんだ」彼女は再びカメラを下ろして私に目を向けた。「あんたの写真撮ってもいい？」

「いいよ」と答えてペンでノートを叩き、草むらに目を落とした。「クロエは、二人のことかなりシリアスに思ってたみたい」

「うん」ビーは言ってこめかみを掻《か》いた。「それが問題だったんだ。あの子、私よりもシリアスに考えてた。あの子が男だったら、セックスとかたまに遊びに行く以上のことを私に求めてるってわかった途端《とたん》ソッコー逃げ出してたよ」

「女の子だと、どう違うの？」

ビーは作業を止めて顔を上げ、少し離れたところをじっと見た。「初めてキスしたとき、あの子、私の腕で泣いたんだよ。それまでずっと、そういう気持ちはありえないんだってがんばって思い込んで生きてきたから。自分が嫌なのか、自分の望みを叶《かな》える強さをやっと持てたって誇りに思っているのか、判断がつかないって私に言ったんだ。自分独りしかいないって思ってたって」

「悲しいね」クロエが泣いているところを思い浮かべた。

「でも、どう考えたってそれは違うよ」とビーは続けた。彼女はスマホを取り出し、しばらくそれを見てからまた話し始めた。「だいたい七千四百人がランバートヴィルに住んでて、クィアの人は人口の十パーセントくらいいる。だから、七百四十人ここにいる。女性がそのちょうど半分だと想定したら、この街には三百九十人バイセクシュアルかレズビアンの女性がいる」

「多いと思う」と言いつつ、私みたいな人が同じようにひそかに暮らしているのだろうかと思わずにはいられなかった。

「多いって思えるのは、南部のクィアの人たちはクローゼットにいるしかないからさ」と言いながら額にしわを寄せて、カメラバッグの中から別のレンズをごそごそ探していた。「ほんとさぁ、ストレートの人たちだって墓場まで持ってく秘密かかえきれなくてクローゼットにしまってるもんじゃん。みんな地獄に落ちるとか、笑い者にされるとか怖がりすぎなんだよ。だから自分の望みは？　自分は何者？　ってなっても正直になれないし、自分が求めるものを自分で認めることすらできない。悲しいよ」

「そうだね」うなずきはしたが、もし私のことを話したらビーは何と言うかわからなかった。私も正直になれない人間のひとりなんだということを。前とは違うかたちで心を打たれたのは、ビーはとても勇敢で、それはただ自分自身でいるためなんだということだった。

「でもとにかく、わかっちゃったんだ。私はあの子と義務感《ぎむかん》で一緒にいたんだって。それは絶対に私のすることじゃない。だから別れた」

「でも、それって前から気づいてたんじゃない？　長いこと一緒にいたんでしょ？　だったら何で今なの？」私は教科書のページを折ったり広げたりした。「他に誰かいたの？」

「別の原因？」ビーは疲れ切った様子で言った。「あの子を傷つけたのはわかるよ。でもどっちにしろあの子は傷つくことになったよ。もうやめよう、いい？」

「そうだね」と答えて親指の爪をかんだ。「ごめんね」

「じゃあその埋め合わせに、背筋をまっすぐして座って、あの変な見た目の木を見て」と彼女は言って、空き地の向こうを指差した。

「あれはブラッドフォード・ペアだよ」と胸を張って言った。カメラは無音のままだった。「この木はね、こういう綺麗な縦向きの枝の形になるように品種改良されたんだけど、木ってやっぱりそうはならないから、ああいう見た目になってるんだよ。でも成長が早いから、不動産屋は物件を早く売るために植えたがるんだ。そうすると数年経つまではあんなふうに幹が曲がって枯れてこない」

「そんなのどこで覚えたの?」ビーが言うそばでカメラがパシャパシャ音を立てた。

「お母さん不動産屋なんだよね」

ビーは表情をゆるめた。「そっか。最初はロボットみたいだったけど、最後の方はいいの撮れたわ」

「私がロボットみたいって?」ぶすっとして言った。

「あんたじゃない。その顔がってだけ。笑ってみて」と言われてニコリとした。「オーケー、わぁ、フレームのすぐ外から誰かに銃向けられてるみたい。あんたってそういう感じだよね」

「どんな人?」

「マジメな人」その言葉が私にとって重要であるかのような口ぶりだった。「あんたってムカつくらい正直だからさ、望んでも感情を偽《いつわ》れない」

「そうは思わないけど」グラントとのことが頭に浮かんだ。彼には私のことをすべて話しつつ、ただ一ついちばん大きなことは省きながらだなと思うこともあった。

「そうかい。あんたみたいなのとの向き合い方、知ってるよ」彼女はレンズを回してもういちど私に向けた。

「マジメさとやり合う唯一の方法は、マジメになることだよ。私たちが会ったばかりのころ思い出して。〈正直ゲーム〉したでしょ?」

「うん」口が急に乾いた感じがした。

「まあ、私のいちばんデカい秘密は、バイだってことじゃないんだよ」ビーは言いながら少し体をこっちに寄せた。私は首を傾けて注意を向けた。「高一のときレイプされた」

「そんな」口を覆《おお》った。「つらすぎるよ」

「何でもいいよ」ビーは慰めの言葉を振り払い、何枚か写真を撮った。「別に……まあ、大変だったよ。セラピーやら何やら行く羽目になった。でも、それで自分がこんな感じになってるとかそういうんじゃないんだ。とにかく、それは秘密じゃない」彼女は数歩下がってひざをついた。カメラはまだ私に向けられたままだった。「秘密なのはここから先」

私はうなずいて目をそらし、遠くを見た。その先で風が草をサラサラと鳴らしていて、穏やかな波みたいだった。彼女を見ないことで、ビーが話しやすいように気持ちを尊重《そんちょう》できる気がした。

「やったヤツはノックスヴィルにあるどっかの私立の三年生だった。そいつの父親がこのクソ田舎の七十五パーくらい土地持ってて、それでそいつが当時ここにいたんだと思う。両親は警察行けって言ったよ。なかなか行かないからすげー怒られた。でもさ……小六のころからアバズレって言われてたんだよ。運が悪くて胸が最初にデカくなっちゃって。それにあの野郎の家族はたっぷり金持ってたから無駄だと思ったし、何もかも終わったことにしたかった。だからセラピーに行って、それを乗り越えて前に進んだ」

「それでどうなったの？」向こうにいる彼女のところに行って抱きしめたかった。でも何となく、彼女が話し続けたほうがいいと思ってその場にとどまった。

「それから二年経って、そいつは逮捕されはしたよ」その声はもろく、かぼそかった。「そいつは私のあとにも四人の女の子をやった。一人は十二歳だった」彼女は一瞬カメラを下ろし、両目をこすった。「まあ、レイプのことは、過去に置いていけることだったし、まあそれが普通にはなった。それについて考えることは、もうない。でももし私が訴《うった》えてたら、って言ってもそいつは刑務所に行かなかったかもしれないけど、ニュースにはなってただろうし、あの子たちとその親は、起きることを回避するチャンスがあったはずなんだ。それを乗り越えるのは難しいわ」彼女は唇をかんで、ゆっくりとカメラを手元に戻し始めた。「セラピーは、そのことの助けにはなってない」

「ビー」小さな声で言った。

カメラのシャッターが数回鳴った。彼女の手は震えていた。彼女の気持ちが楽になることをしたかったけれど何も言えなかった。思いつくことは何もかもからっぽに思えた。彼女には思いとは別の何かを伝えたかった。私を信頼してくれたのは正しかったと、私も彼女を信頼していると示すために。

頭に浮かんだのは一つだけだった。

「この前やったときね、言いかけてやめたことがあるんだ」声を落として言った。

「うん」ビーの声はまだ少し震えているようだった。

「シリアスなやつなんだけどね」眉を両方上げて言った。シャッターが何度も音を立てた。「ほんとに。ふざけてないよ。私が恥ずかしくなるとか、周りがどう思うか気にしてるとかじゃなくて。そういうのよりもっと大きなこと」彼女はファインダーから顔を上げて目をパチパチさせた。「これから話すこと、あなたがもし人に言ったら私は終わる」

「言わないよ」ビーは静かに言った。その表情は今まで見たことのないほど真剣だった。

「約束してくれる？」

「約束する」

「ありがと」少しうしろに座り直して、風に震えている草を眺めた。それは来たるべき冬に身を委《ゆだ》ねているようだった。私は鼻から冷たい空気を吸いこみ、少し息を止めて、歯の間からすーっと吐き出した。今が止めるチャンスだった。でもそうしなかった。「私、トランスセクシュアルなんだ」

少しのあいだビーは何も言わずにいた。しばらくして話しはじめた。「もう何枚か、写真を撮らせてもらってもいいかな？　いくつか聞いてみたいんだけど、今この時のあんたの姿は私にとって本当に大切だから残しておきたくて」私はうなずいた。シャッターがそれまでより速く鳴って、急に止まった。むき出しの温かさの波が、肩から首にかけて満ち引きするのを感じていると、彼女がカメラを下ろして私を見つめていた。「あんたみたいな人って会ったことないな」

「ほとんどの人はないよ」と答えた。自分でも驚くほど声がちゃんと出た。両手に視線を落としてみると、思ったより震えていなかった。「それか、会ったことに気づいてないだけかも」

「そっか」ビーはゆっくりうなずいた。「今まで、えと……何ていうんだっけ？　性転換《Transgendered》した、とか？」

『トランスの人《Trans people》』がベストだね」ささやくよりほん少し大きい声で答えた。

「今まで観た映画とかテレビでトランスの人出てきたけど、どれだけありえないクソみたいなバイのキャラクターになりがちかって思うと、私は何も知らないと思うのが当然だね。どういうことを聞くのはいいの？」

「性器のことは聞かないで」スカートをくしゃっとつかんで雲を見上げた。「とにかく」

「大丈夫だよ」とビーは言って肩をすくめた。

「ありがと」唇をかんだ。「手術のことも聞かないで。私の前の名前も。だいたいそんなとこ」

「オーケー」彼女はストラップを丹念《たんねん》に折りたたんでカメラをしまった。彼女の目がデッキのすぐ下にある何かに留《と》まった。「私に言わなくたってよかったんだよ」

「話したかったんだよ」スカートから手を離しながら、笑顔でいることに自分で驚いた。「本当だよ」

「あのさ、さっきの話、あんたのことおちょくってただけだから。ロボットとか言って」彼女は首のうしろをさすった。彼女の頰《ほお》が赤くなるのがかなりはっきり見えたと思うと、彼女はうしろを振り向いて何かを拾った。

「やっぱりね」笑みがもっと広がった。ビーが無防備になるのを見るのは、お父さんから感情が見えるくらい奇妙だった。

「でもさ、自分が魅力的だってわかるよね？」彼女はバッグを肩にかけてこっちを振り向いた。もしそこに照れがあったとしても、それはもう消えていた。私は宿題を片づけて彼女と一緒に立った。

「ありがと。その子たちに起きたこと、あなたのせいじゃないってわかってるよね？」私はさっきそうしたかったみたいに彼女のところに行ってさっと腕をまわした。私たちは立ち尽くしたまま、長いあいだ抱き合っていた。たぶんこれまで誰かを抱きしめていた時間よりも長く。「ビー、あなたに出会って本当によかった」

「私もあんたに会えてよかった」

六年前、十月

マーカスは、お泊まり会が終わった次の月曜日、バスの席をとっておいてくれなかった。

私たちはいつもいっしょに座っているわけではなかったけれど気にしなかった。彼は本当にカッコよくて頭がよくて、それに友だちもたくさんいたから、できるだけたくさんの子たちといっしょに過ごそうとしていた。だから私たちが友だちであることは私にとってとても大きな意味があった。彼はどんな人とでも過ごすことができるはずなのに、私と遊びたいと思ってくれていたから。彼の友情は中一のときでいちばんよかったことの一つ、もしかしたら唯一だったかもしれない。でも、マーカスの頭をうしろから見ていると、何かがおかしいことに気づいた。数学の授業中、彼は目を合わせようともしなかったし、授業のあと手を上げて呼び止めて、来週末も遊びに行こうと言おうとしても、顔を背けて早足で歩いていった。

バスの窓からの景色がゆるやかな丘から手入れの行き届いた芝生に変わると、まっすぐ前を眺めて自分が何をして彼の気に触ったのかをがんばって考えた。彼は私と同じバス停で降りるから、二人になったときにまた話しかけてみよう。

バスがシューと音を出して停まったときには私はもう立っていた。マーカスは歩道に入ると立ち止まって私をじっと見た。そのあいだにバスは大きくゆれて息を吹き返しブロロロと走り去った。

「ねえ」なぜ彼がそんなふうに私を見ているのか不思議だった。「今日どうだった?」

「おまえとしゃべりたくない」とマーカスは言い、しかめた顔を背けた。彼はバックパックの肩ひもに手をかけて立ち去ろうとした。

「何か悪いことした?」と聞いた。その声が弱気で必死なのがいやでしかたなかった。でも知る必要があった。

マーカスはバックパックを地面に落とすと、折れ曲がった黒い作文練習帳を取り出した。

「それ、ぼくの日記《ダイアリー》」恐怖そのものが波になって襲ってきた。

「男はジャーナルって言うんだよ、ホモ野郎」危害《きがい》を加えるような低い声だった。彼は開いているページから読み始めた。「本当によかったのはまだ思春期になっていないこと。もしかしたらうまくいくかもしれないし無理かもしれない。それともたぶんみんなが間違っていて、思春期をやりすごせば、自然と女の人になれると思う。無理だろうけど、夢を見るくらいはできる」

「やめてよ」通りに誰もいないことを確かめようと周りを見た。「お願いだからやめて」

「マーカスはとても魅力的です」と彼は声を落として読んだ。一瞬こっちに視線を上げると眉間にしわが寄った。「もっとお泊まり会に行けたらいいのに。でも彼の近くにいるだけでいい」彼はページをめくった。駆け寄って彼の手からジャーナルを取り返そうとした。しばらく押し合いになったあと彼は私のお腹を殴った。息も言葉もつまり、ひざをついて痛むお腹に両手を押し当てた。「もしかしたらいつの日かやっと、もともとそうだったみたいに女の子になれるかもしれない。そうすれば私がどう思っているかわかってもらえるし、もしかしたら彼も同じように感じてくれるかもしれない」彼はまたページをめくった。立ちあがれないまま、閉じた目から涙がぽたぽた落ちてくるのを感じた。

「本当に彼がとてもかっこいいからではありません」とマーカスは続けた。「彼がどれほどすばらしいかということなのです」最後は口ごもっていた。「この部分は読んでないな」彼はしばらく黙ってから続けた。「彼はかしこいしおもしろいし、絶対にいじめたりしません」マーカスの声はもっと小さくなり、ほとんど息みたいだった。「彼ほどやさしくしてくれた人はいません。世界はそんなに悪くないのかもしれないと彼は感じさせてくれる。彼もその中にいるから」

「あぁ、こんなの」体がゆっくりゆらいだ。「ごめん、ごめん。本当にごめん」

「おまえ何なん？」と彼は言って一歩下がった。彼を見ることはできなかった。歩道に入ったひびをただ見ながら、ゆっくり頭を振った。

「わからない。わからないよ」

「まあ、何でもいーわ、二度と俺に近づくなよ」彼は日記を目の前に捨てて歩き去った。

20

ヴァージニアはなかなか来なかった。

私はサートリス・ダイナーのカウンター席に座って、課題の『アブサロム！　アブサロム！』を読みながら、どの登場人物がいちばんムカつくかの理由を探っていた。ウェイトレスがダイエットコークのおかわりを注いでくれた。スマホのメッセージをチェックした。ヴァージニアが一時間前に連絡をくれてからもう十回目くらいだった。ランバートヴィルの近くに行くから会いたいと書いてあった。

いまどこ？　と打った。

車停めてるとこ、　との返信。**ごめん、田舎だとGPSあまり使えない。**

振り返ると、彼女の傷だらけのブロンコが停車中なのが見えた。ドアのチャイムが鳴って彼女が入ってきた。私は駆け寄ってドアが閉まる前に彼女を両腕で抱きしめた。

「ちょっと、落ち着きなって！」と彼女は笑ってふざけながら私をどけようとした。「いやいや、どんだけ寂《さび》しがってんのさ？」

「そうでもないよ」一歩下がって、つま先で跳《は》ねながら言った。「会いたかっただけ！」

「同じでしょうが」一緒にカウンター席に落ち着くと彼女はそう言って不揃《ぞろ》いな笑みを向けた。「みんなあんたのことすっごい心配してるよ」

「みんなどうしてるの？」と尋《たず》ねた。ウェイトレスがやってきた。私はワッフルを、ヴァージニアはハッシュポテトのプレートを注文した。

「あいかわらずだよ」ヴァージニアは言いながら瞳をぐるっと回して水を一口飲んだ。「まあそう聞いてる。あたし、あんたがここにいるのと同じくらいノックスヴィルにいるからさ」

「なんで？」

「初めはティンダーでデート」私が目をそらすと彼女は笑い出した。「いまだにお堅《かた》いのね！　とにかく、その彼はね、トランスの女とも気持ち悪がらずに付き合ってくれるこの星の五人のうちの一人だったわ」心臓が一気に速くなって、ウェイトレスとコックに一瞥《いちべつ》を投げた。彼女の話が聞こえたんじゃないかと気になったからだ。コックはグリルの汚れを擦《こす》り落としていて、ウェイトレスはレモンを切っていた。「おーい？」ヴァージニアが言って、小さく手を振った。

「何でもない」ワッフルに気持ちを向けはしたが食欲はなくなっていた。

「あんたがシンケーシツなのずっと知ってるから、何かあるのはわかるよ」

「ただ」と言いかけて止めて、深く息をついた。自分が最悪の友だちじゃないかと思ったけど、彼女がせっついてきた。「ただ、埋没《ステルス》してたいってこと」

「あー」ヴァージニアがハッシュポテトにホットソースを浴びせて肩をすくめた。表情を読むのは難しかった。「わかった。もう『ト』で始まるやつは言わない」

「うん」と言って作り笑いをした。「ありがと」

「気にしないで。それでさあ、彼、クールなんだけどうまくいかなくってさ」

「なんで？」背中を伸ばして彼女に向き直った。

「彼ね、あたしが……自分の生き方をしてることに向き合えるって言ってくれたんだけど、いつかは家族が欲しいって。あたしはそれができないから、けっきょくどこにも行けない気がするって」

「うわ」未来のグラントが私に同じことを言うのを想像すると胃が痛くなった。

「いいよ。そういうもんよ。彼氏とはどうなの？」

「いい感じ」自分の腕をさすった。「初めてケンカみたいにはなったけど、乗り越えたし、それからはうまくいってるよ」

「おおっ」

私は彼女を上目で見て、深く息をついた。「彼に話したほうがいいと思う？」

「ぜったいダメ！」彼女は片方の眉をつり上げて私から体を離した。「なんでそんなことすんの？」

「わかんない」鼻にしわをよせてため息をついた。「私がどんな人間なのか、彼は知ってた方がいいのかもって……」

「それがあんたの考えてることでも、彼に言う義務はないよ。あんたは女の子だし、ずっとそうだったよ。パス度でも遺伝くじに当たってるんだし。それに知る必要なんてぜーったいないって。何かあって彼があんたの出生証明書でも見なけりゃね」

「それか結婚したいとか子どもを作りたいとかね」と言って、もう空になったカップの中でカタカタいっている氷にストローを刺した。「でもそれが理由じゃない」

「そもそもね、あんたまだ十八だよ」とヴァージニアはポテトをほおばりながら言った。それからフォークを私に向けて語気を強めた。「あんたはこれから人生で初めて本当の楽しさを味わうの。理想の男とやらと身を落ち着けようなんて夢見てちゃだめ」

「はーそうですか！」髪をさっと払い、彼女に舌を突き出した。「彼のこと、すごく好きだし……もしかしたらもっと深い感じかも」ヴァージニアが呆れた目をしているのは無視することにした。「絶対にそれがすべてってことじゃないけど、私が……私が自分の生き方をすることって、人生のなかですごく大きなことなんだ。過去がなかったみたいに振る舞うのは簡単だけどさ、それって心を壁で囲ってしまってる気がする」

「壁があるのは理由があるからでしょ？」彼女は指についたホットソースをそっと拭《ふ》きながら言った。

「だからものごとがバラバラにならずに済むんだよ」私が話しはじめようとすると彼女が手を挙げた。

「あくまであたしの意見ね。あんたが望むようにしな」

「たしかに」私はウェイトレスに身振りをして会計をお願いした。「どれくらいこの街にいるの？」

「いたいだけいると思う」とヴァージニアは言って片方の肩を上げてごそごそと財布を探した。「それで、今夜はどうする？　あんたの友だち呼ぶ？」

「えっと」スマホと顔の間で手がピタッと止まってしまった。ヴァージニアを上から下へと見ると、別々の二人がいた。一人は美しく彫像みたいに威厳のある天使のような人で、移行中に何度もしんどくなったときに一緒にいて切り抜けさせてくれた。もう一人は、あごが少しだけしっかりしていて、額が少しだけ高く、肩幅が少しだけ広く、手が少しだけ大きい女性だった。そんなことを考えるなんて恩知らずで嫌なヤツだと思ったが、ヘイトに満ちた小さな声が、私の耳のうしろから叫んでいた。もし彼女といるところを友だちに見られたら、もし彼女がトランスだとわかったら、次は私かもしれないぞ、と。

「何?」ヴァージニアは肩越しに振り向いてから私を見ると、両肩に力を入れて爪をかんだ。私が席から立たずに無言でいると彼女の表情が暗くなりはじめた。「あぁ」と彼女はしばらくして言った。「あぁ、わかった。アマンダ、ちょっと、そんな打ちのめされたみたいな顔しないで。友だちに会わせたくないならそれでいいよ。あたしの気持ちなんて気にしなくていいから」

「違う!」頭を振ってまばたきした。「ていうか、そうなんだけど。難しいけど……」だんだん声が小さくなって、痛みと混乱が胸の中で入り混じった。ヴァージニアは今までずっと、私の本当に大切な存在だったし、彼女にはいま私にとって大切な存在になりつつある人たちみんなに会ってほしかった。

ふと思いついて、スマホをポケットから取り出した。「やっぱり一人いる」と笑顔で言った。

＊　＊　＊

「それで、この辺の人って何して遊んでんの？」ヴァージニアが尋ねた。車はビーの家から道に出るところだった。

「薬、たいてい」ビーは後部座席から言った。首を伸ばすと、彼女がバッグを漁《あさ》って探しものをしていた。「吸ってもいい？」

「どうかしら」ヴァージニアが言った。彼女は手を上に伸ばし、破れて垂れ下がっている内張りの一片をつついた。「においで下取りの値段が下がったらヤだな」

ビーの突然の笑い声とともに火のついていないタバコが前の座席に飛び込んできた。

「いいね彼女！」ビーは身を乗り出してカップホルダーに入っていたタバコを取ろうとした。「えっと名前何でした？」

「ヴァージニア」彼女が答えた。

「二人はどうやって知り合ったんだっけ？」

「ヴァージニアはトランスの先輩《メンター》」と答えた。

ヴァージニアが少し驚いた目をした。「埋没するんじゃなかったの？」

「彼女にだけは話したんだ」と説明した。

ヴァージニアは長いあいだバックミラーを見つめていた。それから道路に目を移して、また私に戻した。彼女は何かを見定めているようだったが、それ以上何も言わなかった。

「それで、二人はどこに連れてってくれるの?」ビーは窓の外にタバコの灰を落とした。

ヴァージニアはためらわずに言った。「ミラージュズっていうチャタヌーガのゲイバー」バックミラーに映った彼女はニッと笑っていた。

「いいじゃん!」ビーはシートをうしろから叩いて叫んだ。「あんたのトランス友だちってこんなイケてる人ばっかなの?」

「そんなわけないでしょ!」明るい声で言った。「ヴァージニアは百万人に一人だね」

州間高速が窓の外を流れていき、ヴァージニアがツボを押さえた質問をしてビーを笑わせているあいだ、私は笑顔だった。彼女は本当に百万人に一人の存在、血の繋《つな》がらない姉妹《シスター》、私が安全でいることをいつも気にかけてくれる人だった。だから彼女に、美しい以外の気持ちを一度でも持った自分が嫌だった。どんな人も二つの真実を心の中に持つのはありえることで、内側と外側をぴったり並べるのが不可能なときもあるのだと思った。

ビーとヴァージニアの会話は途切《とぎ》れることなく、大学の計画に過去の恋愛に武勇伝《ぶゆうでん》の数々へと流れていった。

「二人が仲良くなってくれてよかった」少し時間が経ったあと笑顔で言った。自分が何を感じているのか理解するのには少し時間がかかったけれど、今ならわかる。それは、自分の中の二つの部分が一緒になる感覚だった。素直な気持ちだった。

「しゃべらなくてごめんね。ただ……うれしいなって思って。こういう感じ、今までにあったのとは違うな」

ヴァージニアは、わかるよといった温かい笑みを向けてくれた。「想いは叶《かな》えられるもんよ」と彼女は言った。「自分にもその価値があるって受け入れたらね」

21

ノートパソコンとスウィートティーのグラスを目の前に、バルコニーに座っていた。すがすがしい秋の天気を味わいながら、引きずる二日酔いをいたわりつつ、『アブサロム』についてのレポートに四苦八苦していた。昨日は夜遅くまで遊んでいて、お父さんが目も覚まさないくらい早朝にヴァージニアは帰っていった。二人には会ってほしいという気もしたし、そうしなくて良かったとも思った。ビーと一緒にいて楽しい夜だったが、みんながビーであるわけではない。

お茶を一口飲んで、何も書いていないWordの画面を眺めた。太陽は沈む途中で、下の駐車場と向こうの森にオレンジ色の光を投げかけていた。今はもういなくなってしまったセミたちのことを考え、その鳴き声と入れ替わっていた風のサラサラとかヒューヒューいう音に耳を傾けた。クリスタルでのグラントのシフトは、あと一時間ちょっとで終わるころだった。何週間も前から水面下で泡立っていた思いがふたたび、頼まれてもいないというのに立ち昇ってきた。グラントに本当のことを話したら？

「それはダメ」誰に言うでもなく言った。ビーに話すことができたのは、その時の空気に流されたのもあるし、彼女なら理解できなかったとしても、そうしようとしてくれるとわかっていたからだった。でもグラントはどうだろう？　彼にすべてを話したいと思うのはおかしいだろうか？　話そうとしてみることくらいはしないと、彼とこれからやっていけない気がするのはおかしいだろうか？

私はまっすぐ座り直し深呼吸をしてから目を開けると、真っ白のWordの画面がまだ私を待っていた。カーソルが何度も点滅していて、それは展望のようでもあり、圧力のようでもあった。

グラントへ、と少し経ってから書いた。これは私の人生のことです。私が生まれたとき両親はアンドリュー・ハーディと名づけ、医者は出生証明書に「男性」と書きました。みんな私が成長してどんな人間になるのか何も知りませんでした。


クリスタルの裏手にある従業員用の駐車場に立っていると、胃がねじれるようだった。すでに一時間待っていたが、十時間にも五分にも思えた。両手に持った封筒は分厚く、ずっとそわそわしていたせいで端っこがくしゃくしゃになっていた。

中に入っているのは彼にすべてを伝えた手紙だった。生まれたときにつけられた名前、自殺未遂のこと、どれくらい前からホルモン剤を摂《と》っているか、それでどんな変化があったか。それから彼と出会うことになった、トイレで受けた暴力のこと。すべてだ。

裏口のドアが開いて、ゆがんだ菱形の光を舗道《ほどう》に投げかけた。私は封筒を強くにぎりしめた。

「おやすみ、グレッグ」とグラントが言った。彼の背中には汗のシミがあった。初めて一緒に過ごしたあの夜、シャツを脱ぐ彼の姿がどんなだったか、彼が汗をかくといつもどんなにおいがするかを思い浮かべた。それは土とか塩分とか名前のつけられないもののようだった。

「お疲れ様」と声をかけた。彼はハッと驚いて立ち止まった。通り過ぎる車のライトで目が一瞬光った。乗ってきたお父さんの車のドアを開けて、車内の照明で自分が見えるようにして手を振った。暗闇を突き進んで彼のところまで行って、ふらつきとぎこちなさを感じながら、封筒を彼の胸にそっと押し当てた。

「いろいろ話してくれたよね。今度は私から話したいと思って」やわらかい口調で言った。

「ありがとう」グラントが言った。彼の頭の輪郭が下に傾いてまた戻るのが見えた。「これは何？」

「全部」口も喉も乾いていた。しばらくのあいだ二人とも無言だった。「あのさ、先に言っとくけど、話したいって思ってたんだけどね、今までなりゆきに任せてたこと、あなたと一緒にいたこと……もしあなたがそれで怒るとしたら、そのことも申し訳ないと思うし、当然だと思う」

彼はずっとそこに立ったままだったが、暗くて表情は読み取れなかった。心臓がまた速く打ちはじめて、胃が前後によじれていたから、お互いの足元の舗道に意識を集中させて、その無数のひび割れを目でたどった。もういちど目を上げるとグラントはいなかった。その恐ろしい一瞬に心臓がドクンと強く鳴った。するとグラントが中から戻ってきて、手には開けていない封筒と金属のバケツがあった。

ライターの小さな炎が揺らめいた。グラントがそれを封筒に当てると火が点き、オレンジ色の光が明るく燃え上がった。私はハッと息をのんで、何をしているのか聞こうとしたが、彼は封筒をバケツの中に落とした。暖かさと光が私たち二人を包み込んだ。涙が出そうになるのを感じて、彼の顔を見上げると、ほほえみかけてくれていた。

「君と一緒にいること、後悔しない」彼は私の手を取ろうとした。「それに、君を嫌いになるなんてことも絶対にできない。何があっても」

「でも……」

「知る必要なんてなかったんだよ」と彼は頭を横に振りながら言った。「大事なのは君が僕にチャンスをくれたっていう実感だったんだ」

彼は私を火の近くに引き寄せて、覚えているなかでいちばん強く抱きしめると、私たちのそばで燃え輝くその火のようにキスをした。

六ヶ月前

ダイレーションをしたあとヒドロコドンを一服飲んだ。ふとももと腰の間のあらゆる部分が木材破砕機《ウッドチッパー》にかけられたみたいで、ダイレーションのしきたりは自尊心《じそんしん》の傷つく面倒な作業だったし、痛み止めは自殺しようとしたときのことを思い出させた。それでも、今までにないほどうれしかった。やっと外側も女の子になれた。私と身体《からだ》を隔《へだ》てるものはもう何もない。痛み止めが効いてくると、ベッドから足を放り出して、顔をゆがめながら、足を引きずってゆっくり廊下に出た。廊下の向こうから静かに泣く声が聞こえて、トイレに向かう途中で立ち止まった。その部屋に向かうと、お母さんが一つだけ点《つ》けた薄暗いランプのそばで床にかがみ込み、自分の周りにアルバムを広げていた。

「お母さん？」と声をかけた。お母さんはビクッとして悲鳴をあげ、私だとわかると胸に手を当てて目を閉じた。「どうしたの？」

「何も」とお母さんは言って、頭を振って鼻をぬぐった。「寝る前に写真を整理してるだけ。もう寝なさい。休まないと」

「まだ寝ないよ」ゆっくりひざを下ろすと、また顔がゆがんだ。お母さんはアルバムをぜんぶ手早く閉じたそうにしていたが、けっきょくそのままにしていた。そのうち一冊は、私とお母さん、それにお父さんが映った写真のページが開かれていて、私が三歳か四歳のときに海辺で撮られたものだった。写真に写る私は、カモメの群れのなかを駆け抜けながら、その頃まだ大きく思えた波から逃げてはしゃいでいた。別のアルバムは私が幼稚園のころの写真で、ぼさぼさの長い巻き毛に、笑顔を浮かべた口もとは歯が何本か抜けていた。残りもすべて私の写真のページで開かれていた——スペリングコンテストで優勝したときのものや、小学校を卒業したときのもの、チャタヌーガのロック・シティとルビー・フォールズでうわの空な顔をしているのはお母さんと一緒にお父さんのところを去った日で、まだ男の子に見える最後のころまでの写真だった。

「寂《さび》しい」お母さんはかすかな声で言ってすぐ視線を横にやった。

「お父さんのこと？」

「そうじゃなくて」お母さんの喉《のど》が締め付けられる音が聞こえた。涙が一筋、頬《ほお》を伝って落ちるのが見えたが、それ以上は流れなかった。「そうじゃなくてあの子《son》に会いたい」

「そんな！」持っていたページを落とした。「そんなの」

「ごめんね」とお母さんは言って頭を振り、ぐっとつばを飲み込んだ。「本当にごめんね。もう寝てると思ってた」

「私は今も私だよ」と言ってこっちを向いてもらおうとした。

「そんな単純じゃないのよ」と涙ぐんだ両目を開けて目線を私に戻した。「そうなんだって言わなきゃいけないのはわかるけど、そうじゃないの。見た目も違うし、しぐさも違う。話し方も違う、手に触れたときの感じも違う。ほんとにもう、においだって違うのよ。においがどれだけ大事なものかってわかる？　赤ちゃんのときに抱っこしてその子《him》がどんなにおいがしたか、ずっと頭に残ってるのよ？」

　指を強くにぎりしめた。「なんで言ってくれなかったの？」

「あなたは死のうとした」お母さんは天に訴えるように目を上に向けてにぎりこぶしをかんだ。「アンドリュー・ハーディはどっちにしろ死ぬつもりだったし、選択肢のひとつは代わりに娘を与える、もうひとつは誰も私に残さない」

「あのこと、そんなふうに考えたことなかった。ぜんぜん——」

「親を慰《なぐさ》めるなんてあなたの役目じゃない」お母さんは首を振りながら遮った。「早くても、私が自分のおむつを変えないといけなくなってからね」と言ってアルバムを閉じはじめた。「まあ私が赤ちゃんのことで悲しくなるのは初めてじゃないのよ」そう話すときの息は震えていた。

「どういう意味？」アルバムを重ねて棚の上に片づけるのを手伝おうとしたが、私の手をはたいて自分で手早く済ませた。

「激しい動きはダメ！」お母さんは本棚のそばにある張りぐるみの椅子に腰を下ろし、また目を閉じた。「あなたが一歳になって、まだ赤ちゃんだったころの写真を見て泣いたわ。三歳になったらあなたが一歳のころの写真を見て泣いた。幼稚園に入ったら、それより前のことを思い出して泣いた。子どもってね、年がら年中大きくなって変わってくし、まばたきするたびに違うものになってる。自分の子だと思っていたらただの思い出になってる」お母さんは顔を擦《こす》ってため息をついた。「今から五年経ったらあなたは大学を卒業する大人の女の人。それで今のあなたの写真を見たらティーンエイジの娘のことでつらくなるんだと思う」

「じゃあ私が悪いって思わなくていい？」

「当然思うべきね！」満面の笑みだった。「あなたのことでどれだけ苦労したかわかってる？　陣痛《じんつう》の次は妊娠線、その次はあなたの手術代のローン借りなきゃで、もう全部すっからかんよ」

「いつか埋め合わせする」と私は断固《だんこ》として言い張って、本棚で体を支えて立ち上がった。

「お金持ちで有名になったら？」今度は小さな笑顔だった。

「うん」と答えて、またトイレに向かった。廊下に出て肩越しに振り向いた。「お金持ちにはなるよ。有名はバカっぽいかな」それからトイレに入って叫んだ。「大好きだよ、ついでに言うけど！」

「トイレにいるの？」とお母さんが向こうから答えた。返事をしないでいたけど、どのみちすぐに声がした。「行儀悪いわよ、アマンダ」

22

「レイラとアナは？」と言ってみんなでいつもランチしているテーブルの席に座った。さいわいなことにほぼ毎日、三人といっしょに昼休みを過ごせていて、みんないつも私の席を取ってくれていた。人生で初めてカフェテリアに入っていくのが楽しみになっていた。

「ホームカミング委員会」とクロエがテイター・トッツ［一口サイズのハッシュポテト：米国オレアイダ社の商品］を頬張《ほおば》った口で答えた。

彼女はそれを飲み込んで照れたような顔をした。「ごめん。マナー悪いよね」

「いいじゃない」と答えてタッパーを取り出した。「さすがは納屋《なや》育ち」

「なんだとー！」彼女はテイター・トッツを一つ放り投げた。それは私の鎖骨から転がってシャツの胸元に転がり込んでいった。

「自業自得《じごうじとく》」と彼女は言った。私はブラからテイター・トッツを探り当てて笑った。

クロエはカフェテリアの長方形のピザを丸めて、ブリトーみたいに一口食べた。今度は飲み込むまで待ってから話し始めた。「もうグラントにホームカミング誘われた？」

「まだ！」サラダにフォークを刺した。ポスターは学内に何週間も前から貼られていて、その前を通るたびに、全身の肌を小さな針で刺されるような気持ちになった。グラントは私のことを気にかけてくれているのはわかっているのに、それならなんで声をかけてこないのかわからなかった。かつてのあらゆる恐怖が水面下で渦を巻き、浮かび上がる寸前だった。「彼、私と行きたくないのかなって思いはじめてる」

「もっといい男はいるって」とクロエは言ったものの、音程が変な声だった。

返事に何か言おうとすると、彼女は急に立ち上がり大声で「来てるよ！」と叫んだ。私が振り向くとちょうど、フットボールの装備と白黒の紙で作ったストームトルーパーのマスクをつけた男子たちが六人、私に向かって突進してくるのが見えた。長年のいじめの経験のせいでパニックになっているうちにそのまま床から持ち上げられた。

「いいから」そのなかの一人が小声で言った。グラントの友だちのロドニーの声だとわかった。「落ち着け。みんな何もしないから」

クロエがカメラを構えて視界にさっと入ってきた。録っていた。なんとかして力を抜いた。彼女は明らかにいま起きていることすべてに関わっていたからだ。男子たちは私をカフェテリアからかつぎ出した。その先では雑然とした笑いで大騒ぎだった。

誘拐犯たちが体育館の両開きの扉を蹴り開けるとグラントがいた。白い長袖シャツに、サイドに白のストライプの入った黒のズボンをはいていた。彼の片側には、紙のダース・ベイダーのマスクに安っぽい黒マントの男が立っていて、もう片側には、ハロウィンのあとに私がグラントにあげたボバ・フェットのコスチュームを着た人がいた。

「レイア！」グラントが言った。彼は前に飛び出すと、ベイダーとフェットに腕をつかまれて拘束《こうそく》されたふりをした。

「ハン！」と言って笑っているとフットボール部員扮《ふん》するストームトルーパーが私を彼の前に下ろした。

「こいつが死んだらどうする気だ？」ボバ・フェットがしゃがれた声と堅苦《かたくる》しい口調で言った。

「損害は帝国が補償《ほしょう》する」と変に低い声が言った。パーカーの声かなと思ったけれど、確信は持てなかった。「ソロよ、言い残したことは？」

「レイア！」グラントは逃れようとする大げさな演技をしながら言った。「一緒にホームカミングに来てくれるか？」

「もちろん！」と大声で答えて前に踏み出し、両手を胸の上でにぎりしめた。「愛してる《I love you》！」と言いかけたのはそれがあのシーンの次のセリフだったからだが、そこで言いよどんだ。私たちはまだその言葉を言っていなかったとはいえ、最近はいつもそのことを考えずにはいられなかった。代わりに「……好きだよ《I like you》！　大好き《A lot》！」と高らかに言った。

「知ってるさ」グラントはハン・ソロのきざな笑みを完璧に再現していた。カーボンフリーズ装置はさすがにないだろうと思ったから次に何が来るのかと考えていたら、ストームトルーパーたちがスプレー缶を取り出して、それを振って、私たち二人にシリーストリング「シリコンの細い帯が飛び出すパーティーグッズ」を吹きかけた。

手とか顔からやっとシリーストリングを落としてトイレから出るとダース・ベイダーが待ち構えていた。

「ベイダー卿《きょう》。やはりあなたでしたか。これほど大胆なことができるのは」

「あー」とベイダーが言った。彼がマスクを外すとパーカーの困った顔が見えた。「次のセリフ知らないんだ、ごめん」

「いいよ」と笑みを作って言った。パーカーはよく私たちと一緒にいるか、もっと少ない人数のグループの隅《すみ》にいたが、私がランバートヴィルに来た最初のころから話しかけられることは多くなかった。「ありがとうね。さっきの……いろいろ」

「プロムのお誘《さそ》い《プロムポーズ》のこと?」とパーカーは顔の片がわにしわを寄せて言った。「今はそう言ってると思うけど」

「『ホームカミングポーズ』ってそんなに語呂よくないよね」彼は口を開けずに笑って首を振った。

「そーでもないけど」彼は自分の足元を見ながら顔をしかめて首のうしろをさすると、がんばってそうしているような感じで、ふたたび私と目を合わせた。「ごめんって言おうって思ってた」

「何のこと?」

「パーティーでイヤなこと言った。ずっと前のやつ」彼は言ってまた目をそらした。「オレが思ってたのは……チッ、オレがじゃねえっつーのな。とにかくごめん」

「あぁ」驚いて首を傾けた。「ありがとう」

「いや……いいよ」彼は深く息をついて目を閉じた。彼は頭の中でどんなことを考えているのだろうと思った。「教室まで一緒に行こうか？」

「そうだね」と答えて、お互いなんとなく並んで教室に足を向けた。彼はしばらく黙って私のとなりを歩いていて、何か言いづらいことを言おうとしているのが明らかな表情だった。

「聞きたいんだけど」ようやく彼が言った。

「言ってみて」

「オレは何がダメなんだろ？」その声は不思議なほどやわらかかった。

「わからないよ」

「何がグラントにあって、オレにない？」

「えぇぇぇ」唇をかんで足元に目線を落とした。「どう答えたらいいのかわからない、パーカー」

「単に話しかけたのがあいつが最初だったからってこと？」パーカーは真剣だった。私は肩をすくめてできる限り温和な表情をした。「なんで女子はオレを嫌うんだろ？　なんでおまえはオレを嫌うの？」

「私とグラントはしっくりきたってだけだよ。私とあなたは……そうじゃなかった。他にどう説明できるかわからない」教室に着くと私は壁に寄りかかって彼の方を向いた。彼はまだまっすぐ前を見つめていて、あごの筋肉に力が入っているのが見てとれた。「答えになってる?」

「うん」彼がようやく言った。「ああ、なってる」

「私ここだから」と言って、もう完全に遅刻している化学実験室を指差した。パーカーは両手をポケットに入れて歩きだした。「パーカー?」と声をかけた。彼は振り返ると驚いた顔をしていた。「話せてよかったよ」

彼は少し笑ってうなずいてから向こうを向いた。

23

ドレスを探す時が来た。

ホームカミング用のドレスを買ったことがないのは当然だったし、ウォルマートで何か買えばいいと言ったら、それだけでレイラは怒りが爆発しそうになっていた。彼女は自分のはみんなそこで買っているという、ニューヨークが拠点のショップのサイトでオーダーしようと言い張ったが、それだとあまりにも高価すぎた。妥協案《だきょうあん》として、私たちは車で三十分ほど南東にあるいちばん近いショッピングモールのJ・C・ペニーに入った。

レイラはピーコートに不透明なレンズのジャッキー・オー・サングラスをしていて、誰かに見られでもしたらファッショニスタとしての信用が傷つくと言わんばかりだった。他の三人は、試着室にいる時間が長いだろうと見越して、ジップアップパーカーとジーンズ姿を貫《つらぬ》いた。

「何か食べようよ」とフードコートを歩いているところでみんなを誘った。

「しょうがないね」とレイラはしぶしぶ言った。「でも食べ過ぎはダメ。塩分もダメ！　お腹がふくれたらドレスがちゃんと合わなくなるから、ホームカミングのときにダサくなる」

「そんなことないでしょ」とクロエが言って私のとなりで椅子を引いた。

「あんたにドレス着せるのに八年待ってたんだよ」レイラが決然たる目線をクロエに送った。「ここは私がルールだから」

「ふーん。タコベル食べたい」とクロエ。

「塩分は禁止！」レイラは叫びながら、食べ物を取りに行くクロエを急いで追いかけた。

「大丈夫？」アナがさえずるような声で言って私の向かいに座った。

「あぁ、うん」深呼吸を二回して笑顔を作った。ショッピングモールに来たのはあのトイレでのことがあった日以来で、そのことを考えないようにしていた。「ほんとに楽しいよ」それは本当に嘘《うそ》ではなかった。女友だちと一緒にいて、現実のボーイフレンドと現実のダンスをするためにドレスを買いに来たのだ。心からワクワクしていたし、お店に入ったらまたそう思えると思った。「アナは？」

「ちょっとナーバス」と言って彼女は揺れてきらめくカーテン状の金髪を指でねじり、心配そうに口をすぼめた。

「両親のこと？」

「うん。この一年、お昼ごはん抜いて、バレないように小遣い貯めてた。嘘ついて本当にダメだって思ってる」

　私はこう言いたかった。あなたの両親は何も知らないバカだからあなたにふさわしくない。でもその代わりにこう言った。「あなたはもう十八で、ただのドレスのことだよ」

「それがさ、そうでもないんだ。レイラがね、たとえば、鎖骨が見える服なんて着てたら、うちの親が何て言うか聞くべきだよ」アナは両手に顔をうずめてうめき声をあげた。「これは間違いだわ。ホームカミングの前にドレス見つかったらどうしよう?」

「間違ってないよ。あなたの人生だしあなたの体だよ。着たいもの着なきゃ」タコスの袋を持って戻ってきたクロエと、彼女に押し負けて肩を落としてついてくるレイラが見えて少し笑った。「ドレスはホームカミングまで私の家に置いとけばいいよ」

「ありがとう」アナは頬をゆるめて言った。

「本当にそれくらいしかできないけど」と言ったところでクロエとレイラが席につき、四人のうち三人が塩分たっぷりでおいしいタコスにかぶりついた。


「よし、じゃあ」と言うレイラの手引きで、レディース服売り場の真ん中でみんなで輪になった。「かなりシンプルにして言うけど、悪く思わないで。みんなと一緒に振り出しから始めるから。アマンダは春、クロエは秋。それからアナ、あんたは夏」

「私、さそり座でもあります!」と演技っぽくニコニコして言った。

「口答えしないの」とレイラは言ったが、一瞬黙ってから付け加えた。「え、ほんとに? 誕生日もうすぐじゃない」

「星占いも魔術の一種って知ってるよね？」アナが難色を示した。

「アナ。あんたのこと好きよ。でも黙って」レイラは目を閉じ、息をついてから話を再開した。「クロエ、覚えといてほしい言葉は『アーストーン』。緑と茶色にこだわって。青とか赤でもいけるかもしれないけど、すごく抑えた《ミュートした》色じゃないとダメ」

「あんた色消せる《ミュート》の？」クロエが答えた。

レイラはやれやれといった顔をしてアナに注意を向けた。「アナ、明るい紫とかラベンダー、フューシャピンク、モーヴとかそういう色のをなんでも持ってきて。だいたいわかるでしょ」アナは真面目にうなずいて、小さな足を踏み出して探索《たんさく》に出た。「それでアマンダはね、ジュエルトーンとサンセットカラーのを探すの。濃い夕焼けの色ね。わかる？」

「了解、コーチ！」大きな声で返事をして、棚の集まるエリアに軽く走っていった。

「口答えしないって言ったよね」彼女がうしろから言った。

十分後、五、六着の候補《こうほ》を片腕にかけて試着室に入った。クロエが個室の一つからとぼとぼと出てきて、沈んだ顔で茶色や緑色の大量のドレスを他のとごっそり交換した。

私はクロエのとなりの個室に入った。彼女はただうなっているだけだった。私はオレンジ色のドレスを着てみたものの、舌を突き出すような結果だった。ラックにあったなかで見込みのありそうだったのに、道路工事の三角コーンみたいに見えた。

二人ともしばらく無言だった。私は自分のことに没頭《ぼっとう》しつつも、クロエは春だったらいいのにと思っているだろうなと思った。それなら代わりにソフトボールのユニフォームを着られるのに、と。

すると彼女が話しかけてきた。「先週末どうしてたの？　みんな遊びたかったのに」

「先週末？」と答えた声は少し震えていた。最後の希望——印象的なカウルネックの紫色のドレスを拾い上げている途中で動きが止まってしまった。「アトランタから友だちが来てて、出かけてて……」とそこで少し考えた。彼女に嘘をつきたくなかった。「ビーも一緒に」

「ああ」とクロエは単調な声で言った。紫色のドレスは華やかだった。でも何となく気持ちはもう踊らなくなっていた。

「クロエ——」話し始めようとすると彼女が口をはさんだ。

「いいよ。何も言わなくて」

「クロエ、あのね」と言いながら慌ててドレスをハンガーに戻して試着室を出た。「私もビーの友だちだよ——二人の仲のこと知る前からそうだった」

「いいって」クロエが試着室から出てきた。「あの子、あんたのこと好きだよ」

「え？　私たち友だちだよ」

「友だち以上のね」クロエの声は単調だった。

「ちょっと待ってクロエ」頭を横に振った。「あの子私がストレートだって知ってるよ」

「ストレートの子を好きになったことある」とクロエは小声でつぶやいた。ほとんど聞こえないくらい小さかった。

「でも……違うよ」そういう考えを払いのけようと頭を振った。

「本当に友だちだって、クロエ。ただ遊びに行ってただけ。そのときはそれであなたが傷つくって思わなかった」

「うん、でも傷ついた」不意に独りぼっちになった目をして、彼女は蛍光灯の光の下で立ちすくんでいた。となりにはしわくちゃのドレスの山があった。彼女のところに行ってハグしたいと思ったけれど、そうさせてくれるかはわからなかった。するとレイラが角を曲がってきた。両手にはハンガーをいくつもぶら下げていた。

「おー！」彼女は大きな声をあげると私の腕をつかんで鏡の方に引っ張り、紫色のドレスをまじまじと見た。「回って」と彼女は命じ、私は応じた。

「カウルネックだと肩幅大きく見えないかな？」回るのを止めて聞いてみた。鏡の中の自分の体型をまじまじと見ながら、クロエの傷ついた視線の他に目をやるところがあってよかったと思った。

「いや、肩がいちばん小さくなるよ」とレイラは目をぐるっと上に向けて答えたが、口元は笑っていた。「正直、あんたたち二人とゼロから始めるようなもんよ。私直伝《じきでん》『女子になる方法』の授業をしなきゃね」私が脱ぎ捨てたドレスを彼女が戻しに行こうとすると、クロエは試着室の中に戻った。

私はしばらくその場に立ったまま閉ざされたドアを見つめていた。レイラの言ったことが耳に残っていた。男の子でいることはまったくうまくできなかったし、ぜんぜんおもしろくなかった。でもある種のわかりやすいところはあった――男の子たちは怒るとそれをこぶしで表して、それで終わりだった。女の子たちとはやっぱり違った。私は気づきもしないうちにクロエを傷つけていた。そして体の傷とは違って、それは何日か経てば消えるものではないのだろう。

24

「ハッピーバースデー！」レイラが明るい笑顔で手を振ってくれた。ブースにはクロエもいた。数日後のことだった。

「ありがとう」と言ってクロエのとなりに座った。彼女は小さな笑みを向けてくれた。試着室で言い合いになってからあまり話していなかったけれど、傷は薄くなっているような気がした。いずれは、その痕跡《こんせき》すらもなくなればいいと思った。

「十八歳になった感想は？」アナが聞いた。私は固まってしまって、みんな私が休学していたのを知らないことを思い出した。一年前にもう十八になっていたが、そのことを説明する手立てはなかった。初めてこういう普通の友だち関係を築いているのに、言っていないことが今も多くあるのは不思議な感じだった。

「あ、もうタバコ買った？」レイラが言った。

「私、吸わないんだ」肩をすくめて言った。また一部を伏せて話していることに胃がねじれた。ホルモンを摂《と》っていながらタバコを吸うと致命的な血栓《けっせん》ができる危険性があるが、それもみんなには言えなかった。

「私も」レイラが軽く流して手を振った。「節目《ふしめ》ってことね。それでね……」彼女はテーブルの下に手を伸ばして銀紙で包まれた小さなプレゼントを取り出した。

「みんなで出し合ったの」アナは席で体を弾《はず》ませて言った。

「みんな！」感情が昂《たかぶ》るままにリボンをほどいた。「気にすることなかったのに」

「そうはいかない」クロエが言った。彼女の方を見て、目を合わせようとした。ショッピングモールで話したあと、すべてが元通りになったと思いたかったが、いつもみたいに彼女の表情は読めなかった。「ハッピーバースデー」

箱の中には可愛いアメジストのピアスの左右があって、かかげるとホームカミングのドレスに完璧にマッチしているそれは、昼前の太陽の光のなかでキラキラ輝いていた。「かわいい！」そう言ったものの悲しくなって付け加えた。「でも私、ピアス開けてない」

「知ってる。だから開けにいくよ」とアナがうれしそうに言った。「グラントに約束したんだ。彼がプレゼントを準備してるあいだにあなたの相手しとくって」

「え、待って？　何て？」

「話そらさないの」レイラがスーパーヴィランみたいに両手の指先を合わせた。「大丈夫。黙ってついて来るのがいちばんだから」

＊　＊　＊

レブル・イェル・タトゥーパーラーはレンガ造りの小さな箱型のお店で、轍《わだち》のついた砂利《じゃり》地の駐車場に建っていた。私たちが中に入ると可愛らしいベルが鳴った。それは音量全開の爆音でかかっているモリー・ハチェットにほとんどかき消されそうだった。

「やっほー、ライリー！」とレイラが呼んだ。するとかなり細身の女の子——髪は緑色で刈り上げ、両耳に拡張ピアスをつけていた——がレイラをギュッとハグした。

「いとこのライリー」レイラは笑顔でその子の肩に腕をまわした。「見た目と違って本当はすげーいい子だから」

「いやいや」とライリーは言って笑顔を返すと私たちの方を向いた。「で、今日の餌食《えじき》は誰？」

「この子だよ」と言いながらレイラが腕をからませた。「アマンダっていうの」

「はじめましてアマンダ。今日はロッドが担当ね。彼がうまくやってくれるから。ライリーがタトゥーパーラー中に響《ひび》き渡るように叫ぶと、丸刈り頭にフランネルのシャツを着た男の人がやってきた。

「やあ、こんにちは」とロッドはにこやかに、椅子の方に案内してくれた。「何にする？　上の軟骨？　拡張ピアスとか？」

「あ、そうじゃなくて、この子まだピアス開けてないの」レイラが言った。

「ヴァージンだね！」とロッドはニコニコして言った。頰《ほお》が赤らむ感じがした。「まあ、心配ないさ。みんなここに来て正解だよ。雰囲気はちょっと怖いかもしれないけど、しっかりやってあげるから」

レイラは緊張した面持《おもも》ちでいる私を見やった。彼女は私を指差して、その指を案内されていた椅子に向けた。私はジェットコースターに乗るときみたいに椅子のひじ掛けをにぎって目を閉じ、呼吸を整えようとした。

「穴開けるとき言わないで」とお願いしつつロッドが針の包みをほどくときのプラスチックのカサカサいう音に耳を傾けた。その代わりにうれしいことに意識を向けた。今この瞬間、私の理想の男の子が誕生日のサプライズを用意してくれていること、仲のいい友だちが固い決意で私が欲しかったものをくれること、返事にノーと言わせないこと。自分の誕生日を祝いたいと思えなくなったのはいつからだったか忘れたけれど、祝っていいんだと思えた。「何か気が紛《まぎ》れることしてくれる？」

「いいよ」レイラの声はいたずらっぽかった。少し無言になったあとで彼女は言った。「アナと私、ホームカミング委員やってるの知ってる？」

「知ってるけど？」

「えっとね、あんたをホームカミングクイーンにノミネートした！」まったく気づかないうちにピアスの針が入っていた。

25

みんなが私をツリーハウスに続く道で降ろしてくれたときもまだ耳がヒリヒリした。グラントが何をするつもりかなんて聞き出そうとするものじゃないとわかっていたから、素直に従《したが》い車を降りて一人でにやにやしていると、レイラがいたずらっぽく口笛を吹いてキーっと音を立てて走り去っていった。みんなが見えなくなって森への道を進んだ。湖から吹きすさぶ冷たさには私のパーカーは最低限の風よけにしかならなかった。

森の下生《したば》えは、十一月もかなり過ぎた今ではほとんど枯れていて、何センチも積もった落ち葉が小道との境目を不明瞭にしていた。遠くから音楽が聞こえてきて、それが鳴っているところをたどった。木々の間を抜けて、湖が夕暮れの太陽のなかでクリスタルみたいにきらめいているのが視界に入っても、グラントがそこにいたことに気づくのに少し時間がかかった。彼は木にもたれかかって、ぼんやりとライターをいじっていた。

彼は少し擦《す》り切れた黒のスーツを着ていて、そのボタンが光のなかで小さく輝いていた。髪を櫛《くし》でうしろにきれいに流していて、ひげも剃《そ》っていた。彼の無精《ぶしょう》ひげが顔に触れる感覚は好きだったけれど、頬《ほお》がなめらかになった彼は気品があり颯爽《さっそう》としていた。私は小さく一歩前に進み出た。

「すごいね。えっと、ありがと。何か準備してくれてたらしいけど?」その音楽が『アメリ』のサウンドトラックだとわかってニヤリとした。

「誕生日プレゼントだよ」と彼は首のうしろをさすりながら、少しまごついたような笑顔で言った。彼ははしごの方に首を動かした。登ってみると、ツリーハウスの床が白いブランケットで覆《おお》われていて、食べ物のお皿が二枚あった。窓枠《まどわく》にはキャンドルの火がいくつも揺れていた。「サプライズ!」

私は彼を抱きしめてキスした。

「何の香り?　おいしそう!」

「ソーレ・ミュネール《シタビラメのムニエル》。発音あってるかな」そう言う彼の発音は正しくはなかったけれど、かわいい間違え方だった。「それと温かいポテトサラダと、オリーブオイルで焼いたズッキーニもあるよ」彼が指を絡《から》ませてくれて、とてもいい気持ちだった。春の午後の日差しのなか横になっているのと、運動のあとに冷たい水の中に飛び込むのとを、両方いちどに感じるようだった。「一緒に『アメリ』を観たときに、君が言ってたのを思い出したんだ。いつかパリに住んでみたいって。だから今日の夜は、ここにフランスをもってこようって思ったんだ」

「グラント」彼の方を向いて言った。「ほんとにすごい。なんて言っていいかわからない」

「うん」グラントが言った。彼が私をじっと見ていることに気づいた。「君は何度もそんなふうに思わせてくれる」目が合うと彼は口を開いて、それから少しのあいだ、二人とも目があちこちに動いて、お互いの息づかいを感じていた。

彼はこちらに歩み出て、私の唇に自分の唇を重ねた。目を閉じて彼に身を寄せて、指先が彼のジャケットの襟《えり》をかすめるさなかも二人の口は動いていた。笑顔で彼の唇をかみながらジャケットのボタンを外した。彼は身をくねらせてそれを脱ぎ、キスをやめてそっと木の枝に掛《か》けた。

「ごめん。スーツ、それしか持ってなくて。しわくちゃにしたくないんだ。ホームカミングまではきれいにしとかないと」

私は何も言わずに彼のネクタイに指を一本絡めて木の幹のところまで引き寄せた。彼は最初、食べ物が冷めないかと心配して落ち着かない様子だったけれど、私はお腹が空いているわけではなかった。彼のネクタイをほどいて、ジャケットと同じ枝にさっと引っ掛けた。彼は私の太ももに手を置いた。私は彼の胸に手を当てて、シャツの下にある筋肉の揺るぎなさを愛《いと》おしんだ。とりわけ愛おしかったのは、私たちの体が違っているさま、二人は別の人間だから違っているのは当たり前なのに彼が私に再びキスをすると、私たちのいろんな違いは溶け合い、もう丈夫な胸の筋肉でもやわらかい太ももでも乳房でもひげの跡《あと》でもなく私たちはただの一つのものになって、それ自身を求めその喜びに打ち震えている感覚だった。

彼が私のスカートの内側に手を伸ばして、本能的に体が硬直《こうちょく》した。その場所が安全だと思えることにまだ慣れていなかった。彼が私に向けた目が大きく見開かれていて、ゆっくりと硬直をゆるめた。私がうなずいてキスを再開させると、彼の指が私の太ももを小刻みにのぼっていき、レギンスのウェストまで行き着くと、それを彼はそっと下げた。私の脚が露《あら》わになるのを二人で見つめていた。それは十一月らしい白さで、長くスラッとしていた。彼に見られていると、自分の脚をもっと好きになれた。彼は私のふくらはぎからひざの裏に手をすべらせ、その手が太ももの裏まで来ると、触れられることがこんなふうなんだと肌で感じて呼吸を忘れた。私は、自分を殺そうとした、男の子のふりをしていたあのずっとつらい思いをしていた女の子のことを思った。そしてその子にこの瞬間を見て、感じてほしかった。いつか自分の体とただ折り合いがつけられるだけじゃなく、その内側にいろんなことを、美しいことを感じられるようになるんだとわかってもらえるように。

彼が私のうなじにキスして、自分のシャツのボタンを外すと両腕の下へ滑らせた。彼の体は引き締まっていて力強く、現実のものだった。それはモデルや映画スター、アスリートのものでもなく、長きにわたるキツい労働によって身についた筋肉を持つ体だった。私はセーターを頭の上までたくし上げたが怖くなかった。恐れていなかった。私たちは少しのあいだ見つめ合い、沈黙のままある決断をした。私が立って身をよじりながらスカートを脱ぐあいだ、彼は前かがみで座りながらズボンを脱いだ。ふたたび視線を交わすと、息が胸でつかえた。

唇をかみ、ブラを外してそのまま床に落とした。彼の目はとても大きくて、反射する自分の姿が見えるほどだった。その鏡の中の女の子は笑顔で、とてもきれいだった。彼は私の両腕を持って寝かせた。彼が体を重ねると私は少し笑って彼のお腹の下に指を滑《すべ》らせた。

彼がもういちどキスをして私は彼に腕をまわした。彼の指が私の脇腹を下りてきてくすぐったかったから、意志の力を総動員して笑い声が出たり体がビクついたりしないようにした。そこから指は腰骨を過ぎてさらに下へと進んだ。止めはしなかったが息を強く吸い込んで体に力を込めた。彼の目が一瞬大きくなった。彼は私から体を起こし、目を見開いたまま心配そうな顔をした。

「初めて?」と彼が聞いた。私が目をそらすと、彼は私の頬に触れて視線を合うようにした。「初めてだよね。僕とがファーストキスだって言ってたよね。ごめん」

「ううん、大丈夫」と答えて唇をかんだ。グラントと今夜はどこまで行きたいのかはわかっていたのに、いざここまで来てみたら、怖くなってしまった。

「オーケー」彼は横向きに寝転がって、私の頬に手を置いた。「ペース落としたい?」

「そうだね」彼が理解し、受けとめてくれていることがうれしかった。「これって本当にすてきなことだけど、そうだね」

「そうしよう。やっぱりそれがいいね」と言って彼は仰向《あおむ》けになった。私たちは指を絡《から》めて、空がオレンジから紫、そして黒へと色が変わっていくのを眺め、ただお互いのぬくもりを感じ、お互いの息づかいに耳を澄ませていた。

「将来のこと考えてたんだ」グラントが言った。私は向きを変えて彼を見た。彼はじっとしたまま、頭上の半球の星空を見上げていた。「ニューヨーク大学とかには入れないけど、進路指導の先生と話したら、成績上げられれば奨学金がもらえる可能性があって、それで州の大学に行けるって。ローン組まなくてもコミュニティ・カレッジに行けるかも」

「やったじゃない」体を寄せて彼の心臓の上に手を置いた。とても速く鼓動を打っていた。彼が家族のことをどうするのかは聞かなかった。たまには自分自身のことだけを考えてほしかった。

「それでさ、考えてたんだけど」今度は彼が私のほうを向いて言った。鼻が触れ合って、目の焦点が合わなかった。「学資援助を使ったらパソコン買えると思う。そしたら君がニューヨークにいるときにスカイプできるよ」

「来てくれてもいいかもね」

「そうだね。そうだといいな」

「それにさ、もしかしたら」自分の唇を彼の唇から数センチ離してまぶたを半分閉じた。「あなたがこっちでオールA取ったら、私の学校に転入して一緒にアパートを借りられるかもよ」

「まあ今は」彼は私を強く抱き寄せてそっと短くキスした。「これで十分幸せだよ」

私はうなずいた。でも私の頭の中はもう先を急いでいて、未来のことを思い描いていた。それは考えることさえほとんど自分に許してこなかったものだった。グラントと二人で手をつないで、ニューヨークの街並みを歩いているところ。セントラルパークで毛布を敷《し》いてゆっくり過ごしながら、授業のための読書をしている私のとなりで彼が静かに昼寝している。私たちはまだ始まったばかりだということはわかっていたが、最後まで彼と一緒にいたらそれはどんな感じなんだろうと想像せずにはいられなかった。

「私の初めてになってほしい」と言って、頬の内側をかんだ。「心の準備ができたら、それはあなたがいい」

「急がなくていいさ」とグラントは言って私の肩に顔をうずめた。「時間はいくらでもあるよ」

二年前、八月

「本当に一緒に来るの？」お母さんがリビングから大声で言った。「あなたの好みはもう知ってると思うけど」

「夏のあいだずっと家にこもりっきりなんだもん」と言い返した。喋りながらうっかり頭を振って、まぶたの真ん中から眉毛までアイライナーで塗りつけてしまった。

「あーもう」深くため息をつき目を閉じて、平常心でいようとした。これくらい簡単なはずだった。幼稚園の頃からスケッチや絵を描いてきたのだから。でも何も簡単じゃなかった。この変な途中の時期には。しばらく飲んでいるホルモンはまだその働きを終えていなかったし、来年の夏までは手術ができる年齢にならない。

目を開けて、机の上に置いてある鏡を見た。髪はまだ短く男の子っぽかったとはいえ、伸びる速さはホルモンのおかげで目に見えるほど増していた。右目はノーメイク、左目はアイシャドウとアイライナーの輪に囲まれていて、濃くて子どもっぽい塗り方だった。左右の頰《ほお》は、二つの明るい赤の円になっていて、恥ずかしがっているアニメキャラみたいだった。じっと見ていると口がゆがみ両目が引きつった。涙が出そうだった。それが流れるのを許してしまうと最初からやり直すことになるのは当然だが、もう手の施《ほどこ》しようがなくバカみたいに思えてきて、そもそも何のためにやっているのかわからなくなった。お母さんが私の部屋のドアをそっとノックした。

「やっぱりやめた」平静《へいせい》を装《よそお》ってもめそめそした声になった。

「泣いてるじゃない」

「だ、大丈夫」

「私にウソついてもだめ。十秒数えたら入るから、きちんとしないといけないなら今のうちよ」

私は重たい足でベッドまで行き、端に前かがみで座った。まだ鼻をすすっていた。愛猫のグィネヴィアがベッドを横切って歩いてきて、頭を私の肩にコツンとぶつけてきた。彼女がゴロゴロと喉を鳴らす音だけが、なんとか元気づけてくれた。ドアがきしむ音がした。お母さんが入ってきて白いサンダルに目が行った。私のとなりに座ると、やわらかくて丸みのある手が私の肩をにぎった。

「私バカみたい。もう男の子でも女の子でもない。だめになっただけだ。死んだ方が楽だったのに」

「楽って、誰にとって?」肩に置かれた手の力が強くなった。お母さんの方を向くと、細めた目は鉄みたいで、やわらかな表情には全くそぐわなかった。

「お母さん以外の人みんな、かな」小声で答えた。顔を背けるとお母さんの手の力が弱くなった。

「ママを傷つけたりしないよね?」

「そうだね」不明瞭な声で答えた。

「もう二度と……しないって約束する……？」

「約束する」

「よし」お母さんは両肩をつかんで私を自分の方に向かせた。華《はな》やかで甘い表情に戻っていた。「メイソンの女の子は諦《あきら》めない」

「私今もハーディだよ」

「あなたのお父さんのママは頑固《がんこ》な婆さんだったわ。だからカウントされる」思わず表情がゆるんだ。

「さあ、このはちゃめちゃを何とかしないとね」お母さんが私のあごの下を指で触れてあちこちに向けた。いろいろ考え込んでいる表情だった。「あのねアマンダ、思いっきり塗りすぎ。誰がこんなたくさん塗れなんて言ったの？」

「ネット」おずおずと答えた。すると喉の奥から勘《かん》ぐるような音が聞こえた。

「インターネットはいろんなこと言うもんよ。ハンクって覚えてる？」

「あの軟膏《なんこう》の人？」

「そう。ネットだと私たち相性《あいしょう》完璧だったのよ。それがどうなったか見てごらん。カーペットは軟膏の染みだらけ、私は相変わらず独り身」

私は声を立てて笑って、目の周りが火照《ほて》って腫《は》れているのをつかの間忘れることができた。お母さんは私の机からメイク落としシートを取って、小さいころによくしてもらっていたみたいに、私の顔を優しくこすり始めた。「メイクの効果はいろいろ。ひとつは目とか頬とか唇につけて少し際立つようにする。そうすると女性らしい色艶《いろつや》みたいなのが出て、男の子からも自然に見える。ほら」

「もうひとつは何？」

「若く見える」お母さんは顔を上げずに言った。「でもあなたがちょっとでも若く見えたら、なんでベビーベッドから出したんだってみんな不思議がるでしょうね」

笑い声が出た。こういうことなんだと思った。これは自分の望みが何かわかるくらいの年になってから、ずっとお母さんと過ごしたいと思っていた瞬間だと思った。

「動かないの！　こっち見て目をつぶってそのままじっとして」言われたとおりにした。舌先を唇から出して目を細めながら、アイライナーペンシルを長く優雅《ゆうが》なストロークで私のまぶたに当てていった。「次は目を開けて上を見て」

お母さんはペンシルを両目のウォーターラインに沿わせた。「妊娠中にね、女の子が生まれてくるものだって思ってたんだよ？」私は驚いて眉毛を大きく上げた。鼻息荒くチッチッと言われたから、普通の顔に戻らざるをえなかった。「あなたが男の子だってわかって、ちょっと悲しかった。またあんな試練を一からやるなんてイヤだったし、だからこういうのを誰かに教えることもないんだろうなっていうモヤモヤはあったね」

「私も」頬に軽く桃色のチークがのると目を閉じた。「私も不安だったたってこと」

「今も不安？」目を開けると、お母さんの笑顔は心配そうな表情で曇《くも》っていた。

「うん。前ほどじゃないけど。別の意味で。人に傷つけられるのが怖い。生きること自体が怖いんじゃなくて」

「いろいろあってもあなたは賢いわ。いつも思ってるけど。口を尖《とが》らせて。世の中、女の子でいるのは怖い思いをするってことよ。その怖さがあるから安全でいられる。それがあるから生きていける」

「それってそんなに悪いこと？」

お母さんは私にリップバームを塗り、口を尖らせるように合図した。「どうかな。誰にわかる？もう昔とは違うから。あなたが話してくれたとき……苦しさのことをね。何よりあなたが女の子でいることに向き合わないといけなくなることの方が悲しかった。鏡見てきてごらん」

「すごい」鏡にたどり着いて言った。私はその表面を指でなでた。目の周りにはバーガンディのライン、頬骨《ほおぼね》には淡い桃色、それにブラウンレッドのリップグロス、鏡の中から私を見ているその顔は不思議と今まで見たことのないものだった。それは、そこにあるべきだといつも感じていたものだった。

めまいの波が押し寄せてきた。壁にもたれかかり近くの本棚をつかんだ。頬が痛みだし、目はまた潤んできたが、さっきとは違う気がした。

「大丈夫？」お母さんが背後から歩いてきた。

「アレルギーか何かかも。何か変な感じ……ちょっとふわっとして、クラクラする」

「具合が悪いんじゃなくてね」とお母さんは言って私の頬にキスをし、肋骨が折れるかと思うくらい強く抱きしめてくれた。「それはうれしいんだよ」

26

「楽しんでおいで」学校の駐車場に車が停まるとお父さんが言った。ホームカミングの試合はもう数時間前に終わっていて、チームは第四クォーターで勝利をもぎ取った。声は枯れても、スタンドからグラントを応援できてよかった。カウルネックになっている紫のひざ丈ドレスに、誕生日にみんながくれたアメジストのピアスを身に付け、靴は金色のローヒールだった。それを履《は》いているとグラントの身長と同じか少し高いくらいになってしまう。でも今日だけは気にしなかった。

「送ってくれてありがとう」と言ってドアのハンドルに手を伸ばした。アナがドレスを取りに家に来たときそっちに気が向いて、髪のセットやメイクに時間がかかりすぎてしまった。それで今、グラントとみんなに会って校庭の芝生で写真を撮る約束に遅れていた。それはランバートヴィル高校の伝統らしい。

「アマンダ、待て」車を降りるときにお父さんが言った。口調は真剣で、気をつけろとまた説教されるんじゃないかと思った。

「もう行かなきゃ」駐車場の向こうからアナがこっちに飛び跳ねてくるのが見えた。手を振っていた。

「言っときたいと思ってな」とお父さんは言いはじめたが、口ごもってたどたどしかった。私を見ないまま言った。「今日、本当にきれいだよ」

「え。ありがとう」顔が赤くなった。

「それと、気をつけて」車を降りてドアを閉めると背後からお父さんがそう言ったのが聞こえた。でもそれは自然に出てくる、すべての父親が娘に言うセリフのように思えた。

「アマンダ！」車から離れるところでアナが大声で呼んで、満面のやんちゃな笑顔でこっちにやってきた。「アマンダ、見て！　クロエがドレス着てるよ」

芝生に目を向けると、沈みかけの太陽が金色に輝くぬくもりですべてを包み込んでいた。そこにクロエがいて、髪色と調和した赤いノースリーブのドレスを着ていた。レイラがアドバイスしていた色合いのとおりだった。彼女の腕は引き締りほどよく筋肉がついていて、ストレートにした髪に目と頰《ほお》にほんの少しメイクしているのが可愛くて、本当に驚いた。あるいはもし彼女がふてくされた幼い子どもみたいに顔をしかめて足を上げずに歩いているのでなければ、どれほど華やかだっただろうとも思った。でもその気持ちはよくわかった。それは、男の子の服を着なければならなかったころに日々感じていたものだったからだ。

「うるさいな」クロエが言った。

グラントが数分後にやって来た。スーツがきれいに整えられていた。私を前にして口笛を吹く彼は、感嘆《かんたん》のあまり目を丸くしていた。こんなに素敵な気持ちになったことは今までなかった。私は彼にキスして、それから写真を撮ろうと並んで、最高のプレゼントに巻かれたリボンみたいにお互いに腕をまわして、頬が痛くなるくらい笑った。


ホームカミング委員会は、アナとレイラの手際のいい舵取《かじと》りのもと、「英雄たちのホームカミング」というテーマをかかげて、殺風景《さっぷうけい》で荒れ放題の体育館を『オデュッセイア』から切り出したような場に変えた。ギリシャ神話の英雄たちが怪物を倒す姿が描かれたいくつものキャンバスが壁に並び、折りたたまれた観覧席が見えないようにしていた。天井は複数の青い長旗で覆《おお》われていて、それらの間にはダンボール製のヒドラや海の怪物がいくつも吊《つ》ってあった。体育館のいちばん奥にあるステージ上のＤＪもトーガに身を包んでいた。

私はグラントを人の海の真ん中に引っぱっていって、アイコナ・ポップの「オール・ナイト」がスピーカーから爆音で鳴るなかで彼と踊った。「楽園の扉を開く鍵を手に入れたんだ」と歌声が高らかに響《ひび》くたび、私の中で何かが共鳴した。そしてあまりにも奇跡みたいに思えたから、大好きな男の子と一緒に体を動かさずにはいられなかった。彼を近くに引き寄せ首筋に顔をうずめて、彼の香りを吸いこむと、彼のことをただ好きなのではなかったと実感した。

彼を愛していた。狂おしいほどだった。今それがわかった。彼に伝えようとしたが、周りの音が言葉をかき消してしまった。彼は首を傾けたけど、私はただ笑って彼にキスした。あとで話す時間はあった。頭に浮かんだのは彼がこの前の夜に言っていたことだった――時間はいくらでもある。私たちは曲が変わっても踊り続けた。慎重《しんちょう》に整えてアップにした髪はゆるんで汗で額に張り付き、新しいヒールは足に食い込んでいた。でも構わなかった。とうとう二人とも疲れ果てて続けられなくなった。グラントにキスして、ちょっとトイレに行ってくるねと言った。

廊下は、蒸し暑い体育館を出たばかりだと地下の納骨所みたいだった。コッンコッンと鳴る自分の足音がロッカーの列に響き、ひんやりした空気で腕に鳥肌が立った。トイレのドアを開けて立ち止まった。ビーが目を閉じたままシンクにもたれかかっていた。

「あ、どうしたの？」と声をかけた。

彼女は笑顔で体を揺らせた。目は赤く頬は明るいピンク色だった。

「おっすー」少しだけぼやけた声だった。

「大丈夫？」

「うん」彼女は何度かまばたきして笑い出し、またシンクに寄りかかった。「いい感じよ。で、あんたはどうなの？」

「元気だよ」と答えて彼女をハグした。彼女は私の腕の中に沈み込んで満足げにため息をついた。それから腕を突き出して私を押し戻すと目を覗《のぞ》き込んできた。

「でもさ、あんたはいい感じなの？　本当に？」

「なんでそう思うの？」

「グラントはもう知ってんの？」彼女はさっと周りを見て、大きめの声でささやいた。「――あのこと」

「いや……」困惑しながら答えた。ヴァージニアが街に来て以来、私の心の内のことは二人の話題にしていなかったし、彼女が何を思っているのかわからなかった。「言おうとしたけど、知らなくていいって言ってくれた。どうして？」

「あんたはさ、全部を共有できる相手と一緒にいないといけないよ」早口だったから、このことをずっと前から言おうと思っていたんだと勘づいた。不意にショッピングモールでクロエが言ったことを思い出した。「あんたはホントおもしろくて複雑で――」

「ありがと、でも――」

「グラントなんて普通でおもしろくも何ともないよ」と彼女は体を揺らすと私の胸に指を突き立てた。「それがあんたの問題。あんたはそれはもうがんばってつ、ま、ら、な、くなろうとしてんのよ。つ、ま、ら、ん人間に愛想よくするためにね」

「違うよ」胃が締め付けられた。

「違わないね」ビーが首を振りながら言った。すると手を伸ばして私のドレスの前がわをつかみ、止める隙《すき》もなくキスした。私はすぐにうしろに下がった。

「ちょっと何、ビー？」声が鋭くつり上がった。「何なの？」

「ねえ、いいでしょ」彼女の頬はとても赤くてほとんど発光していた。「あんたはさ、こんなに完璧で控《ひか》えめでちょうどいい女だって自分にも他人にも信じ込ませてんだよ。もっとすごい人間になれるのに」

「たしかにちょうどいい女かもね」怒りを込めて言った。ビーは唇をすぼめ、私にぶたれたみたいに体を引きつらせた。それでわかったのは、虚勢《きょせい》とアルコールの勢いに隠れているとはいえ、そこには自暴自棄《じぼうじき》になって打ちのめされた一人の女の子がいるということだった。私は深く息をついて声をやわらげた。「あのね、ビー、本当にごめんなさい。私が気を――」

「あぁごめんなさいだよ！」

「私が気を持たせたなら」と言って続けた。「可能性があるような気にさせたなら。でもね、私、男の子を好きになるの。男の子だけ」彼女はしばらく無言で足元に視線を落としていた。顔全体の色はピンクから赤になっていた。彼女はいちど鼻をすすったから泣き出すのかと思えたけれど、顔を上げても涙は見えなかった。「ビー――」話を続けて、このことを丸く収めたいと思ったところで、トイレのドアが急に開きアナが駆け込んできた。

「いたー！」彼女は大声で言って私の腕をつかんだ。「あちこち探してたんだからね！」

「ちょっと待ってもらっていい？　私たち今……」離してもらおうとしたけれど、すでにドアに向かって引っぱられていた。

出るときにビーを最後にひと目見て、私たちの関係が良くなるように願った。「どうしたの？」と聞いたものの、彼女は首を横に振るだけだった。ピアスのときの誘拐事件があったから、それ以上聞いてもダメだと悟った。

「来たー！」体育館の二重扉を通り抜けるとレイラが叫んで、スポットライトが私に降り注いだ。目が光に慣れると、みんなが振り向いて私を見ているのに気づいた。フロアにいる私のそばにグラントが現れ、私の手をにぎりしめて小さな子どものようにほほえんだ。「発表を聞き逃したよ！」

「何の発表？」急に静かになった体育館では、私の声は妙に大きく感じられた。

「ホームカミングクイーン！」レイラが叫んだ。彼女は照明できらめく銀色のティアラを手に持ち、ステージから駆け下りてきた。そこから私のところまで来るのに時間がかかった。彼女がやっと人の海を抜けてティアラを私の髪に留《と》めてくれたときには、心臓がすごい速さで脈打っていてもう死ぬかと思うほどだった。彼女は私を抱きしめて耳元で「おめでとう」とささやいた。それからレイラとグラントが、集まったみんなの真ん中にできた、誰もいない円形の空間に連れて行ってくれた。音楽が流れはじめたけれど耳に入らなかった。あらゆる方向から私に向けられるいくつもの笑顔が見えるだけだった。その中でグラントの笑顔がいちばん輝いていた。私は自分が愛され、受け入れられていることをこの体の中に感じた。それはあまりに心地よく現実とは思えなかった。これは私の人生じゃなかった。私の人生であるはずがなかった。こんなことは、私みたいな女には起こらないことだった。

　現実に引き戻したのはビーの声だった。それはどうにか聞こえるほどだったが、みんなの声や音楽よりも大きな声で叫んでいた。その場の誰もがステージの方を向いて、私の周りの人は困惑した表情だった。ビーがいた。ひどくふらついて、とろんとした目をステージの照明に向けてまばたきしながら、マイクをつかんだ。

「こんばんはー」と彼女が言った。突然のハウリングの金切り音に、全員がたじろいだ。「イェイ、ホームチーム！　スポーツ！」彼女はよろめいても素早く持ち直して、自分の足元をまっすぐ見下ろした。「ウゥウー、フットボールイェイ！」

「彼女、酔っ払ってる」グラントが言った。私は彼の腕に両腕をまわして、体育館を見渡した。みんなの反応はさまざまだった。怒っている人もいれば、戸惑っている人、笑っている人もいた。パーティーの付き添いの大人たちは大慌てで、そのうちの一人が体育館の向こう端からステージに向かっているのが見えた。

「おい、あんまり時間ないんだ」ビーは向かってくる付き添い人に手振りをした。「始めようか。このクソな街が嫌いだし、この学校も嫌いだ。おまえら全員大嫌いだ。なんでかわかるか？　反吐《へど》が出んのはよぉ、おまえら全員すごいヤツになれるからなんだよ。どいつもこいつも、もう一歩でクールになれるだろ。何でもないものが怖いから雁首《がんくび》そろえて普通のふりしてんだよ」氷の玉がお腹の中でできはじめた。さっきより強くグラントの腕にしがみつくと彼は私の耳のすぐ上にキスしてくれた。

「まあ、それも今夜で終わり。キャリーは二回中絶してるぞ！」彼女は叫んでステージの近くにいる大柄な女の子を指差した。「オースティンはホモ《fag》だ！」そう言い放ってフルーツポンチの近くに一人で立っている、会ったことのないボサボサの髪の男の子を指差した。

周りが小声で話し始めていた。不安な表情に変わり始めていた。

ビーは火が点いたような勢いで体育館中を見渡しはじめた。「理科のクソ教師が！　ヤクの売人が！」

彼女の指がクロエに行き当たった。自分の名前が言われるのを聞くと彼女は少し顔を上げて睨《にら》んだ。

「レズ《dyke》！」ビーが叫んだ。付き添い人はステージ付近の人だかりで手間どっていたが、彼は階段からもう数メートルまで来ていた。ビーは自分を指差して叫んだ。「クィア！　アバズレ！」

次に彼女が差したのは私だった。

「でも最後にとっておきがあるぞおまえら。我らがホームカミングクイーンを見てみ。可愛くない？　綺麗じゃない？　夢の国の人みたいだよね？　シャワー中に思い浮かべてたヤツいっぱいいるだろ。頭良い、可愛い、でもでしゃばりでも高飛車《たかびしゃ》でもない……この子はこのアホみたいな場所の理想の女の子そのものなのさ」付き添い人が階段を上っているところだった。私は震えを止めることができなかった。グラントが抱き寄せてくれて、その瞬間強く愛情を感じた。「でもさ、ビビるぞ。あの子《she》は男《he》なんだ！」場が静まり返った。騒音だけが聞こえた。それはようやくステージにたどり着いた付き添い人がビーからマイクを取り上げようとつかみ合いする音だった。

困惑した表情を浮かべる人もわずかにいたが、ほとんどは笑い飛ばしていた。周りの目が私に向けられてハッとした。自分の両手が震えていた。みんなひそひそと話し始めていた。グラントが私の顔をのぞきこんだ。変な悪ふざけだと思ってうわべは動じていないようだったが、彼が目にしたのは私の顔に浮かぶ苛《さいな》まれた表情だった。

「ウソだろ」グラントは状況がだんだん飲み込めてきてたのか、完全な狼狽《ろうばい》と恐怖が浮かんだ目をしていた。何か言いたかった。中断して時間をとり、これからの数分が来ないようにしたかった。来たらどうなるかなんてわかっていたからだ。でもできなかった。

私は走った。

27

「アマンダ、待って！」グラントが呼んだ。その声が耳に入っていることにほとんど気づかなかったが、私の腕を彼がつかんで体育館の二重扉の直前で止めた。その手を振り払おうと一瞬もがいたあと彼と向き合った。

「ウソだよな？」グラントが私の腕を離した。「二人で酔っ払ってるときに思いついた冗談なんだろ？」

「約束したでしょ。絶対に私を嫌いにならないって」彼の胸を見ながら小さな声で言った。どうやらそれが彼にとって十分な答えのようだった。彼のあごの筋肉が急激に動いて引きつり、歯ぎしりする音が実際に聞こえた。「私と一緒にいること、絶対に後悔しないって言ったのに」

「何だって？」グラントが詰め寄ってきた。私は後ずさりしてつまずきそうになった。吐き気がした。彼の目には涙がたまっていた。「君が男？　自分が言ったことくらいそりゃ覚えてるけどさ、なんで君が男なんだ」

「違うよ」小さく抑《おさ》えた声のままだった。そこでようやく気づいた。私たちのあとに人が集まり聞き耳を立てていた。「生まれたときは……」つばを飲み込んだ。「男の子だった」二人ともしばらく黙っていた。

「は？」グラントの声が大きくなった。「それって何なんだよ？　君は……君はペニスがあるの？」

「私が？」かすれた声で言った。「気づいてたと思うけど」

「こんなバカなこと、どんな理屈なんだよ」とグラントが言って肩を落とした。「君はいつも中途半端な答えばっかりだ。あるのか、ないのか？」

「どうだっていいでしょ」きつく言い返して、やっと彼と目を合わせた。今度は彼が私から後ずさる番だった。「私の脚の間のことなんて、もうあなたに関係ないんでしょ？」

「わかった」グラントが言った。何の反論もなくて私の心は折れた。「でも、だったら僕はどういうことになるんだ？　それって――」彼は呼吸を落ち着かせてから言った。「それって、僕はゲイってことか？」

「違うよ」静かに答えた。「別にいいんじゃない」

私たちの周りに人が集まっているのに彼はようやく気づき、その顔から血の気が失せた。彼は何か他のことを言おうとしたが、私はただ頭を横に振った。独りきりになりたかった。静かな、できれば外の湿った草地にいたかった。そうすれば秋の空を見上げながら横たわって何も感じないでいられるし、そのうち私の体が地面に溶け込み、無がすべてになるだろう。

集まった人たちの方を向いた。両手で口を覆《おお》って、眉が額まで高く上がったままの人たちもいた。

みんな黙って目を見開いていて、私の友だちもそこにいた。気がつくとレイラが髪に留《と》めてくれたティアラをまだつけていたから外した。近くで見ると、悪趣味で安っぽくてバカらしく思えた。

「はい」と言って、ティアラをレイラの足元まで滑《すべ》っていくように放り投げた。彼女はかがんでそれを拾い上げ、ゆっくりと私に視線を戻した。「私は失格かな」

私は誰かが何か言う前に背を向けて学校から夜の中へと飛び出した。

28

幹線道路の路肩を取り憑《つ》かれたみたいに走った。色んな思いがあふれ出していた。それは汗のようでもあったし、テレピンに浸《ひた》した絵画から剝《は》がれ落ちる絵の具のようでもあった。セミトレーラーが一台、クラクションを鳴らしながら轟音《ごうおん》を立ててすぐそばを走り去った。驚きのあまり悲鳴をあげて倒れ込み、足首をくじいてしまった。痛みで視界がふらついたが、ヒールを脱いで立ち上がり、よたよたと歩いた。

両足はこわばり、足首は体重が乗るたびに痛みでうずいた。見上げると星々が頭上で廻《まわ》っていた。それは都市の光害からこれほど遠く、これほど冷たい空気の中ではものすごく鮮明《せんめい》で存在感を放っていた。最後にこの道に来たときには暑さで参っていて、一面に生い茂《しげ》った草でふくらはぎが痛かったが、セミたちが鳴きながら見守ってくれていた。でも今は、寒さが足に染み込んで湿気がドレスにまとわりつき、星は見下ろしてはいても冷淡だった。

ハンドバッグの奥から場違いに浮かれた『スター・ウォーズ』のテーマが聞こえてきて、スマホの画面を見た。お父さんからの電話だった。何度もかけてきていた。話はもう街じゅうに広まってしまっているに違いない。バッグから顔を上げると、一台のトラックが数歩離れた路肩《ろかた》に停まっているのが見えた。ヘッドライトのまぶしさに目を細めて、光を遮《さえぎ》ろうと手をかざした。

「よう、美人さん」パーカーが声をかけて車を進めてきた。トラックのタイヤが砂利道《じゃり》でバキバキいっていて、骨のようだった。運転席は真っ暗だったが、目が慣れてくると闇の中に彼の顔をなんとか識別《しきべつ》できるようになった。「乗るか?」

「いや、いい」と答えてさっきより速く歩こうとした。トラックはたやすく私について来た。普段くらいの速さで三十秒歩いたが痛みのあまり声が出てしまい、ほかにどうしようもなく立ち止まってズキズキ痛む足首をさすった。

「フラフラじゃねーか、兄弟《bro》」その最後の単語にお腹を殴られるような痛みを感じた。私は背筋を伸ばしてもう少し我慢できる速度で弱々しく歩いた。

「そんなふうに呼ぶのやめてくれるかな」

「なんでだ?」彼の声がどこか変に聞こえるのに気づいた。「おまえグラントのボーイフレンドじゃねえの?　オレはグラントの友だちだから、オレら兄弟だろ」

「私はボーイフレンドじゃない」振り向いて彼のシルエットを睨《にら》みつけた。

「だよなあ。あいつにフラれたもんな。聞いたぞ」

「違う」屈辱と怒りと痛みで吐き気がした。「私は彼のボーイフレンドじゃない」

「じゃあおまえ何だったの?　女じゃねーんだし」

「どうでもいいでしょ、パーカー」歯を食いしばって言った。首のうしろの髪が逆立ち、血中に金属の刃が流れるような突発《とっぱつ》的な恐怖を感じた。でも歩き続けた。

「あーそうじゃねんだわ。オレが言いてえのは、まあタテマエは、いや、ぜってー女じゃねーんだけど、とにかくそうは見えるってこと」

「あっそ」つばを飲み込んでもういちど彼をさっと見た。暗闇の中で彼の両目が反射して一瞬光るのが見えた気がした。彼が笑い出した。つんざくような大声だったから、飛び上がって息をのんだ。

「落ち着けって！　ただの冗談だっつーの。オラ、乗れって。送ってやっから」

「パーカー、やめて。このまま帰って。乗りたくない」

「いや、乗りたいだろ」目がふたたび暗さに慣れてくるにつれて、彼が大きな笑みを浮かべているのに反して鼻孔《びこう》が広がり左右の眉毛がからまっているのが見えた。「オレに乗せてほしくないだけだろ」

「放っておいてほしい」

お父さんからの別のメッセージがバッグの中をパッと青い光で照らして、スマホのことを思い出した。取り出してロック画面を解除しようとしたらトラックのエンジンが急に止まりパーカーが飛び降りてきた。彼の巨大な手が私の手首を締め付けた。彼を見上げてハッと目を見開いた。そっとスマホをバッグにしまった。

「それでいい」と言って彼は手首を放した。「ほっといてほしいわけねーだろ。ほっといてほしけりゃ男のままでいただろ」

「何やってんの?」

「おまえと歩いてる」彼はたやすく私のペースについてきて、肩を丸めて両手をポケットに入れていた。彼から何か酸っぱくて殺菌処理したようなにおいがして、彼が飲んでいたことに気づいた。「ここは危ない。でも心配すんな、守ってやるから」

「そう」両腕で体を抱えながら木々の間の暗闇の中に視線を向けた。彼の影は私の影より長く伸びていた。お母さんが言っていたのを思い出した。男たちが、本当にすべての男たちが、女性にとってどれほど恐怖であるか、男たちのなかに女性独りでいることがどれほど無力に感じられるか。このとき初めてその意味がわかった。

もういちどバッグに手を入れて、指がスマホをにぎりこんだそのとき、殴打《おうだ》された。何かが頭蓋骨《ずがいこつ》の側面で鈍い衝撃音《しょうげきおん》を立てると周囲の暗闇が赤くなり、路上で聞こえていたあらゆる夜の音はかき消され右耳がけたたましく鳴った。私は酔ったみたいによろめいて道から外れたあげく、肌を出していた肩が木で擦れてそれにしがみついた。パーカーに捕まえられ何が起きたのか完全に把握《はあく》した。彼の顔はほんの数センチ先で、腕でのどを押さえつけられ最低限の酸素も遮断《しゃだん》されたせいで、息が詰まり目がちらつきだした。

「そうじゃねえ」パーカーの声は鋭かった。「そういうことじゃねえ。ずっとオレのことアホみたいに扱いやがって。でももうグラントに構ってもらえねえよな。もうお堅《かた》いふりしなくていいぞ」彼が言っていることはどうにか耳に入るくらいで、表情はヘッドライトの強い光で真っ黒だった。声を出そうとしたが出てきたのは喉が詰まる音だけだった。「こんなもん楽勝だろ。オラ、ホンモノにどんだけ近いか見てやるよ」

彼の巨大な手がドレスのすそをめくってくる感覚がして、茫然自失《ぼうぜんじしつ》の状態からなんとか我に返って動くことができた。私は絞り出した声を張り上げて彼の顔を引っ掻《か》き、ありったけの力を込めて股間をひざで蹴り上げた。彼は大きく咳《せき》こみ、体をだらりとさせた。私はまだ朦朧《もうろう》として方向感覚が狂っていたが、脳の動物的な部分が行動に駆り立てた。よろめきながら暗闇と下生えの中に入っていき、片目を背後から離さないようにしながら森の奥に向かって走った。

パーカーは大きな足音で追いかけてきていて、枝を折り私の名前を唸《うな》っていた。視界の中のいくつもの染みと耳鳴りのせいで彼がどれくらい近いか遠いか見当がつかなかった。でも数分するとまた砂利が音を立てるのが聞こえて、別の車のヘッドライトの光がかすめたあと、前方で車のドアが閉まる音と数人の女の人の声がした。

ゆっくりと注意深く、腰を落として道路に向かった。そこまでもう半分ほどというところで痛めていた足首が大きく滑った。手を伸ばして体を支えようと枝をつかんだものの、それは大きな乾いた音で折れただけで、そのまま叫び声とともに湿った地面に倒れ込んだ。

「逃げてんじゃねぇぞ！」パーカーが怒鳴った。立ち上がろうとしたが、彼はものの数秒で闇を突き抜けてきて、私に飛びかかりぬかるみに押し倒した。抵抗できないほど恐ろしい力だった。何かが破れる音がしてドレスの左のストラップが垂れ下がった。彼を蹴ったり叩いたりしても足は届かず、手首は両方とも瞬時に頭のそばで地面に押さえつけられた。彼が私の両ひざを蹴って開かせたそのとき、彼の背後でカチャッという金属音がした。

「やっぱゲス野郎かよ」女の子の声だった。一筋の光が頭上から差してきて、クロエの姿を浮かび上がらせた。手に抱えたライフルはパーカーの背中に向けられていた。

パーカーはゆっくり立ち上がった。私は必死であとずさったせいで頭を木の幹でぶつけて、息を切らせながらひざをたぐり寄せた。クロエはパーカーを連れて離れ、また暗闇のなかで一人になると、小さな手が私の手をにぎって立ち上がらせてくれた。

「こっちだよ」アナが静かな声で言った。

私たちが道路に出ると、パーカーが自分のトラックに両手を押しつけて立っていた。顔は赤く下あごの腱が激しく動いていた。クロエは警戒を解かずに彼のうしろに立っていて、猟銃《りょうじゅう》はまだ構えられていた。まったく私情も関心もなさそうな表情だった。

「無事に見つけたよ」レイラが言うのが聞こえた。落ち着いて聞こえたものの、パニックを抑《おさ》えた声だった。「また電話する」振り向いて彼女がスマホをしまうのが目に入ると、こっちに駆け寄ってきた。彼女は私を抱き寄せてくれたが、肩と肋骨の燃えるような痛みに顔が歪んだ。「みんなほんとに心配してたんだよ！」

「大丈夫。ありがとう」

「グラントがメッセージくれたんだ」とレイラは言いながら体を寄せて私の顔を調べるように見て、

痛々しい表情をした。

「そうなの」アナが言った。「話が広まったあとでパーカーが電話かけてきたって言ってた。飲んでたみたいだったって。それでグラントが復讐《ふくしゅう》するのを手伝ってやるとかわからせてやるとかって言ってたみたい」

「ああ」ドレスのストラップを引っぱった。寒いなんて感じてもいないのに震えていた。たいして何も感じなかった。「彼、やさしいね」

「アマンダ？」レイラが言って私の手を取り、心配そうに顔を向けた。「大丈夫？」

「いや」このときようやく自覚したのは、自分の体がどれほどひどく震えているかだった。

「警察に電話しようか？」アナが言った。肩越しに振り向くとクロエがこっちを見ていて、眉を上げて問いかけていた。

「病院に行きたい？」レイラがさらに言った。

「いい」と答えた。

看護師に自分の写真を撮られるなんて絶対に嫌だった。警察官と夜通し過ごすなんて絶対に嫌だった。どうせ私についてのことはもう耳に入っていて、私のプライベートな部分についてばかりで、何があったのかなんて聞かないだろう。とにかく今夜のことはぜんぶ忘れたかった。終わったことにしたかった。

クロエがライフルの先でパーカーをいちど突いてここから消えるように鋭く怒鳴った。彼は急いでそれに従い、トラックに跳び乗って夜の中へ走り去った。

「そう言うなら」レイラが言った。少し黙ってから彼女は私の瞳をまっすぐ見た。「できることはある?」

「家まで送ってほしい」

29

　レイラが黙って運転しているあいだ、私は助手席の窓に頭をもたせかけていた。ひんやりするガラスはパーカーに殴られてズキズキ痛む肌には慰めになった。左目を閉じた。右目は腫れてもう閉じていた。そしてこの時間をやり過ごそうと自分に言い聞かせた。この車に乗っている時間が早く終わってほしかった。お父さんと話すことも、バスに乗ってアトランタに戻ることも、お母さんの心配した顔も無しにして、ただスマーナの自分の部屋に帰って遮光《しゃこう》カーテンをきつく閉めておきたかった。

「私、謝らないといけない」レイラが切り出した。彼女の方を一瞬見たが何も言わなかった。「ごめんなさい。私たち立ってるだけだった。体育館で」

「いいよ。私があなたでも、どうしたらいいかわからなかったと思う」

「そういうことじゃなくて」レイラは頭を横に振った。「あれは――」

「ウソつかないでね?」思っていたよりも大きい声が出てしまって、取り消すような手振りをした。

「パーカーから助けてくれたことには感謝してる。でも取り繕《つくろ》わなくていいよ」

「アマンダ……」

「私はフリーク《異常》だよ」涙が出てきたのに悲しくはなかった。たぶん私は怒っているのだろうと思った。でも誰に対しての怒りなのかはわからなかった。グラントには、私を愛していないことで。パーカーには彼がしたことで。お父さんには、私に警告したことと、それが正しかったこと。たぶん自分自身にも。幸せになれるなんて思ったこと。「私はフリークで、パーカーみたいな何もわかってない人たちは、ずっとフリーク・ショー《見世物小屋》に行きたがるんだよ。私が本当は何なのか知ってるんだから」

「アマンダ！」レイラが言った。鼻をすすってから彼女を睨んだ。でも彼女の私を見る目で怒りがやわらいだ。「私の友だちのことそんなふうに言わないで」彼女は右手を伸ばして私の左手をにぎった。触れられてビクついたけれどすぐにそれを受け入れた。「本当なのはね、あんたは私の友だちってことだよ、アマンダ。あんたは最高に綺麗な女の子だよ。内面も外見も」

「本当？」鼻を拭いた。

「決まってんでしょ。まあ、あんたが今のアマンダになる前どんなだったか想像してもさ、私の知ってるアマンダが、ほんとにどうやって男の子やってたかなんて考えもつかないけど」

「あんまりうまくやれなかったね」小さな笑みが口元に浮かんだ。レイラもほほえみ返してくれた。

「ねえ」短い沈黙が二人のあいだに流れたあとで彼女が言った。「みんな、何があってもあんたのこと大好きだよ」

「私もみんなのこと大好き」表情がやわらいで、傷ができたこめかみがズキズキと痛んだ。

私のマンションの敷地《しきち》に車が停まった。ありがとうともういちど言って降りようとしたところで、彼女が私の手をつかんで真剣な顔を向けた。

「家に入らなくてもいいからね。うちに泊まってもいいんだよ」

「ううん」と答えて手を離し、彼女が不安にならないように笑顔で言った。「ありがとう。でも大丈夫。気分も良くなったし」

「わかった。でもここで三十分待ってるから。友だちと一緒がいいって思ったら出てきて。みんなでお泊まり会しよう」

レイラにあらためてお礼を言った。足を引きずって階段を上りながら、お父さんとこれから話すことになるのが怖かった。ドアに手を伸ばしてノブを回し始めると内側から引っ張られて開いた。お父さんが玄関に立っていた。背筋は伸びていたのに気が気でない表情だった。

「なんてことだ」お父さんの口調ははじめはやわらかかったが、私を頭から爪先まで見てもういちど強い声で言った。そして何も言わずに私を押しのけ、通路の階段を荒々しい足音で下りていった。

「待って」お父さんについて行こうとしたが、ひねった足首のせいで階段から転げ落ちそうになった。

「どこ行くの?」

「あの野郎ぶっ殺す!」数秒して車のドアが強く閉まってエンジンがかかった。駐車場にたどり着いたときにはお父さんが猛スピードで走り去って行くところだった。レイラはもう車から出てきていて、驚きのあまり目を大きくしてこっちに歩いてきた。

「何があったの?」彼女が聞いた。

「行かなきゃ」引きずった足で彼女の前を通り過ぎて車に乗った。

「お父さんどこ行ったの？」

「グラントの家」震える両手でシートベルトを閉めた。

30

車がぬかるみで滑《すべ》るほど猛スピードで、木々が天蓋《てんがい》をつくる砂利《じゃり》道を走り抜けてグラントのトレーラーハウスに向かった。私はレイラが車を停めようとするよりも前にドアを開けた。お父さんの車が二、三メートル先に停まっていて、そのヘッドライトがトレーラーハウスの正面を不気味な白さで照らしていた。お父さんは運転席から半分立ち上がる姿勢で、手のひらをクラクションに押し当てたまま離さなかった。鎖でつながれた犬たちが、攻撃しようとしたり、逃げようとしたり、耳障りな音を止めさせようとしたりするために、激しくうなり、吠えていた。

グラントが玄関に出てきた。ジャケットは着ておらずネクタイはゆるんでいた。彼は背筋を張って、決意を固めたような歩みで家の前に下りて、お父さんのもとへ向かった。それでやっとクラクションから手が離された。私は大慌てでシートベルトから抜け出し車のそばのぬかるみに転がり落ちた。

「お父さん！　お父さん、お願いだから――」

「家に戻ってろ！」お父さんは叫んで車から離れると、グラントとの距離を詰めていった。

「何をお考えかわかりませんが」グラントが手のひらを両方上に向けて言った。「でも――」

お父さんは一歩踏み出して体をぐるっと回すと、こぶしをグラントの顔に叩き込んだ。想像もできなかったような荒っぽく凶暴な一撃だった。グラントはエアバッグが破裂したような音とともに数十センチうしろに倒れ込んだ。鼻はすでに流血していた。

「おまえよく聞けよ」お父さんが唸《うな》り声をあげた。「こんど娘に触れてみろ。近づいても、話しかけても、少し見るだけでもだ。おまえを地面にブチ込んでやるからな」

私はなんとか立ち上がって二人の間に割って入った。お父さんが私を見る目つきは、私が四歳のころに何かくだらないことで駄々をこねていたときと同じだったが、今度ばかりは両目が血走って、小鼻が何度もふくらんでいた。網戸が大きな音で閉まるのが聞こえると、グラントのお母さんがナイトガウン姿で小さな玄関に立っていた。

「十数えるよ」ルビーが言った。「それであんたとそのオカマの息子はうちの敷地《しきち》から出てっとくれ。でないとお巡りさん呼ぶからね」

「お父さん」そっと袖を引っぱってグラントを見ないようにした。「行こう」

「一」グラントのお母さんが言った。

「お父さん」鋭い声で言った。お父さんは私の手を振りほどいた。

「二」彼女は歯を食いしばって言った。「三」

「車に乗れ」ようやくそう言うと私を見ずに向き直った。私はお父さんについて行った。レイラが手を振って引き留《と》めようとした。驚いた大きな目をしていたけど、私は頭を横に振ってそのまま車に乗った。お父さんはシフトレバーを絞め上げるほど乱暴に動かして、オレンジ色に光る幹線道路に車を出した。

「彼じゃないのに」少し間をおいたあと、精いっぱい体を小さくして言った。「あれは別の人――」

「くそったれが！」お父さんがもう片方のこぶしをハンドルに何度も叩きつけた。私は助手席のドアに体を押し付けて、お父さんを見ていた。何か言うのは怖かった。「言っただろ。さんざん言っただろ！」

「お父さん。もうやめて。ごめんなさい」

「死んでたかもしれないんだぞ」その声が狭いスペースに低く響《ひび》いていた。「なのにおまえは用心もしない！　ああクソッ、アマンダ――」

「お父さん――」声がうわずった。

「もういい。おまえが自滅《じめつ》するのはごめんだからな。家に着いたら荷物をまとめろ」

三年前、十一月

バスのうしろの席に座る方がよかったのに、年上の意地悪な男の子たちがそこにどさっと腰を下ろしていた。教頭先生は標的になるだけだと言った。前の方に立っていてもどうにもならなかった。近くを通るときに脚を蹴《け》られたり物を叩《たた》き落されたりした。ここ最近、両方のすねには緑や紫の傷で縞《しま》模様ができ、ペーパーバックの本は表紙が破れページがなくなって戻ってきていた。それでこのときは両ひざを胸に寄せて黙って座り、まっすぐ前を眺めていた。

バスが停まり、脚をつかむ手に力を込めた。ウェイン・グランヴィルのブーツの音がすると思うと彼が通路を歩いてきた。彼は私の席で立ち止まると体をかがめて、両ひじをそれぞれ背もたれに置いた。彼は私より数センチ背が低かったが、はるかにがっしりしていて、素早くて、力が強かった。

「ハロウィンは楽しかった?」と彼が聞いてきた。金髪の年下の女の子が目を白黒させて人をかき分けていった。彼はその子に気づいていないようだった。私は答えなかった。「ビリーが言ってたよ。君がドレス着てトリック・オア・トリートやってたって」私は額をひざに押しつけて目を閉じた。ハロウィンは自分の部屋で独り、ビデオゲームをして過ごしていた。毎晩、毎週末、部屋で独り、宿題かゲームをしていた。「ああ、スキットルズもらう代わりに野郎どものをしゃぶったって聞いたよ。味は虹色、ってか？」バスの運転手が待たされて苛《いら》ついた表情で彼を見ると、ウェインは降り口に向かった。「また明日、アンディ！」そう言い放って彼はバスを降りた。

「いや、そうはならないよ」とひっそり声に出した。誰にも聞こえていなかった。

自分のバス停でドアが音を立てて開いた。のそのそと歩道に降りて、バスが去っていくのを見送った。通りには誰もいなかった。どの家も庭の端に黒とオレンジ色の落ち葉を集めた袋があって砦《とりで》のようだった。土嚢《どのう》にも見えたが洪水をせき止めるのとは関係なかった。一歩前に踏み出した。風がうなりながら通りを吹き抜けた。髪が両目に打ちつけられたが、適当に垂らしたままにしておいた。私がふらっと車道に入りこんで車がぶつかってきても、けっきょくは時間がいくらか浮くだけだろう。

うちの庭は落ち葉で埋め尽くされていた。お母さんは一週間前に職場で足首を骨折していて、私はどうにかしてやっとベッドから出られるような日々だった。乾いた新しい葉の表層を足が突き抜けて、その下の濃色の湿った層へと沈み込んだ。古い雨水が靴下まで染み込んでいたが、どうでもよかった。ドアを開けて静かに中に入った。

昼間のテレビの音がお母さんの部屋から流れてきた。バックパックをソファに置いて、そっとドアまで歩いて覗《のぞ》き込んだ。お母さんは頭を寝具からのぞかせていて、胸がゆっくりと上下していた。小さないびきがドクター・フィルのＴＶショーの音よりかすかに大きく聞こえた。白い処方薬のボトルが二本と、水が半分残ったグラスが、ドアにいちばん近いナイトテーブルに置かれていた。私は靴と靴下を脱いで、つま先立ちでそっとナイトテーブルに近づいた。一本目のボトルをゆっくりと手に取ってラベルを読んだ。アモキシシリン。抗生剤《こうせいざい》は要らなかった。それを置いて別のボトルを取った。そっちはもうわかっていたがオキシコドンだった。両手が震えだしてボトルもガタガタと音を立てた。お母さんが何かつぶやいて私は凍りついた。少ししてお母さんは寝返りを打ってまたいびきをたてた。

リビングに戻って薬のボトルをコーヒーテーブルに置いた。それからキッチンに行って水道水で背の高いグラスを満たした。バックパックの横に座って、水の入ったグラスをボトルと並べた。保健の教科書を出してひざに置いた。走る男性の身体には筋肉と血管と骨も描き込まれていて、教科書のタイトルの下からこちらを見ていた。表紙に手を滑らせて、皮膚の下にある腱《けん》やそれらと結びついた骨、蜘蛛《くも》の巣状の血管を流れる血液、無数の小さなコードでできた筋肉を思い浮かべた。この身体、この歩く牢獄《ろうごく》を十五年間、無理して生かすしかなかった。

教科書を開いて、「思春期以降の男子に起こること」と書かれたページを見た。それから薬のボトルを開けて、小さな白い錠剤を三つ取り出して口に入れた。粉っぽくて苦かった。水を一口飲んで薬を飲み込み、文章に目を通していった。そのページの記述を読むと、書かれていることが自分の身体に起きていることを肌で感じた。私は十五歳にしては成長が遅く、背は高かったがひげは生えていなくて痩《や》せ細っていた。声も高くまだときどき金切り声も出るほどだった。でもいくつもの変化がやって来ているのが感じられた。虫の大群が身体中をかすめて蠢《うごめ》くみたいだった。

精巣が体から下降し、テストステロンと精子を作り始めます。

薬をもう三錠飲み込んだ。これからは友だちのいないかわいそうな人ではない。

自然な勃起や夢精は正常で、注意しないといけないものではありません。

薬をもう三錠飲み込んだ。お父さんが私を気にかけてくれなかったことをもう気にしなくていい。

太く硬い毛が顔や胸部、腹部に生え、脚と腕の毛は女性より著しく濃くなります。

薬をもう三錠飲み込んだ。手足が重く変な感じがした。これでもう、愛もない、キスもない、誰かと親密になることもないような未来が来なくて済む。

喉頭《こうとう》が肥大《ひだい》して硬くなり声が一オクターブほど低くなります。

薬をもう三錠飲み込んだ。集中するのが難しかった。私が本当に望んでいたような人生のことを知って、お母さんが情けなく思う可能性はもうない。

骨密度と筋肉量が増加し肩幅が大きく広がることで、男性と女性は明確に異なる骨格になります。

薬をもう三錠飲み込んだ。とても眠かった。でもすべて大丈夫な気がした。きっと大丈夫だ。ページの下の方にはニキビと体臭について書かれていたが、目を文字の上で動かそうとしてもそれは踊って見えた。本を閉じてかたわらに置いた。残りの錠剤と水を飲んで、浴室に移動した。服を脱いで浴槽《よくそう》に腰を下ろした。汚いものを残したくなかったからだ。汚いものを残すのは品がない。ふと気づいたけど遺書を書き忘れていた。でももう遅すぎた。それに、すぐに何もかもどうでもよくなるだろう。目がゆっくり閉じていった。

これでもうすべて大丈夫。

31

バスの中は人の体臭と乾いた暖房の空気と尿のにおいがした。ちょうど正午を過ぎるころに出発した。眠るときも朝ごはんを食べるときもお父さんは一応は黙っていてくれた。通路側の席にいた男の人が大きないびきをかいていたが気にしなかった。眠りたかった。本当に疲れていて眠りたかったが無理だった。心が死んだように思えた。何も感じなかった。

ヘッドフォンをつけてみたもののチャタヌーガに入り州間二四号から七五号に移るときには、お気に入りの曲をすべて聴いてみてもどれも音が出る発泡スチロールみたいだった。ネットで記事をいくつか読んだが、どれも取るに足りないものだった。家にいたかったのに、家というものがもはや何なのかわからなかった。頰《ほお》を窓ガラスに押し付けると、坂道に投げられた黒いリボンみたいに道路が滑《すべ》り流れていった。自分が生まれたこの場所には、おまえなんか嫌いだと物心ついたころからずっと言われ続けてきた。その移り変わる景色を眺めながら、目の奥のざらつきに抵抗するのをやめた。

＊　＊　＊

バスが停車するときの突然の大きな揺れに、ハッとして背筋を伸ばした。よろよろと通路を歩いていってバスのステップを降りた。グレイハウンドの停留所の煙と騒音のなかにしばらく立っていた。まだ頭が働かず鬱々《うつうつ》としていた。

「やっほー！」と女性の大きな声がした。高い音程で音楽的だった。少し間をおいてやっとお母さんだとわかった。目を向けるとお母さんが座っているとなりにヴァージニアがいて急に立ち止まってしまった。二人とも手を振っていた。お母さんはジップアップの紫のウィンドブレイカーとスニーカーで、ヴァージニアはオーバーサイズでひざまであるケーブルニットのセーターだった。頭がクラクラした。なんで二人が一緒にいるんだろう。

「久しぶり」バッグを置いて順番にハグをして、戸惑いながら二人を見た。「なんかおかしくない？」

「そう？」お母さんがヴァージニアに向かって気遣うような顔をした。

「そうは思わないけど」歩道に出ようと三人で向かいはじめたときにヴァージニアがそう言って私のバッグを持ってくれた。その先にお母さんが車を駐めていた。

「でも二人ともお互いギリギリ知ってるくらいでしょ？」

「そうかな？」ヴァージニアはいたずらっぽく笑った。

「あなたのセラピストのオフィスでやってるあのサポートグループに行きだしたのよね」私たちが古いグレーのＳＵＶに乗り込むとお母さんがそう説明した。その集まりにお母さんがいるところを想像したけど無理だった。私が考えていることを察《さっ》したのだろう、お母さんは肩をすくめた。「ひとりでさみしかったし、あなたの生き方のこともっと知りたかったから、ちゃんと勉強してみようって思ったの」そう言って私の脚に置いた手に力を込めて、ぜんぶ大丈夫だよと表情で伝えてくれた。私も手を重ねてほほえみながら無言で感謝した。私が街を出るときの目のあざと同じものをつけて戻ってきたことに触れずにいてくれていた。

家は覚えているよりずっと片づいていて、まだ数日先だったが、感謝祭のための飾り付けがされていた。リビングとキッチンはオレンジ色と茶色で弾《はじ》けていて、家じゅうどの部屋にも紙の七面鳥とコルヌコピアがあった。オーブンからローストの香りが漂《ただよ》い、スパイシーなコーンブレッドも合わさって、早く食べたかった。

「めっちゃいい匂い。ここまでしなくてよかったのに」

「自分の娘だもん。それにあなたは痩《や》せすぎよ。やっぱりあなたのパパはご飯のことじゃまったく信用ならないわ」お母さんはそれからキッチンに行き、あと三十分で夕飯だと言った。

「ずっとバスの中にいたから、きれいな空気が吸いたい」と大きな声で返した。

「私も行くわ」とヴァージニアが言って、一緒に外に出た。

「感謝祭のあいだもいるの？」ジャケットを着ている彼女に言った。

「いられたらいいんだけど」彼女はボタンをいじりながら玄関の階段を下りた。「もう来週サヴァンナに引っ越すの。芸術工科大《SCAD》に受かったから」

「すごーい！」と言うと彼女は明るく笑い返してくれた。それからしばらく何も言わず一緒に歩いた。

足を進めるごとに表情が曇《くも》った。足首がまだ痛かった。「それでさ」私はようやく口を開いた。「何があったか聞きたい？」

「他のこと話そうよ。それはまた今度でいいから。あんたタンブラーのアカウント消したでしょ？」

私はうなずいた。「だからみんなが何やってるか今も知らないよね」私は首を振った。彼女が話してくれてうれしかった。ヴァージニアとお母さんだけがいま私のそばにいてくれる人だった。

「ジークがね、やっと胸の手術をカバーできる保険がある仕事に就いたんだ。パーティーもやったんだよ。彼、手術は来月の予定だって」

「よかった。今もロンダと付き合ってるの？」

「モイラはまたカウチサーフィンやってる」ヴァージニアが唐突《とうとつ》に言ったから、私の話が聞こえていないんじゃないかと思うほどだった。「あの子、今のところはクリーンだけど、安全には程遠《ほどとお》いわ。あんたのお母さんが、あんたんちのゲストルームに泊めてあげようって言ってるけど」彼女は両手をポケットに入れて、頭上に広がる鉄灰色の雲を見上げた。「あんたのお母さん、ほんとに素晴らしい人だよね」

「そうだね」私は首をかしげ目を細めた。「ヴァージニア。ロンダに何があったの？」

「あとで話すのでいい？」訴えかけるような顔だった。「ただでさえかなりストレス抱えてるんでしょ」

「教えて」

「わかった」彼女は深く息をついて目を閉じた。「自殺。一ヶ月くらい前で、あたしが戻ってきたタすぐあと。遺書はなかった」

「ウソ」手で口を覆《おお》って、もう片方の手で体を抱えこんだ。「ウソでしょ。なんでよ?」

「わかるでしょ」ヴァージニアはゆっくり頭を横に振った。「あたしたちみんなわかってるんだよ」

彼女が口を閉ざした少しのあいだ、私はその事実に心の整理をつけようとした。「あの子の両親、ことごとくモンスターだったよ。知ってたけどさ。あの子の髪をぜんぶ切り落としてスーツとネクタイ姿で埋葬したのよ」

私たちはそれからしばらく何も話さずに歩いた。それぞれじっと考え込んでいた。ロンダは私の最初に失った友だちではなかった。サポートグループに入って以来、「ミッドナイトコール」を受けるがわになったことは幾度《いくど》となくあった。いつか誰かが私のことで、そういう電話の一本をしないといけなくなるんだろうかと、よく思っていた。

「これからどうするの?」いくらか時間が経ってからヴァージニアが聞いた。もう家に引き返すところだった。

「わからない」風で髪が目にあたってもそのままにしながら、痛む足をもう片方の前に踏み出した。

「今度こそ、本当にわからない」

32

今までほとんどずっと、感謝祭は限りなく騒がしい日で、おばあちゃんやおじいちゃん、大叔母さんに大叔父さん、いとこたち、遠い親戚、姪《めい》たちが勢ぞろいだった。でもカムアウトして、フルタイムで女性として生活するようになってからは、お母さんと私は親族の集まりからなんとなくのけ者にされていた。私はそれで構わなかった。家に戻ったあとの感謝祭は、お母さんと一緒に過ごす、穏やかでくつろいだ食事の方がずっとよかった。

お母さんは相変わらず大量の料理を作っていた。何週間かはその残りを食べることになるだろう。私たちはほとんど話をせずに食べた。それはぎこちなかったかもしれないが、なんとなく気が楽だった。何があったのかを話す準備ができていないことをお母さんはわかってくれていて、無理に立ち入らないでくれてひしひしと愛情を感じた。晩ごはんの途中で、ドアを引っかく音が聞こえた。

「猫を中に入れてあげて？」お母さんが言った。

玄関のドアを開けると猫が小走りで入ってきて、私に向かって三回、大きくそっけない感じでにゃあと鳴いて、待たされたことへの彼女なりの不満をあらわにした。冷たくて湿った空気は、室内の気だるい熱気の中にいたあとではひときわ気持ちよかった。私は玄関の外に歩いていき、少しのあいだ目を閉じて手すりに寄りかかり、冷たさを味わった。タイヤが家の敷地《しきち》を踏みしめる音が聞こえて、目がパッと開いた。お父さんの車だとすぐにわかった。車を降りるときに蓋《ふた》のついたキャセロール皿を腕に抱えていたけれど、私は何も言わなかった。

お父さんが玄関の近くまで来ると、マシュマロを表面にのせたスイートポテトキャセロールの香りがした。

「元気か？」と言うお父さんはなんだかよろよろして場違いな感じだったが、がんばって笑顔を作っていた。ここ数週間にあったあらゆることに反し、ほほえみ返さずにはいられなかった。「遅れたかな？」

「どうしたの？」返事をする代わりに聞いた。お父さんは入ってすぐのところで立ち止まって、静かに周りを見回した。うちのリビングルームを知らない国みたいに思っているみたいだった。

「アマンダ？」お母さんが他の部屋から呼んだ。椅子がキュッと鳴り、廊下の角あたりからこっちに向かってくる足音が聞こえた。「誰か――あら」角を曲がり終えたお母さんがピタッと立ち止まった。

お父さんはコートをもう脱いでいて、きまり悪そうに手を振った。

「感謝祭おめでとう」お父さんが言った。私はカウチの背もたれに寄りかかって二人を交互に見ながら、大爆発に身構えた。いつか二人がまた直接会ったらどうなるのか、前からずっと疑問だった。いちばんありそうな結果は、全面的な核の応酬《おうしゅう》だと思えた。実際はそうではなく、お父さんは「素敵な家だね」と言ったし、お母さんの返事は「ありがとう。一緒に食べましょう」だった。

お父さんが加わっても会話はあまり弾《はず》まなかったがそれでよかった。私たちは黙って食事を終えて、お母さんが食器を片づけはじめた。お父さんが立ち上がって手伝おうとしたのを、その腕に触れて注意を引こうとした。

「あのさ。歩きに行かない？　雨、ちょっと前に上がったし……」

「お、そうか？」

「ちょっと思ったんだけど。夜でもライトがついている野球場があるんだよ」お父さんはお皿の山を抱えて立ったまま、ゆっくりまばたきした。「えっと、キャッチボールでもできるよ。今もしたいなら、だけど」

「あー」お父さんはお皿を置いて少し思案していた。「本気か？」

「本気だよ」

「それなら」

お母さんは私たちがキッチンに入らずに済んで大喜びだった。食洗機に食器を積むことに関して、誰も正しく理解できない独特すぎるやり方があったからだ。グローブとボールは古い箱に入っていて、十年以上使われないまま埃《ほこり》をかぶっていた。湿った落ち葉や泥の道をブーツで歩いていくとピチャピチャ音がしたり滑ったりして、足首がほとんど治ったと思えてうれしかった。お父さんは歩いているあいだずっと黙っていて、空をじっと見ていた目を私に移し、また戻した。

「何か考えごとか？」

「たくさんね」

「そうだよな」お父さんは両手をポケットに押し込んで顔を上げて街灯をじっと見ていた。

野球場に着いた。霧《きり》が出ていて投光照明の光が弱まり青白かった。お父さんはバッターの位置についた。私はピッチャーマウンドに立ち、ミットを左手にボールを右手に持った。

「なんでミットを左手に着けないといけないのかな？　右手でキャッチした方が楽じゃないの？」

「そうだな。でも左手で投げられるか？」

「あー」と言ってうなずいた。私は体をうしろに引いて振りかぶり、ありったけの力でお父さんにボールを投げた。それはお父さんを飛び越して左に数歩分それると、観客席を守る金網のフェンスに大きな音でぶつかった。「あ！　ごめん」

お父さんが少し笑いながら元の場所に駆け戻ってくるのを見ていると、笑い出さずにはいられなかった。

「何か変か？」とお父さんは言いつつ、ぽかんとした表情でボールを宙に投げた。

「何も。ときどき思うんだけど、もし昔《むかし》の私が今の私を見たらどう思うのかなって。昔の私たちが今この時の私たちを見たら、どう思うのかなって」お父さんはしばらく考え込みながらもだんだん表情をゆるませていって、二人とも最初はクスクス笑いだったのが大笑いになった。それからは、お父さんが投げて私がキャッチし損ねたり、私が暴投したせいでお父さんが避けるか、ボールを取りにフィールドを半分走ったりするような、そんな時間が続いた。

「それで、おまえが俺のとこに住む前に母さんと話したときにな」お父さんがようやく切り出した。「おまえのセラピストが言うには、去年の夏にショッピングモールのことがあっておまえが本当に不安定になってたって聞いた。俺だったら——」と言い始めて口ごもった。「あんなことが起きたら……」

「んー」肩をすくめて言った。「私、たぶん今はそのときより強いと思うよ」

お父さんはうなずき、安堵《あんど》の表情が大きく広がった。「たぶんおまえが正しいだろう」

「そう？」

「俺のとこに越してきたばかりの女の子だったら、あのホームカミングの騒ぎのあと平気でいられなかっただろうな」私は相づちを打ったが、いろんなことが頭に浮かんだ。体育館の薄暗い照明に照らされた同級生たちのひどく驚いた顔や、グラントが「ウソだよな？」と言い放ったときのお腹がねじれる感覚、暗くなった森でパーカーから必死で逃げる恐怖。「騒ぎ」どころではないと思えた。

「平気ではないと思うよ」

「考えてたんだが。俺が高校を出てから海軍に入ってたって知ってるだろ？」首を縦に振って、ボールがお父さんの脚の間に転がっていくように投げた。「自分はタフだと思ってたよ。他のヤツらは自分の方がもっとタフだと思ってた」投げ返されたボールに、悲鳴をあげて目をつぶったが奇跡的にキャッチできた。「みんなおまえには敵《かな》わないと思うよ」

「私、勇敢じゃないよ」思わず表情がゆるんだ。「勇敢なのって、私に選択肢があってのことでしょ。私は単に私だよ?」話しているあいだ、グローブを持った手のひらにボールを何度も投げ、投光照明を見つめていると、目の中で染みが踊っていた。ニューヨーク大学に出願していたから、入学できるかどうか数ヶ月以内にわかるだろう。また世界から離れ落ちていくのかと思った。レイラ、アナ、クロエの人生から去っていき、同級生からはほとんど忘れられてせいぜいパーティーでたまに話題にあがるくらいになる。グラントはいなくなってしまった。それはすごくつらいけれど、ある意味で救いでもあった。荷物をまとめて北部に向かう時が来ても彼とのことで困難を抱えなくて済むからだ。あの計画のすべてはうまくいっていたが一つだけ問題があった。それは、私はもう消えたくないということだった。

私は顔を上げて自分の父親を見た。「私がランバートヴィルに戻りたいって言ったら?」お父さんは私をじっと見ていた。その顔が青白かったのは、寒さからくるものだったのか、恐れからくるものだったのか。「それって勇敢なことなのかな、それともばかげてるのかな?」

「両方?」お父さんはそう言うと湿った髪を手でなでつけて、長い息を吐いた。「でも、それが若いってことなんだろう。ずっとおまえのことが心配でならなかったから、そういうことは忘れてたんだと思う」

「私が一緒に住むようになってからってこと?」少しジャンプしてキャッチできるくらいのところにボールを投げた。

「いや、それより長い。おまえがほんの赤ん坊のころからだよ」

「私のこと情けないって思ってたんじゃなかったの」

「前はそうだった」お父さんは唇をかんだ。「神様がいつか許してくれることを祈ってるけど、そうだったんだ。でもそれ以上に、もっとそれ以上に、おまえのことを思うと怖くてしかたなかったんだ」私は下を向いてグローブを曲げたり伸ばしたりした。「飲まずにいられなかった。おまえに歩き方を教えるのは母さんに任せたかったからだ。おまえが転んで頭をひどく打つ光景がずっと見えてたんだ」

「そういうのお父さんに教わったと思うよ」と言って少し笑った。お父さんは苦笑いだった。

「おまえが傷つくと思うと耐えられなかったんだ。何かがあっておまえの幸せが奪われるなんて思うと耐えられなかったんだ」お父さんは肩をすくめて息をついた。「なのにおまえが喜んだのはぜんぶ、おまえが歩くときの感じから遊びたがったおもちゃに、服を欲しがるときまで……お前を危険にさらすものばかりだった。それで俺に何ができたんだ？」

「いなくなった」

「いなくなったよ」お父さんは私のそばに歩いてきて、グローブを外して脇の下にはさんだ。「それか、おまえが離れていくのを止めずに、あとを追わないことを選んだとも言える。どっちにしたって……」お父さんは手を私の両肩に置いてまっすぐ目を見た。「やっぱりおまえは勇敢だよ。そのことは母さん譲《ゆず》りだ」と言って手を離すと、暗く誰もいないグラウンドに目をやった。「ホームカミングのあと、おまえが家のドアを開けたとき、俺は怒り狂ったよ。怒りのあまり、誰かを殺せるんじゃないかと思ったくらいだ。おまえにも怒ってたし、自分自身にも怒ってた。おまえにあんなことをしたのが誰だろうが怒ってた。でもおまえがこっちに戻って、うちで一人だけになって、おまえがくぐり抜けてきたいろんなことぜんぶ考えてた……うまくやり直すチャンスがほしいと思った」そう言って深く息をついて私に目線を戻した。「だから、言いたいのは、おまえがランバートヴィルに戻りたいなら、娘が戻ってきてくれて本当にうれしいってことだよ」

私はうなずいた。喉元《のどもと》が熱くなった。自分の父親に望まれることをずっと待っていた。娘を望んでくれることを。まばたきして涙をこらえた。でもこのときは、うれしくて出た涙だった。

私たちは家まで歩いて戻った。さっきとは別の沈黙が訪れていた。目が合うとお父さんは腕を私の肩にまわして近くに引き寄せた。家に着くとお父さんはゴミ箱のふたを開けて野球のミットを二つとも投げ込んだ。

「さよなら、アンドリュー」私は静かな声で言った。

「さよなら、アンドリュー」一緒に中に入るとき、お父さんも同じように言ってくれた。

二年前、四月

「ハーディさん？　アンドリュー・ハーディさん？」看護師さんが言った。

立ち上がり、ドアに向かって数歩進んだ。その名前の響《ひび》きにいつも一緒についてくるお腹のひどいねじれはほとんどなかった。これから起きることにワクワクが止まらなかった。

「アンドリュ——アマンダ？」お母さんが呼んだ。振り向くと両手をしっかりにぎって立っていて、私に会うのが最後になるんじゃないかと気が気でないような顔だった。「一緒に行った方がいい？」

「いや、いいよ」お母さんにハグしてから体を離した。「ひとりでやらないといけないと思う」

看護師さんの方を振り向いてついて行き、白く明るい廊下を進んでいった。彼女は私を体重計に立たせて、どれほど痩《や》せすぎかを確認すると咎《とが》めるように舌を鳴らした。それから紙のカバーがかけられた検査用のベッドに座らせて血圧を計った。正常だった。続いてよくある質問をした。アレルギーはあるか？　いいえ。どんな薬を飲んでいるか？　ウェルブトリンとレクサプロ。持続的な健康上の問題はあるか？　特にありません。

「では今日はどんな用件で来られましたか？」一連の作業の末に尋ねられた。

「セラピストの人の紹介で」ささやきよりわずかに大きな声で言った。続きを言おうとして言葉に詰まった。「あの、えっと、性同一性障害で。私は……トランスジェンダーなんです」うっかり紙のカバーを破ってしまって深呼吸した。「ホルモンを始める必要があります」

「ああ、なるほど」看護師は最後にひとこと走り書きをすると、ほほえんでファイルを閉じた。「しばらくお待ちください。ハワード先生がすぐに参りますので」

ベッドに寝転んで天井を見ながら、両手を心臓の上で組んだ。本当にこの時が来た。本当に、やっと来たんだ。これから胸や背中に毛が生えることはない。声は少しだけ低くなっていたがそれ以上はならない。肩幅は広くならない。あごや額は出っ張ってこない。ひげは絶対に生えない。すべてはこの瞬間からだ。ドアが開く音がして起き上がると、濃いひげを生やし頭が薄くなっている年配の男の人がカルテを確認していた。

「こんにちは、アンドリュー」とその人は言ってカルテを置き、手を差し出した。握手をすると彼は笑みを浮かべた。「医師のハワードです。体調はどうですか?」

「いいです」と答えると突然、今まで感じたことのない勇気が湧《わ》いてきた。「でもアマンダと呼んでもらえるならその方がいいです」

「わかりました」ハワード先生が笑顔のまま言った。「もちろんですよ、アマンダ。カルテにそのことを書かせてくださいね」彼は手早く書き込んだ。「今後、そのことで誰かが問題のあることを君にしてしまったら、デスクに言ってくださ
い」

「ありがとうございます」

「君のカルテを見ていて、セラピストの方が送ってくれた記録も読みました。それで、これはとてもシンプルだと思います。スピロノラクトンを一〇〇ミリグラムで、これはテストステロンをブロックします。エストロゲンでそれを補うのに二ミリグラムのエストラジオール。これで始めましょう。最初は少量からです。というのは、いくらか気分が不安定になるかと思うのと、エストラジオールの錠剤は肝臓《かんぞう》に負担になる可能性があるからです。徐々《じょじょ》に慣らしていくのがいいと思っています。そうすれば一緒に経過観察《けいかかんさつ》していろいろ問題が起きないようにできますから。一ヶ月ほどで血液検査に来てもらいます。君のセラピストと連絡を取り合って、そこからどんなふうにしていきたいか、また考えていきましょう」

「はい、わかりました」

「それで処方箋《しょほうせん》を書く前に、ちゃんと確認しておきたいことがあるんですけどね。君のセラピストに不安があるのではないし、彼の仕事の腕前を気にしているわけではないのだけど、君にほんの二、三のことを理解しているか確かめなかったとすれば、私は怠慢《たいまん》ということになるでしょう」

「ええ」急にのどが乾いた気がした。もうすぐのところまで来たのに、心の中の小さい怯《おび》えた私が、先生がすべて奪おうとしているんだと叫んでいた。

「下品なことを言おうというのではないのですが、胸が成長します」ハワード先生は続けた。「もしいつか気持ちが変わってホルモンをやめたら小さくはなりますが、再建《さいけん》手術をしなければ完全にはなくなりません」私はうなずいた。「それで、もっと大事なことなんですが、スピロノラクトンを飲みはじめると数週間で精子が作られなくなります。一年以内にホルモンを止めると戻ることもある、かもしれませんが、その時点よりあとは効果はほぼ完全に永久です」

「わかりました」自分の両手に目線を落とした。

「それなら大丈夫です」彼は処方箋の用紙を一枚取ってそれに走り書きをした。「受付で自己負担分の支払いをしてもらって、次の予約を取っておいてください。一ヶ月後、またこちらでお会いしましょう。会えてよかったですよ、アマンダ」

「こちらこそ」と答えて、夢の中を歩いているような気持ちでロビーに戻った。


その日の夜、月が昇りお母さんが寝てずいぶん経ったあと、エストラジオールのボトルとダイエットコークの缶を持って裏庭に出た。草は両足先の間で冷たく湿っていて、カエルやコオロギの鳴き声はいつもより穏やかだった。草の中に寝そべってかすかに輝く三日月を見上げた。その両端は右を向いていたから真っ黒の新月から出てきたばかりだ。

錠剤のボトルを開けて一つ取り出し、顔の上にかざしてみた。小さな青い楕円《だえん》は、じめじめした私の指で触れると湿いていて粉っぽい感触だった。意外だ。本当に小さくて、小指の爪の三分の一しかない。それでも、それはすべてだった。胸のことと不妊のことは元に戻らない副作用だが、それでも引き返すつもりはない。

これから大変だろうと思った。もう少しだけ男の子のふりをしないといけない。どれだけ隠そうとしても、同級生や身内は私の体の変化に気づくだろう。いじめは前よりひどくなるだろうけど、今はなんとなく、うまくやれそうな気がした。アマンダとしてなら、ベッドでうずくまって怯えていたものにも立ち向かえる気がした。

目を閉じて、錠剤を舌に乗せた。甘い、泡立つ炭酸水の一口といっしょにそれを飲み込んだ。頭を地面に戻して目を閉じ、月明かりを浴びながら、これからどんな良い人生が待っているか、夢見てみるのもたまにはいいかと思った。

33

ランバートヴィルでの第二セメスター初日、お父さんのマンションの外までみんなが迎えに来てくれた。私は後部座席の左側に腰を下ろした。クロエのとなり、いつもと同じだ。お互い矢継《やつ》ぎ早《ばや》に近況を言い合うまでの無言の瞬間のなかで、私は息を整え、あらゆることがどれほど普通に感じるか驚きの気持ちでいっぱいだった。世界はもう終わっていた。それでも世界はまだここにあった。

「放蕩《ほうとう》娘が帰ってきたね！」レイラがバックミラー越しにほほえみかけてくれた。

「帰ってこれてよかった」心からそう言った。「みんなに会いたかった」少しためらってから、聞くのが怖かったことを聞いてみた。前の二席の間に頭が入るくらい身を乗り出してアナを見た。彼女が私に目を向けられないでいることにすぐに気づいた。「私たち、大丈夫？」

何か言いかけたアナに、レイラが険しい目線を向けた。アナは考え込んでから再び話しはじめた。

「主《しゅ》は、私が正しき道を歩んでいないことをご存知です」と形式張って言った。「神様の他には誰も完全ではないでしょ？　だからそういうことは罪なんだと思う」そこでレイラからまた鋭い怒りの目が向けられた。「でも、多くのことが罪であって、私たちがその罪に対して赦《ゆる》されるべくイエスさまは亡くなられたんだと思う。だから……」

「わかった」彼女の肩にそっと手を置いた。「で、まだ友だち？」

「決まってるじゃない！　だって私が……向き合ってるから、その……」

「抽象論《ちゅうしょうろん》だね」レイラが言った。

「抽象論だからって、今もあなたとクロエのこと、姉妹《シスターズ》みたいに愛してないってことじゃないよ」

「知りたかったのはそのこと」と答えながら席に戻ってクロエと笑顔をかわした。

「ネットでいろいろ読んだんだけどね」とアナが言いながら私に顔を向けた。「私が同性愛蔑視《ホモフォビック》とかトランス蔑視《トランスフォビック》なことしたり言ったりしたら、みんな教えてね？　それと教会で他のひとたちと話してみるね、アマンダ。みんなあなたに愛情を持ってるし、私も安心して戻ってきてほしいから」

彼女に手を重ねて、刺すような優しさを指先に感じた。「ありがとう」

「やっぱり感謝されるのはこの子なのね」とレイラが言った。「あんたとクロエは極秘のクィアガールズクラブで――」

「あのさ」とクロエが言いながら笑いをこらえて私をちらっと見た。「私、知らなかったんだ。この子がトラ――」

「アナは、イエスさまがあなたを愛しているとかってぶつぶつ言うだけでいきなり天使みたいになるし、私あんたのお父さんがグラント殴ったとき一緒にそこにいたのに――」

「お父さんグラント殴ったの？」アナが口を大きくして言った。

「私、弾《たま》入った銃をパーカーに向けてやったよ」とクロエが特に誰に言うでもなく言った。

「でも誰もレイラ様のことなんて気にかけてないよね！　明らかゼロだよ！　私なんてただ車持ってるだけのどーでもいい女子なんだよ、それで何で――」

「レイラ！」と私は言った。彼女は話を止めてこちらをさっと見た。私はうしろから彼女を抱きしめ、彼女の頭のてっぺんにキスした。「大丈夫。あなたは宝物だから。みんな本当にありがとう」そのときアンドリューのことが頭に浮かんだ。あのふさぎこんだ子は、友だちでいてくれる誰かを、理解してくれる誰かを必死に求めていた。こんな未来なんて想像もできなかった。そもそも未来なんて思い描けなかった。

「それだけ聞きたかった」レイラが髪をさっと払い、優越感《ゆうえつかん》に浸《ひた》った顔で少し前方を見て駐車場に入った。「まあ、ちょっと私の偉大さを思い出しといてねってこと」

車から降りるとみんなでハグし合った。アナとレイラは早朝の生徒会に急いで行く必要があったが、クロエと私はあと十五分は特に行くところはなかった。

「謝りたかったんだ」クロエが言った。二人で玄関の階段そばの芝生に脚を組んで座っているときだった。「ビーのことで嫉妬《しっと》したこと。あんたがビーと仲いいの、そういうんじゃないってわかってるのに」

ため息をついた。「うん、そういうんじゃないよ。それでも私が悪いと思う」ビーからはまだ連絡はなかったし、彼女に会ったらどんなふうになるのかわからなかった。もしかしたら彼女は謝ろうとしているかもしれないし、また私と友だちになろうとしてくれているかもしれない。でも彼女が何を言おうと、やはり彼女が私の人生の中に戻ることは許せなかった。彼女がしたことは、パーカーよりもずっと、ショッピングモールで受けた暴力よりもずっと、私を傷つけた。それは、私が彼女を信じていたからだ。今ならわかる。誰に気を許して近しい関係になるかは、慎重《しんちょう》でなければならない。でもそれはたぶん誰もが学ぶべき教訓なのかもしれなかった。

「謝んないでよ」クロエはそう言うと、長い草を二本引き抜いて人差し指と中指で挟《はさ》んで持った。「ほんとに謝んないで。単にあんたが転校生で、可愛くて、やってきただけで欲しいものはなんでも手に入れて、それであの子のことも取ってっちゃったって気がしたんだ。もう何もかも私にはキツい感じなのに、あんたには楽なように見えた。でもそんなに簡単じゃないって今ならわかるよ」

私は苦笑いを浮かべた。「そうだね。『簡単』って言葉で説明つくような道のりじゃなかったね」

気持ちのいい沈黙のなか少しのあいだ一緒に座っていた。それから聞いてみた。「それでさ、ホームカミングのあとのこと何も知らないんだけど……家族の人はどんな感じなの？」

「親は進行中ってとこ」クロエは言って肩をすくめた。「兄貴たちは前からわかってたっぽいし、まあ問題なし。ビーは女でラッキーだとか、でなきゃホームカミングであんなことやらかした罰にトラックで轢《ひ》いてやってたところだか言ってる」

「ミソジニーに救われたの？」

「偉そうに言ってるだけだよ」クロエはそう言って草の葉が風に舞うに任せた。

「クロエ？」周りを見回して誰も見ていないことを確かめた。「今からすること、友だちとしてだからね？」

「うん」怪訝《けげん》そうな顔だった。私は彼女を思いっきり強くハグして、頬《ほお》にキスした。「あなたはめちゃくちゃ素敵な女の子で、どの街に住むことになっても、どんな女の子と一緒になっても、みんなあなたがいてくれて幸せだよ」

「ありがとう」クロエは顔を真っ赤にしていた。一緒に立ち上がって彼女はジーンズを手で払った。「あんたも。一緒になれるヤツはみんな幸せだよ」そう言ってバックパックを背負った。「それってグラント？　他の道もある？」

スマホの時計を見てそのままでいたが、自分のバッグを取って肩をすくめた。「どうかな。今日わかるかも」


ホームルームに向かうとき、床の光沢のあるタイルから目線を上げなかった。クラスメイトたちと目が合うのが怖かったからだ。チャイムはまだ鳴っておらず、廊下ではスニーカーの歩く音やロッカーを閉める音が響《ひび》いていた。

「おかえり」と誰かの声が聞こえて、見上げるとキャットアイのメガネをかけた内気そうな女の子がバックパックのストラップに両手をかけて、笑いかけてくれていた。なんとなく知っている人だったけれど、前に話したことがあったかはわからなかった。私が彼女のことを知らなかったとしても、彼女は私のことを知っていて、私がいなくなったこと、そして戻ってきたことに気づいてくれたんだと思うと、笑顔になれた。

私は顔を上げて廊下を進み続けた。私が通ると顔を背ける同級生も数人いたが、他のみんなは私を見て会釈《えしゃく》してくれたり手を振ってくれたりした。ホームルームへの角を曲がると急に立ち止まった。十人くらいの生徒が施錠《せじょう》された教室のドアの外でぶらつきながら先生が来るのを待っていたが、私の目はそれからすぐにグラントの大きな背中に引き寄せられた。彼が視界に入ると口角が笑顔のかたちになって、彼が振り向くと頭もそれに追いついた。

みんな当たり前みたいに彼に道を空けて、全員が私たちを見ていた。彼は周囲を見渡すと、何人に注目されているんだという顔をした。「場所変えられる?」

私はうなずいて一緒に廊下を歩いていって、誰もいないカフェテリアに入った。

うしろでドアが閉まると彼が顔を上げた。目は光を反射していて、動かない視線からは考えが読めなかった。

「久しぶり」あらためて彼が言った。

「久しぶり」私は視線を落とした。「元気?」

「ニュースがあるんだ」彼は目を細めて首のうしろをさすって、同じように視線を外した。「ホープ奨学金がもらえて、チャット・ステイト・カレッジ《コミュニティ・カレッジ》に行けることになった」

「よかったじゃない！」本心でそう言った。「ほんとに私もうれしい」また少しのあいだ目が合ったまま、二人の間にいくつかの言葉が無言で流れた。大好きだよ。一緒にいてほしい。ごめんね。許して。

「お父さんのこと、ごめん」しばらくしてから言った。

「ああ」彼はパンチが当たった鼻筋をこすった。「中年の人にしてはみごとな右フックだったよ」目をそらせたけど、思わず表情がゆるんだ。「そう言ってたって言っとくね」

「理解できるけどね」グラントが言った。目線を彼に戻した。彼は壁に寄りかかって照明を見上げながら、落ち着かない様子で親指の爪をいじっていた。「パーカーがやったこと……君のお父さんは僕だと思ったんだよね」私はうなずいた。「まったく同じじゃなくても、もし誰かがエイヴリーやハーパーを傷つけたら……」彼は両手のこぶしをにぎりしめた。また視線が合うと彼の目は大きく見開いていて、その奥には多くのものがありすぎて読み取ることはできなかった。「殴るだけじゃ済まないと思う」

「わかってくれてうれしい」そう言って手を伸ばして彼の腕に触れようとしたが思いとどまった。彼はその動きに気づいてため息をついた。

チャイムが鳴った。でも二人とも動かなかった。

「電話くれなかったね」傷ついていることがわからないような声で言った。

「君もね」グラントは穏やかに言って、沈んだ笑みを浮かべた。

「そうだね」髪に指をすべらせた。「終わったって思ってたから」視線を上げると彼の長いまつ毛の黒い目と、少年らしい隠し立てのない顔から目を離せなかった。私たちが初めてキスしたときのことや湖での宙に浮かぶ感じ、彼の運転するトラックで走ったこと、私たちが共有したすべての瞬間、彼が私にくれた思い出。それらは私の人生のなかで正真正銘《しょうしんしょうめい》、真実の瞬間だった。でも彼にしてみれば、今となっては嘘《うそ》のように感じられただろう。「正直、終わりにされても納得しただろうなって思ってる」

「そうなの？」

「こんなかたちで知ってほしくなかった。私のせいで……気まずい思いをしたなら、ごめんなさい」一瞬、自分を恥じていた以前の感覚が這《は》い上がってきて、私を引きずり下ろそうと迫《せま》ってくるのがわかった。

「君は気まずいなんてものじゃなかった」私は深く呼吸をして目を閉じた。

「ダンスのとき、愛してるって言ったんだよ。聞こえたかはわからないけど」

彼は顔を横に振った。鼓動《こどう》が強くなった。

「僕はトミーを見放さなかった」彼の表情は真剣だった。「君のことも見放したりしない」ため息をもらした。「それって素敵だけど、どういう意味？」頭を振った。「私を愛してるってこと？」

「そうだよ」

「そうなの？」予想外の答えだった。

「僕は君と、他の誰よりも僕自身のことを共有してきた。あの手紙は燃やしたけど、君は僕とすべてを共有してくれたんだ。僕らが何だろうと……」

「私たちが何だろうと？」喉が締め付けられた。「じゃあ私たちって何……？」

「わからないんだ。君がいないあいだ、いろいろ調べようとしたけど、パソコン持ってないし、それでわかったことなんだけど、図書館ので『トランスセクシュアル』で検索したら、まあ、とにかく、図書館にしばらく入れなくなった」彼は自分の腕をさすって何度か口を開けて、正しい言葉を見つけようとしていた。「理解できるかわからないし、理解できるとしても、わからない……」次第に声が小さくなった。彼は肩を落とした。「わからないんだ、アマンダ。僕はただ……僕はただ君が女の子だったらいいのにって」その言葉が口にされた瞬間、彼の目が大きく見開かれた。「つまり、君が決して……、君がずっと……って」

「違う」その声にこもった力の強さに自分でも驚いた。そのひとことは誰もいない空間にとても鮮明に響いた。彼は鼻をすすり座り直した。「私はずっと女だった。ずっとだよ」目が燃えるようだった。

「じゃあね、グラント」背を向けて歩き出そうとしたところで、彼が私の肩をつかんだ。

「努力したい」彼が言った。手が離れたから振り向いた。「でも君から聞かせてもらいたいって思う」

他の子たちが廊下をそっと歩いてホームルームに入っていくのが聞こえた。私はその場にとどまった。「あなたに書いた手紙、まだある」ゆっくりと言った。「また印刷できるけど」

「いや、直接言ってほしいんだ」

「いいよ」少し間をおいて言った。「今日の夜は？」

グラントの車のエンジン音がして、湖の静謐《せいひつ》さに割って響いた。振り向いて彼が車を降りてくるのを見ていた。心臓が強く胸を打った。一日の終わりのやわらかい光に照らされていると、なんだか初めて彼に出会うような気がした。彼のくしゃっとした黒髪がやわらかな冷たい風になびいて、私を捉えた黒い目は本当に光って見えた。上は着古したパーカー、下はジーンズとワークブーツだった。洋服ごしでも一目でわかるほど、彼の歩く姿は力強く優雅《ゆうが》だった。

「こんばんは」彼が言って一瞬ほほえんだ。

「うん」長く深いため息をついて目を閉じた。無言の瞬間が続くなか、これから話すことに対して心の準備をした。「どこから始めたらいい？」

「始めからがいい」グラントが答えた。遠くの方で、独りきりのセミがその声をあげていた。「全部のことを知りたい。もし僕に話してくれるなら」

「わかった」私が先にツリーハウスに入った。私たちはお互いを見ないまま中で腰を下ろした。二人とも視線は目の前のきらめく水面を向いていて、それはまぶしい昼間からほのかに光がちらつく夜のものへと薄らいでいくさなかだった。「じゃあ私が生まれたときの名前からね」

話をしながら、何週間か前にヴァージニアが言っていたことを思い返した。自分にもその価値があるのだと信じる気持ちを受け入れれば、想いは叶《かな》えられるということ。記憶をたどると、私は自分が生きていることをずっと謝り続けてきた。自分自身でいようとすること、望む生き方を続けることを。これがグラントとかわす最後の会話になるかもしれない。そうじゃないかもしれない。どちらにしても、確かだったのは、自分が生きることが悪いなんてもう思っていないことだった。私には生きる価値がある。愛を見つけたっていい。もうわかっているし、心から信じている——私は愛される価値があることを。

作者からの覚え書き

シスジェンダーの読者の方々へ――つまり、トランスではない人たちへ。この本を読んでくださってありがとうございます。興味を持ってくださってありがとうございます。この本がどう思われるだろうかと自信が持てません。とはいえその懸念《けねん》は、あなたがたの思うものとは別かもしれません。私はもちろん、この本を気に入ってもらえないことも心配していますが、それ以上に、アマンダの物語が、真理として受け取られるのではないかということが気がかりです。それはとりわけ、一人のトランス女性によって語られているためです。そう考えるのはじつに怖いことです！　私は物語作家であって、教育者ではありません。私は、現実ではこうだと知っているものにも手を加えています。いろんなものごとを、物語の中でうまく機能するようにフィクション化しています。いくらかの描写において、アマンダのトランスとしてのあり方を、普通とされる決まりごとへの異議申し立てにできるだけならないよう、ステレオタイプにぴったり沿って、ルールを曲げることもしています。彼女は幼いころから自分がわかっていました。彼女は男の子にだけ魅力を感じます。彼女は完全に女性的です。ほとんどかまったく奮闘せずに女性としてパスしています。親が支払えなかったはずの手術を受け、おそらく現実で可能な年齢になる前に正規ルートでホルモンを始めています。私がこのように描いたのは、アマンダを他のほとんどの女の子と異なる医療の経歴を持つだけのティーンエイジの女の子として理解しようとするときに、問題となりそうな障壁《しょうへき》を持ってほしくなかったためです。アマンダの生き方とアイデンティティは確かなもので、仮に彼女が人生のもっとあとになるまで自身のことを理解しなかったとしても、あるいはもし彼女がトムボーイ［男の子らしいとされるふるまいをする女の子］であっても、バイセクシュアルやレズビアン、アセクシュアルであっても、またあるいは彼女がパスするのに困難があったり、「ボトムの」手術を受けられなかったり受けないことを選んでいたりしたとしても同様に揺らぐことはありません。グラントがアマンダに惹《ひ》かれることはどの場面においても異性愛でしかなく、ビーの場合も言うまでもなく同性愛です。私たちの人生を生きてきたのでなければ、これらの事柄に引っかかりを感じるのは自然かもしれないため、あえて描かないでおきたかったのです。私が望むのは、あなたがたがアマンダのことを知り、彼女の経験の細部を他のトランスの人たちが固く守らなければならない原則としてではなく、むしろ、私たちの生き方やアイデンティティをさらに深く広く理解するためのきっかけにしてもらうことで、それはもちろんジェンダーやセックスに対するあなた自身の理解にもつながります。

トランスの読者の方々へ。あなたがアマンダと違っていても大丈夫です。彼女は物語の中にいて、あなたは現実を生きています。私は、社会がトランスジェンダーの人々はこうだと決めつけているあの特有の、とても有害な型になじまなかったために、自分がそうだとわかっていながら違うのだと、自分に言い聞かせながら二十年のうち大半を過ごしました。そして信じてほしいのですが、私が送ってきた人生はアマンダのものとはまったく違います。トランスであることも、ゲイやレズビアン、バイセクシュアル、アセクシュアル、あるいは他のどんなあり方でも大丈夫です。トランスであってパスしていなくても大丈夫です（あなたがそれでも何に反することなく素敵であることは可能なのです。パスしているかどうかは関係ありません）。トランスであって、パスしていて完全に埋没《ステルス》していてもいいのです。トランス男性でいて大丈夫です。ジェンダークィアでいることも、あるいはアイデンティティを人生で複数回変えることも、あなたがジェンダーをまったく持っていないことも大丈夫です。トランスでありつつ医療的側面での性別移行《トランジッション》をまったく求めないことも、トランスでいてあなたが求めるどんな方法で身体を変えてもよいのです。あなたがもっとも自分でいられるように表現し体現するのに間違った方法はないのです！　あなたは素敵な人で、あなたの身体とアイデンティティ、主体性は尊重される価値があるのです。

自分で死んでしまおうと思っているトランスの人たちへ。お願いですから、「トランス・ライフライン」（アメリカ：877-565-8660、カナダ：877-330-3366）に電話をかけてください。そこのスタッフは全員がトランスの人たちで、あなたが今どんなことを経験しているのかを理解していますし、みんな手助けをすることを望んでいます。自分で死んでしまおうと思っているシスジェンダーのゲイやレズビアン、バイセクシュアルの人たちへ。「トレヴァー・プロジェクト・ライフライン」（1-866-488-7386）に電話してください。自死を考えているすべての人たちへ。「全米自殺防止ライフライン」（1-800-273-8255）に電話してください。

しんどいですよね。つらすぎてときにはまともに息もできないほどですよね。私もずっとそうだったのでわかります。どうか私たちを置いていかないでください。かならず人生は良くなる可能性を秘めています。私たちは本当に、あなたにいてほしいのです。

謝辞

多元的な世界への愛を教えてくれたこと、恐れずに自分を表現する勇気をくれたこと、私を娘として受け入れてくれたことに、両親のトビー・ストラウドとキャロル・ストラウドに感謝を伝えたいです。感謝は姉のケイティにも。いつも私についていてくれて、無条件に愛してくれて、彼女は私が前を向き続ける力そのものです。すばらしい家族と親族に恵《めぐ》まれてきました。みんなにも感謝を。カムアウトしたときに受け入れてくれたこと、私がここに来られるまでみんなが果たしてくれたことに。私の子どもたちにもお礼を言いたいです。あなたたちがいなければ、私はこんなに難しいことに挑戦する気持ちにもなれませんでした。そして、この物語の内面にある精神にとって絶対に必要な影響をくれた人がいます。その人からの励《はげ》ましがなければこの本は決して完成していないでしょう。ジュニパー・ルッソ。ありがとう。

ジョエル・ホビカには、人生で何度目かのどん底にいた時期に、このワクワクする仕事に導き入れてくれたことと、私が最初にこのプロジェクトを持ちかけたとき、その価値を見出してくれたことに感謝します。サーラ・シャンドラーには、私が自力でできる以上に、私のこだわりすぎたところを抑《おさ》えてくれたことに感謝します。そのことがなければこの本は、まとまりのないただの自己満足になっていたでしょう。それから、ジョシュ・バンク。私たちを目標に向かわせ続け、すべてを実現させてくれて、あのとてもつらい場面（どこかわかりますね）を書けるよう後押《あとお》ししてくれました。三人には、私のカミングアウトをあれほど晴れやかに受け入れてくれたことにも大きな感謝を伝えます。セアラ・ドッツ・バーリーとエイミー・アインホーン、それにFlatiron Books社のチームのメンバーに、トランス女性が書いたトランスの女の子の物語が持つ価値を見出してくれたことと、可能なあらゆる手段においてトランスの人たちに継続して関わってもらうという私の提案に耳を傾けてくれたことに感謝します。それから、さらなるトランスの関わりのことで言うと、本当にすばらしい表紙モデルを務めてくれたキーラ・コンリーにも感謝したいです。このプロジェクトに信念を持って参加してくれました。

そして最後になりますが、次に名前を挙げる人たちへ感謝を伝えます。みなさんが信じてサポートしてくれなければ、二〇一五年を生き延びられなかったかもしれません。ミランダ・ストラウド、アイリッシュ・ホームズ、マット・ダラムとヘザー・ダラム、アリア・タイービ、サム・ハイタワー、ケイ・ポッパー、ブルックス・ベンジャミンとジャッキー・ベンジャミン、ジョン・バーク、ベス・キャスナー、ブリジット・デュペイ、ローラ・パルミエロとリー・パルミエロ、ルビー・ボールトン＝マレー、フェブラリー・キーニー、レイチェル・グッドマン、ベッカ・リーヴズ。みんな、天使です。

訳者あとがき

この作品について書く前に、私自身のことから始めたい。

小さいころから、物語が好きだった。

当時はそれなりに裕福な家庭に生まれた私は、『ダンボ』や『くまのプーさん』、『メリー・ポピンズ』のレーザーディスクを、まったく飽きもせず、いつもくり返し観ていた。テレビでは『Dr. スランプ』がお気に入りで、アラレちゃんの真似をしていたのを覚えているし、『ゲゲゲの鬼太郎』のエンディングテーマの最後に、妖怪たちがバッと出てくるのをキャーキャー言いながら楽しんでいた。

保育園児のころだった。女の子も男の子も関係なく遊んでいたが、オカマやオナベという言葉は知っていた。そう呼ばれる人たちへの親の口ぶりは、私はそうなってはいけないという圧力だった。

年齢が上がると、物語と現実とのギャップが気になるようになった。物語の中では、登場人物は学校の屋上でひとりになってのんびりしている。学校といえば裏山があって、そこに行けばいつもおもしろい何かが待っている。しかし自分の現実にはそんなものは存在しなかった。『ドラえもん』のつながりで言えば、「オトコンナガス」(という名前だったと思う)の回は、いつもとは違う気持ちで観ていた。このひみつ道具の効果によって、登場人物たちの話し方や遊び方が男女で逆転する。これは後に知ることになる、よくある男女入れ替えをネタにした、タブーだからこそ成立するジョークであり、当時の私に対して、他の多くのメディアから流れてくる情報と同様、別の性を生きることはできないと釘を刺さされるだけのものだった。

男女入れ替えの例でよく言及される『らんま1／2』は、そんな都合よく性別を変えられないだろ、と二次性徴が比較的早かった私は冷めた目で見ていた。むしろシャンプーやあかねたち三姉妹が好きだった。『セーラームーン』は戦う女の子たちがカッコよかったが、観ていると親に咎《とが》められた。『きんぎょ注意報！』は、わぴこや千歳《ちとせ》といったエネルギーあふれる女の子キャラが中心のドタバタ劇で、毎週楽しみだった。キャラが走るときに足が渦巻き状に描写される一輪車走法？　は、あんなふうに走ってみたいとよく思った。

フィクションと現実は違う。だからこそ自分とは異なる人たち、自分の周囲とは異なるものごとに想像力をはたらかせ思いを馳《は》せることができる。自分は孤独ではないと思える機会にもなる。しかし、フィクションに比べてなぜ自分の生活はこんなにもつまらなく、苦しいのだろう？　親近感を覚えたり憧れたりした登場人物たちと、なぜ自分はこんなにも違うのだろう？　そうした正体のわからないモヤモヤとともに、小学五年生ですでに大きくなった喉仏と完璧なまでに低くなった声で、どうにかやっていくしかなかった。

救いになった漫画作品との出会いがあった。十二、三歳だったと思う。『ここはグリーン・ウッド』のメインキャラの一人、如月瞬《きさらぎしゅん》――「彼」は、アイデンティティは男性であることが明示されている一方、見た目は誰が見ても可愛い女の子だ。性別を変えることができないなら、せめて女に見える男としてなら目指せるかもしれないと、少しだけ希望が持てた。しかし自分の探していた姿を見つけたうれしさとは裏腹《うらはら》に、鏡に自分を映すたびに、もう手遅れだと思い知らされた。それでも『グリーンウッド』が救いだったのは、主人公が、男女が正反対のパラレルワールドに迷い込むエピソードのおかげで、空想の世界へ逃げ込む道が鮮明になったからだ。

SFやファンタジー作品、ビデオゲームはだからうってつけだった。テレビで『スター・ウォーズ』が放送されるたびに必ず観たし、自分でレンタルショップに行くようになってからは『ガンダム』シリーズをほぼすべて制覇した。定期的にあった百円レンタルのキャンペーンで、まとめて借りてきてはいろんな映画に没頭した。

『ファイナルファンタジー』Ⅵから Ⅷ、『聖剣伝説』シリーズは相当やり込んだ。『クロノ・トリガー』は何周したか数え切れない。いずれも女性キャラでプレイすることが多かった。いちばん夢中になったのは『サガ フロンティア』だった。銃や剣を華麗に使いこなす元トップモデル、エミリアのシナリオには、そのときは知らなかったがシスターフッド的な女性のつながりが描かれていた。恋人の殺害容疑で投獄された主人公が、地下組織の一員となり事件の裏にある陰謀《いんぼう》に迫る流れはアメリカ映画みたいだったし、ウェディングドレスを身に纏《まと》って臨むラストバトルは、当時の私にはとてもドラマチックな仕掛けだった。アセルス編はクィアネスに満ちていたと思う。瀕死状態から妖魔の王の戯《たわむ》れでその血によって生きながらえるも、半人半妖の寵姫《ちょうき》とさせられた彼女の旅路《たびじ》は、自分に血を分け与えた支配者たる王からの逃避行に始まり、その者を打倒する解放の物語として帰結《きけつ》する。人間からは妖魔だと忌《い》み嫌われ、妖魔からは半端者として蔑《さげす》まれる彼女の懊悩《おうのう》は、自分とは何かという問いへの結論と、逃げるよりも闘う選択へと、望むか望まざるかにかかわらず向かうことになる。その姿は、男性のがわにも女性のがわにも入れなかった私に重なるようにも思えた。現実で強くなれない私の代わりに、ゲームのキャラたちは強く勇敢だった。

十五歳からはバンドを組んでベースや、のちにギターを演奏していて、これも現実逃避のひとつだったが、それから何年か経ったある日、決定的に現実に引き戻される映画を観た。好きだったザ・キュアーの曲およびアルバムと同じタイトルだということで何気なくレンタルしてみた『ボーイズ・ドント・クライ』は、ブランドン・ティーナと彼の親しい人たちへの暴力的な実際の事件に基づいていた。あまりのショックに、何が映っていたのか、具体的には受けとめきれていなかったと思う。それでも何が起きたのかはわかっていた。あのとき観た映画が、トランスの登場人物が希望を持って生きる物語だったなら、と今も思う。自分の身体に付与された性別とは別の性を生きる道を肯定してくれるものだったなら。物語に触れては自分の現実とのズレに戸惑い失望することは多かったが、それでも物語は惨めな現実を忘れさせてくれるものだった。しかしこの一本の映画は、別の性を生きることとは不可能だと日々刺してくる釘の数々のなかでも、とりわけ深く穿《うが》つものだった。

私よりももっと前の世代にも、同じくらいの年代にも、支配的な価値観に絡め取られずに自分にしっくりくる性を生きる人がいたことは、もっとあとにならなければ知ることができなかった。当時でも情報は少ないながらあったがアクセスするに至らなかったのは、自分の望む性で生きる者を待ち受ける結末が、あらゆる主要なメディアによって固定されていたからだ。殺害されるか、貶《おとし》められながら生きるか。その二択以外に考えられなかったのは、私個人の責任だろうか――そうなのだろう。しかし今もし同じ境遇の人がいたらその人には、そうではないと言いたい。残された選択肢は(といっても無意識的だったはずだが)、あるべきとされる男性性に過剰に適応することだった。誰よりも自分自身に対して、自分は普通なのだと言い聞かせるためだった。そして適応しきれないストレスと虐待やいじめも重なり、十代のころからずっと、自分を価値のない劣った存在としてしか見ることができなかった。そのなかで多くの時間と、大切にしたかった人間関係を失った。

メレディス・ルッソのデビュー作である本書の、最もすばらしい部分はまさにそこにある。ごく簡潔に言うならば、トランスジェンダーの若者が、自分を尊重できるようになっていく物語、となるだろう。とはいえたったこれだけの表現であっても、このことの背景には、文字数を遥かに越えた現実的な重みがあり、それはとてもこの場では語りきれない。
私はアマンダと多くのことを共有している。ＳＦやファンタジーが好きだったこと、勝手に決められた性別で生きることになじめなかったことのほか、写真に写るのが苦手だったこと、心が麻痺してしまった感覚、他人が自分を陥れようとしているのではないかと勘ぐってしまうところがあったこと、自分を殺そうとしたこと。彼女のことを大切な友だちのようにも、ありえたかもしれないもう一人の自分のようにも思える。ただしこれは、優れた作品は普遍的な価値観を持つ、という話に定型化できるものではない。性別というシステムを人間が社会に導入し、あまりに強固で本質的なものとして維持するなかで、それに苦しむ声をないがしろにし続けてきたことの証拠だと理解すべきだ。重要なのは、そのシステムを個人の望みや意思を越えて維持することだろうか。それとも誰かが必ず不利益を被るその社会のあり方を変えることだろうか。

別の性（男女の二つに限らない）で生きたいと望む、あるいはそうしなければ生きていけない子どもや若者の声を否定し、自分を尊重できるようになる機会を壊し奪うことがあたかも正義であるかのような言説が、アメリカでも日本でも拡散され続けている。性別という自分で選べないものによって不利益が生じる社会構造を変えようとするはずのフェミニストや、必要な人に医療を届けるべき医療従事者のなかにも、その動きを強化している者がいる。本作が出版されたのは二〇一六年だが、現在もトランスバッシングが苛烈《かれつ》をきわめている状況において、本作の持つ価値は薄れるばかりかより高まっていると言えるだろう。

本作について、ストーリーが平凡だと思う読者もいるかもしれない。また、主人公がバイナリーでヘテロなトランス女性、つまりトランスのなかでも比較的数の多い層であることに物足りなさを感じる人、特に共感できない人もいるかもしれない。しかしそうした設定が戦略だったことは、物語のあとに添えられた「覚え書き」からも明らかである。

なぜこうした戦略が必要だったか。それはよくある普通の青春物語にも、トランスジェンダーは参加できなかったからだ。参加できたとしても、特定の、差別的偏見に満ちた役割が担わされてきたからだ（これはトランスジェンダーに限らず多くの周縁化された属性を持つ人たちも同様である）。そうした状況が長きに渡るなかで本作は、望む性で生きる道を明るく照らすために、「トランス＝普通ではない」にノーを突きつけたのだ。多くの青春物語で他の生徒たちがするのと同じように、友だちと遊んだり、けんかして仲直りしたり、授業をサボったり、スポーツ観戦に熱狂したり、恋愛したり、好きな映画について語り合ったり、親とぶつかったり、将来のことを考えたり……。こうした物語はともすると、性や恋愛の決まりごとを強化してしまう。それでも、標準とされない者が他者化されるのではなく主人公になれるあらゆる物語が必要であるし、そのなかに普通の主人公もいてしかるべきだ。ぶっ飛んだ人物やぶっ飛んだ物語を書く責任は作家本人にはない。普通の物語にトランスを、トランスに普通の物語を。この大枠を支えながら、物語に精彩を与えているのは、一定以上の数のトランス女性が経験しているであろうリアルな細部の積み重ねである。この点が非常に精緻《せいち》でかつ豊かに語られているのが、ブログ「ゆなの視点」の著者ゆなさんによる本作の紹介文である――「青春小説らしい甘酸っぱさや爽《さわ》やかさと、当事者ならよくわかる苦しさやちょっとした『あるある』的な笑いが見事に同居した、『こんな小説を待っていました！』と喝采《かっさい》したくなる名作です」(https://snartasa.hatenablog.com/entry/2019/10/12/100020)。

そうした細部は、当事者でなければ描けなかったはずだ。しかし当事者である（つまりその集団に属するアイデンティティを持っている）ことだけが、この作品を生み出したわけではない。ルッソ氏はトランスとして生きるなかで、数々の喜びも喪失も、希望も絶望も経験してきたに違いない。アイデンティティは連帯の力を生みもするが、新たな排除や不可視化の力としても働きうる。それでもなお、当事者による当事者の物語が必要とされる時代に、私たちはまだいると思う。

邦題ついては、いくつかの候補があったなかで『理想の彼女だったなら』に落ち着いた。原題の*If I Was Your Girl*は、直接的には、最終章でのアマンダとグラントの会話を想起させる。グラントは純朴で優しい少年であるが、ジェンダー規範に関する知識を持たないために、アマンダの性／生のあり方を否定する言葉を発してしまっている。したがって原題の"your girl"は、〈ガールフレンド〉の意味も持ちつつ、〈女性とはこういう存在だとあなたが見なしているような女性〉だと言える。この解釈は、三木那由他さんが論文「トランスジェンダーの経験とアリストテレス的本質としてのジェンダー」において『あなたの思う女の子だったなら』と訳されていることからも補強されるだろう。

*If I Was Your Girl*という、仮定法の前半（条件節）のみが示されるタイトルは、文としては完成していない。では、空白のままの後半（帰結節）にはどんな言葉が続くだろうか。「あなた」が指す対象はグラント以外にも、たとえば読者の一人ひとりにも及ぶだろうか。この不完全な文は、変えられない過去に向けた行き場のない想いの吐露である。しかし同時に、続きが空白であることは、未来がこれから変えてゆけるものとして開かれているということでもある。

なお、物語内での二年前および三年前の場面で、「性同一性障害」（原文ではgender identity disorder）という用語が用いられているが、現実と矛盾しない。アメリカの現在の診断基準上の名称である「性別違和」（gender dysphoria）がその後継概念として用いられるようになったのは二〇一三年であるため、物語の時代設定が本作出版の二〇一六年頃だということで理解できる。ちなみに、世界保健機関（WHO）でも二〇二二年から「性別不合」（gender incongruence）に改称され、日本でも二〇二四年からこれに則している。

本作の翻訳を進めるなかで多くの方に助けていただきました。私は翻訳そのものの訓練を受けたわけではないものの、振り返ってみると、関西大学大学院での入子文子先生の授業は、翻訳の授業だったと思います。小説二、三ページを九十分かけて緻密《ちみつ》に読む授業では、その文をどう訳すかが主な議論の内容でした。難解な文には「この場面、ちょっと絵を描いてみてごらん」と言われ四苦八苦していたのも良い思い出で、授業の一回一回の経験が本書の土台となっています。しかし先生はもう四年も前の二〇二〇年に旅立たれてしまいました。先生はジェンダーに関してはわりと保守的な方でしたが、私が性別移行してからもいろいろと気にかけてくださっていました。直接お礼を伝えたり恩返しをしたりする機会はもうなくなってしまいましたが、この翻訳の出版をきっと喜んでくださっていると思います。天国での安寧を祈るとともに心から感謝を捧げます。
トランス理論研究会の方々には、研究会まる一回分使って訳語について意見を頂き、特に白石瑞樹さんは英文の解釈について何度も相談に応じてくださいました。安田真由子さんと臼井一美さんには、キリスト教の知識が必要な箇所全般についてご協力を頂きました。敬虔な信徒であるアマンダの物語においてお二人の力は不可欠でした。山内尚さんによる装画と成原亜美さんの装幀は、物語の本当に様々なものを伝えてくれています。ぜひ本の入口としてだけではなく、読後感とともにも味わってほしいと思います。

書肆侃侃房の藤枝大さんと黒木留実さんには、本書の起こりとなった『現代アメリカ文学ポップコーン大盛』から引き続きお世話になりました。マイノリティの作品の価値を信じ、遅々として進まない作業にも辛抱強く寄り添ってくださいました。そして『ポップコーン』執筆陣の青木耕平さん、加藤有佳織さん、里内克巳さん、日野原慶さん、藤井光さん、矢倉喬士さん、吉田恭子さん。みなさまの文章からはいつも、前を向くための刺激を受けています。本書が滑り出す道ができたのも、矢倉さんのお声がけあってのことでした。関わってくださった方々へ深くお礼申し上げます。ここにお名前を記していなくとも、いつも力をくれる友人にも感謝を。

性によって誰かが苦しむことのない社会に向けて。

二〇二四年一〇月　佐々木楓

■著者プロフィール
メレディス・ルッソ（Meredith Russo）
テネシー州チャタヌーガ出身。本作『理想の彼女だったなら』はストーンウォール図書賞ヤングアダルト部門を受賞したほか、ラムダ文学賞とウォルター・ディーン・マイヤーズ賞でファイナリストに選出されるなど大きな評価を得ている。長篇第二作目 *Birthday*（2019）のほか短篇“Somewhere That's Green”(2018)、“The Coronation”(2020) や、エッセイ“The Most Important Act of Resistance” (2017) なども発表している。彼女の作品はこれまで 11 言語に翻訳されている。

■訳者プロフィール
佐々木楓（ささき・かえで）
クィアな文学や映画を研究。フェミニスト。トラウマや PTSD、発達障害の問題に関心がある。共著に『現代アメリカ文学ポップコーン大盛』（書肆侃侃房、2020）。

理想の彼女だったなら

2024 年 11 月 16 日第 1 刷発行

著者　メレディス・ルッソ
訳者　佐々木楓
発行者　池田雪
発行所　株式会社 書肆侃侃房（しょしかんかんぼう）
〒 810-0041 福岡市中央区大名 2-8-18-501
TEL 092-735-2802　FAX 092-735-2792
http://www.kankanbou.com
info@kankanbou.com

編集　藤枝大
DTP　黒木留実
印刷・製本　モリモト印刷株式会社

ISBN978-4-86385-643-1　C0097